SIZZLE
by Julie Garwood
translation by Miho Suzuki

最後の朝が来るまえに

ジュリー・ガーウッド

鈴木美朋［訳］

ヴィレッジブックス

トーマス・エドワード・マーフィ三世の思い出に

わたしたちのトミー
わたしの人生を明るく照らす光だった。
「進め《ギダップ》！」

最後の朝が来るまえに

おもな登場人物

● **ライラ・プレスコット**
本編の主人公。映画学校の学生
● **サミュエル(サム)・キンケイド**
FBI捜査官。言語のスペシャリスト
● **シドニー・ブキャナン**
ブキャナン家の末妹。ライラの親友で同居人
● **アレック・ブキャナン**
ブキャナン家の三男。FBI捜査官
● **ジジ**
ライラの祖母
● **クリストファー**
ライラの父、ジジの息子
● **ジュディス**
ライラの母
● **オウエン／クーパー**
ライラの兄
● **マーラー教授**
ライラの指導教官
● **ヘンリー神父**
ジジの友人
● **マイロ・スミス**
債権取立代行会社に勤める男
● **ミスター・メリアム**
マイロの上司
● **マイケル・フリン**
ロスを拠点とするギャングのボス

1

自分の仕事をしたというだけで英雄扱いされる。それだけでも勘弁してほしいのに、人前で仕事についてしゃべらなければならないとは。

講演を終えたサミュエル・ウェリントン・キンケイド特別捜査官は、スタンディングオベーションを受けた。聴衆に軽くうなずいてからさっさと演壇をおり、講堂を出ようとしたが、べつのＦＢＩ捜査官に呼び止められ、喝采がやみ次第、質疑に答えてくれないかと頼まれた。

断るわけにもいかず、サムはふたたびうなずき、未来の警察官たちが静まるのを待った。サムもご多分に洩《も》れず人前でしゃべるのが苦手だ。とくに、機密情報に関わる自分の仕事について話すのは気が進まない。それでも、これは訓練生対象のセミナーで、よその支局や他機関と交流を深めるための業務でもある。過激な白人至上主義者であり、長年のあいだ巧妙に逃げまわっていた悪名高き犯罪者、エドワード・チェスターの逮捕劇において、どんな役割を果たしたのか講義するようにと、上司に命じられたのだ。

サムは不本意ながらも、国内五カ所で講演することになった。初回はワシントンDCで、ここシカゴが二回目だった。来週はシアトルに飛んで三回目をおこない、その次がロサンゼルスだ。最後はサンディエゴの海軍基地で、SEAL訓練生を相手に講演する。華々しい逮捕の裏話を聞きたいだけの聴講者たちの前にあと三回も立たなければならないと思うと、うめき声をあげたくなる。

ここの訓練生たちは、べつの事件で地元シカゴ支局の特別捜査官であるアレック・ブキャナンの命をサムが救ったときのことについても興味津々だった。その事件が起きたのは一カ月半前のことで、それ以来、あれこれ噂《うわさ》が飛び交っていた。ブキャナン捜査官は治療のため休暇中なので、彼の話は聞くことができない。みんな事件のことを知りたがっているので、あれこれ質問されるかもしれないと、演壇にあがる前にいわれてはいた。キンケイド捜査官が炎上する建物に入ってブキャナン捜査官を救出したというのはほんとうですか？　建物内に突入したとき、銃で武装した男は何人いたのですか？　ブキャナン捜査官を連れて脱出したとたんに、建物が爆発したそうですが？

すべては公的な記録に残っている。わざわざ話したくもないが、いまこうして、生々しい話を聞きたがっている聴衆に囲まれていては、逃げ出せそうにない。

ところが、最初に受けた質問は、チェスター事件にもアレック・ブキャナンにもまったく関係のないものだった。サムは、紹介されるたびにこう訊かれる。「キンケイド捜査官、あなたの発音には特徴がありますね。それは……スコットランド訛《なま》りでしょうか」今回も、女性の訓練生がその質問をした。

「そうです」サムは経歴に興味を持たれることに慣れているので、失礼にならない程度に短く答えた。

「どうしてですか？」

サムはほほえんだ。「おれはスコットランド出身だからね。少々訛っているのはそのせいだろうな」

訓練生は赤面した。恥ずかしい思いをさせるのは本意ではないので、サムはつづけた。

「きみが知りたいのは、どうしてスコットランド出身の人間がＦＢＩ捜査官になれたのかということだろう？」

「ええ、そうなんです」

「おれは二重国籍を持っている。生まれたのは合衆国だが、スコットランドのハイランド地方で育った。大学はプリンストンで、卒業後はオックスフォードに進み、ＤＣで法律の学位を取った。司法試験に合格した直後に、ＦＢＩに入ったんだ」

それ以上個人的な経歴を明かしたくなかったので、次に挙手した訓練生の質問を聞いた。

それから二十分間、質問攻めにあった。

講義が終了するしばらく前から、アレック・ブキャナン捜査官とそのパートナーのジャック・マカリスター捜査官が、講堂に入ってきて入口近くの席に座っていた。背中のけがが完治していないアレックは、椅子に浅く座りなおした。ふたりがサムと会うのは数週間ぶりだが、ＤＣで過ごすあいだに、すっかり意気投合していた。

ジャックは身を乗り出してアレックに耳打ちした。「ほんとうにいやがってるな」

アレックはにやりと笑った。「ああ」

「少しばかりからかってやるか」

「なにをするんだ？」

「手を挙げて、性生活について尋ねる」

アレックは笑った。前の席の女性が怖い顔で振り向いたが、アレックの顔を見たとたん、笑顔になった。

ジャックはふたたび声をひそめた。「サムはいつまでシカゴにいるんだろう？　空港で拾ったときに聞くのを忘れた」

「二泊する。おれのうちに泊まるんだが、また妻が泣かないようにすると約束しなけりゃならなかった」

ジャックはなるほどというようにうなずいた。「たしかにリーガンは泣き虫だからな」

「おまえの婚約者も病院で涙を見せてくれたような気がするぞ」

「ああ。サムは今夜のポーカーに来るのかな」

「その予定だ」

「強いのか？」

「そうじゃないことを祈る」

「あいつ、訛りがひどくなったな。あんなところに立たされてかわいそうに。ちょっと助けてやったほうがよくないか？」

アレックは、次から次へと質問に答えるサムをしばらく見たあとに答えた。

「やめとけ」

ふたりはスポットライトを浴びて困っているサムを眺め、たっぷりと楽しんだ。一見落ち着いているようだが、口を開くたびにスコットランド訛りがひどくなっていくのは、緊張している証拠だ。講演で自分の功績について語っているのに、サムがずっと〝わたしたち〟という主語を使っていたことにも、アレックは気づいていた。サムは謙虚で控えめで、好感が持てる。第一印象は、いざとなったら機械のように非情で冷徹になれる男という感じだったのだが。

サムは情報収集能力も任務遂行能力も高い優秀な捜査官だが、なによりも優れているのが、言語能力だった。現に、一定期間を過ごした国の母語なら、すべて訳すことができる。訓練生の質問に答えたとおり、サムはスコットランドで幼少期を過ごした。ただ、親が外交官だったため、世界各国を旅して育ったということには、あえて触れなかった。サムにとって外国語を身につけるのは簡単だった。

アレック・ブキャナンの命を救ったのは、サムの言語能力だった。

シカゴ支局は、武器密売の容疑がかかっている男を追い、アレックとジャックをDCに派遣した。謝礼金と引きかえに、FBIに協力しそうな者たちの名前を教えてもいいという男が現れたのだ。ジャックが関係者の素性を調べるいっぽう、アレックはその情報提供者と接触する予定だった。その面会でなにか聞き出せるという保証はなかったが、DC支局は会話を記録するために盗聴器をアレックに携帯させた。相手の男は英語を話すが、念のため通訳も待機させることになった。

すぐに終わるはずの面会は、悪夢になった。

サム・キンケイドが、ある捜査に関する会議のためDC支局にいあわせたのは、偶然だった。パソコンのモニターで報告書の最後のページを読んでいたとき、支局長に呼ばれた。サムに頼みがあるという。支局長の話では、シカゴから派遣された捜査官が情報提供者と接触中なのだが、現場近くのヴァンで待機している通訳が困っているらしい。

支局長はサムにファイルを渡した。「関係者の写真も含め、これまでの情報がすべてそこにある」

サムはざっとファイルに目を通し、支局長に返した。

「現場はすぐそばだ」支局長がいった。「接触はすぐに終わるはずだ。ひょっとしたら、きみが到着するまでに終わっているかもしれない」

十五分後、サムは運転手役のトム・マーフィ捜査官と、通訳のエヴァン・ブラッドショウとともに、ヴァンのなかにいた。サムはコンソールの前に座って困惑している若者をひと目見て、状況を察した。新人だ。エヴァンはサムにイヤホンを渡し、隣の座席に移動した。

「一時間ほど話しています」

サムはイヤホンを着け、つかのま耳を傾けた。振り向くと、エヴァンがドアをあけて外に出ようとしていた。

「ちょっと待て」サムは呼び止めた。

「はい?」

「英語をしゃべってるじゃないか」サムはいらだちを押し殺しながらいった。

「ええ、たしかに」エヴァンが答えた。「でもときどき、情報提供者が聞いたことのない言葉を使うんです。ぼくにはちんぷんかんぷんで」外に出て、ドアを閉める前にいった。「ブキャナン捜査官も、そろそろ話を打ち切る頃合いだと思いますよ。あなたがあの外国語をご存じならいいんですが。では」

マーフィとサムだけが残った。サムはしばらく英語の会話を聞きつづけた。すると突然、ふたりの男が乱入して、外国語でどなりはじめた。サムはすべて理解した。男たちがアレックと情報提供者を殺し、建物を爆破しようとしていることは一文を聞き取るだけでわかった。爆発物はすでにセットされていた。

「屋内に爆発物がある。応援を呼んで、ここに待機しろ」サムは指示しながらヴァンのドアをあけた。ヴァンを降りると同時に走りだし、ホルスターからグロックを抜いた。フェンスを跳び越え、庭を突っ切る。銃声がしたのでさらに足を速め、前腕で目をかばいながら張り出し窓のガラスを突き破って飛びこんだ。

着地して、すぐに状況を見て取った。頭を撃たれて血を流している情報提供者が床に倒れていた。ブキャナン捜査官は、白いシャツを血に染めて椅子の上でぐったりとしている。玄関へ逃げようとしていた男が、ガラスが割れる音に驚いて、サムのほうへ振り向いた。もうひとりの男は、ブキャナン捜査官が座っている椅子の後ろに立っていた。その男がブキャナンの後頭部に銃口を突きつけて叫んだ。「動くな――」

それが男の最後の言葉となった。サムは発砲した。銃弾は男の眉間に命中した。サムはすかさず左に向きを変え、ふたり目のいるあたりを狙って立てつづけに引き金を引いた。ふたり目の男は弾をよけて伏せた。叫びながら転がり、さっと立ちあがる。男が銃を構える前に、サムは撃った。

一秒たりとも無駄にせず、意識を失っているアレック・ブキャナンに駆け寄り、肩に担ぎあげて外へ連れ出した。通りを渡って、オークの巨木の陰に逃げこんだ瞬間、建物が爆発した。すさまじい威力にオークの幹が揺れた。火のついたがれきがばらばらと降ってきた。

まもなくヴァンがふたりの前で急停止し、マーフィが飛び出てきてアレックをなかに乗せた。サムがアレックの止血を試み、マーフィがヴァンを発進させて猛スピードで通りの端まで避難し、救急車を呼んだ。

夜の闇のなかをサイレンが鳴り響き、ほどなく二名の特別救急医療士《パラメディック》がアレックを救急車に乗せた。アレックは背中側から右の腎臓《じんぞう》の上を刺されていた。医療士が手早く処置をおこなった。サムが病院まで付き添ったが、ほんの二、三キロほどの道のりが永遠につづくように思われた。

「助かりますか？」サムはしばらくして尋ねた。

「安定してはいます」女性の医療士がいった。「けれど、大量に出血してしまいました」サムのほうを見てつけくわえた。「あなたが大部分を浴びたみたいですね」

サムは深く座りなおした。まだ興奮がおさまらず、じっとしているのも骨が折れた。シャツが血でべっとりと濡れているのがわかった。

もうひとりの医療士がアレックの点滴を調節しようとして、サムの腕から血がぽたぽたとしたたっていることに気づいた。手を伸ばし、サムのシャツの袖を押しあげると、ガラスの破片が刺さっていた。

「これは、消毒して縫合しなければなりませんね」

サムは気にもとめず、袖をおろした。明かりと救急用入口の文字が見え、とたんに安堵《あんど》した。

しばらくしてアレックが手術室へ運ばれるあいだに、サムは上司のコールマン主任捜査官に電話をかけ、一部始終を報告した。コールマンはすでにマーフィから簡単な報告を受け、シカゴ支局のアレックの上司であるマーガレット・ピットマンに連絡をしていた。ピットマンが、アレックの妻や家族につらい知らせをしなければならない。

「わたしもすぐにそっちへ行く」コールマンがいった。「ブキャナンのパートナーのマカリスター捜査官にはもう連絡してある。そちらへ向かっているはずだ」

サムは電話を切り、腕を治療してもらうために救急医療室へ入った。その夜は、ワシントンDCの外傷センターにしては意外なほど空いていた。一時間待っただけで、順番が来た。腕の傷を縫合して包帯を巻いてもらったあと、手術の待合室へ向かった。

サムはその夜はじめてアレック・ブキャナンに会ったのだが、彼の手術が成功したとわかるまでは、病院に残るつもりだった。

手術室のある階でエレベーターをおりると、コールマンが目の前に立っていた。待合室に見覚えのある捜査官が数人いた。コールマンはひとけのない長い廊下の隅へサムを呼び、ヴァンに乗りこんで以降の経緯《いきさつ》を逐一報告させた。

そのとき、医師があわてた様子で待合室へ出てこようとして、サムたちにぶつかりそうになった。血で濡れたサムのシャツを見て、目を丸くした。「ブキャナン捜査官に付き添っていらっしゃった方ですね？」

「ええ」サムは答えた。

医師はうなずいた。「やはりそうですか。ブキャナン捜査官の手術は無事に終わりました。いずれ完全に回復なさるでしょう」これから数週間の見通しについて手短に話すと、医師はサムたちと握手をして立ち去った。

興奮がおさまり、サムは急に疲れを感じた。これ以上、病院に残っていてもしかたがないので、一階へおりた。マーフィ捜査官が救急入口で待っていた。彼は手を伸ばし、サムの肩を軽くたたいた。「お疲れ」マーフィはサムを車で送っていった。

アパートメントのドアを閉めるや、サムは服を脱いでシャワーに直行した。包帯を濡らさないようにという医師の指示に従い、シャワーカーテンの外に腕を伸ばし、一日の汚れと血を洗い流した。それから数分後には、テレビでBBCをつけっぱなしにしたまま、ソファで大の字になってぐっすり眠りこんでいた。

目を覚ましたのは、翌朝七時だった。まずは、病院に電話をかけてアレックの様子を確かめなければならない。手術後は合併症を引き起こしやすいので、アレックが無事かどうか確認しておきたかった。患者は落ち着いていると電話で聞き、ほっと息をついた。

アレック・ブキャナンのことはなにも知らないが、同業者同士のつながりを感じていたし、回復するまではまめに状況を知る責任があるような気がする。サムは午後に病院へ行き、アレックが危機を脱したか、自分の目で確かめることにした。

長居する気はなかった。

ところが、ジャック・マカリスター捜査官には、またべつの思惑があったようだ。

はき古したジーンズと紺のTシャツにサムが着替えたとたん、ドアを激しくたたく音がした。ドアのむこうにいるのが妙な人間かもしれないので、念のために拳銃の入った腰のホルスターのスナップボタンをはずした。

訪問者がブキャナンのパートナー、マカリスター捜査官であることはあとでわかったが、サムが彼に抱いた第一印象は、まさに〝妙な人間〟だった。

サムがドアをあけたと同時に、そこにいた男はいきなり〈スターバックス〉のコーヒーとパイナップルのデニッシュを突き出した。

「さあ行こう」

ふたりの身長はほとんど変わらず、目の高さも同じだった。サムはあとずさって男をなかに入れた。ＦＢＩ御用達《ごようたし》の拳銃を携帯しているところから、捜査官であることはわかった。

「あんたはだれで、おれたちはどこへ行くんだ?」

「ジャック・マカリスターだ」

「ブキャナンのパートナーか」

「そうだ。ジャックと呼んでくれ。病院へ行くぞ。アレックが会いたがっているんだ」

「もう話せるのか?」

ジャックはうなずいた。「話せるどころか、文句を垂れてばかりいる——快方に向かっている証拠だ。急ごう。ゆうべアレックの奥さんが飛んできたし、ほかの家族もそろそろやってくる。みんなが到着する前に病院に行かなければ、一週間は帰ってこられなくなるぞ」

サムはほほえんだ。

「冗談じゃないんだ」ジャックがいった。「アレックは大家族で、そのほとんどがこっちへ向かっている。そのデニッシュ、食わないのか?」

サムはデニッシュをジャックに返し、サングラスと鍵をつかむと、彼のあとを追って外に出た。

アレックは個室にいて、ありがたいことにほかに人はいなかった。彼はテレビのリモコンを手に上半身を起こした。吸血鬼の群れの餌食《えじき》になったかのように、頭がくらくらしたが、目ははっきりと見えた。

「話し相手がほしいだろう?」ジャックがいいながら病室に入ってきた。サムを前に押し出そうとしたものの、彼は小揺るぎもしない。ただし、ジャックをあきれたような目で見た。

ジャックは窓枠に腰をあずけ、腕組みをした。「朝食か?」と、点滴の袋へあごをしゃくる。

サムはベッドの脇へ近づいた。「気分はどうだ?」

「背中を刺されたような気分だ。サム・キンケイドか?」

「そうだ」

「あそこから連れ出してくれて、感謝しているよ」

「どうってことない」

アレックは、みんなが〝あの件〟と呼んでいるできごとについて聞いてもいいかと尋ねた。だが、根掘り葉掘り質問したのはジャックのほうだった。三十分ほどたつと、アレックが疲れてきたのが目に見えてわかった。

「少し眠ったほうがいい。また邪魔するよ」サムはいった。

ジャックと一緒に廊下に出た。「元気になりそうでよかった」サムはいった。「仕事のできる男だと聞いている」

「ピカイチだ」ジャックが答えた。「あいつにはおれがそういったことは黙っていてくれよ。調子に乗られたらたまらない」

アレック・ブキャナンにどことなく似た男が三人、サムたちのほうへ歩いてきた。サムが見たところ、三人とも銃を携帯している。彼らの後ろに、上品な初老の男がいた。男は若い美人の背中に腕をまわしている。

ジャックがおかしそうに笑った。「ブキャナンの連中だ。連中に囲まれると、なぜか自分もブキャナンの一員になったように感じるぞ。いっておくが……一度囲まれたら逃げられない」

それはほんとうだった。

それから二週間ほどで、サムはブキャナン一家と親しくなり、とりわけアレックとジャックとはよい友人になった。友人とは、いざというときに助けあうものではないだろうか。たとえば今日のこの講演会だ。

サムは依然として演壇に立ち、後方の席に座っているアレックとジャックのほうをちらちらと見ていた。〝早くここから連れ出してくれ〟という気持ちをこめて。アレックとジャックは無視をしている。サムが困っていることに気づいていないのか、気づいていないふりをしているのか。サムは後者だろうと決めつけ、仕返しをしてやることにした。

「会場にアレック・ブキャナンが来ているようです」聴衆に向かっていった。「せっかくですから、少しお話をうかがいましょう」

その発言で、会場は拍手喝采に包まれ、聴衆はひとり残らずアレックのほうへ振り返った。

ぽかんとした表情のアレックに、サムは短くうなずき、にんまりと笑ってみせた。両手をポケットに突っこみ、楽しげな曲を口笛で吹きながら演壇をおり、のんびりと講堂をあとにした。

2

おばあちゃんがまた聖水を盗んでいる。

ライラ・プレスコットには、ヘンリー神父が電話をかけてきた理由をすぐに察することができた。発信者がヘンリー神父であるのを見た瞬間に、大好きな祖母がまたなにかやらかしたのだとわかった。変人で、育ての親でもある祖母が。

携帯電話を握ったままだった。呼び出し音を消したものの、目をおろすと、ヘンリー神父の名前と電話番号が表示されているのが見えた。たとえ神父からの電話に出たくても――実際には出たくないのだが――いまは無理だ。教室でマーラー教授が課題のドキュメンタリー写真の撮影について説明している最中で、ライラは後方の席で真剣に教授の話を聞いているところだった。教授はロサンゼルスの人々について、皮肉たっぷりの見解も述べた。

四十代のマーラー教授はハンサムで、ドキュメンタリーの制作に関する著書を出版し、有名な犯罪者一族を題材にした作品で賞も獲得している——そのことは、ほとんど毎回の講義で言及される。教授はまた、政治についても一家言を持ち、仕事も偏りがちだった。傲慢《ごうまん》で気むずかしいという評判で、そのせいで妻に逃げられたという噂《うわさ》もあった。ライラにいわせれば、マーラー教授がこれほど自己中心的でなければ、同情の余地があったかもしれない。ライラは、彼の持論には賛成できなかった。教授のいうことは、いつも極端だった。

「この街の人間はひとり残らず自分が持っているものを大切にしない。飽きたらすぐに捨てる。この街のごみ埋立地の写真を見たことがある者は？　反吐《へど》が出るぞ」教授は不機嫌にいった。「だれか、ごみ埋立地を題材に撮らないか？」

一本の手があがった。「ぼくが撮ります」

マーラーはうなずき、いずれごみになるペットボトルから水を注ぎ——だから、この人は偽善者だとライラは思う——ひと口飲んでから、演説を再開した。「自転車や自動車も、壊れたら修理せずに買い換える。モノだけではない」マーラーはつけくわえ、学生たちに向かって指を振った。「家も壊して捨てるんだ」

「課題が完成するまで、何回か先生に経過を報告したほうがいいですか？」学生が尋ねた。

「今回は、その必要はない」マーラーは答えた。「わたしはきみたちを甘やかすつもりはないのでね」

数人の学生が顔を見あわせた。何人かは、いまにも笑いだしそうだった。マーラーが学生を甘やかすことなど、いままでだってなかったじゃないか。

「きみたちが取り組んでいる途中に、経過は知りたくないし、問題点があっても聞く気はない。作品が完成してから見せてもらおう。きみたちには、わたしを驚かせてほしい。わたしをよろこばせ──まあ、想像もできないが──幻惑させてくれ。そう、聞こえただろう。幻惑させてほしいんだ。それでは、腐りきった住宅ローン貸付業界について撮りたい者は？」

また一本の手があがった。

「よし、ピーター」マーラーはいった。「テーマと氏名を書いた登録用紙をわたしのデスクに提出すること。フィリップ、きみもだ」ごみ埋立地の学生にいった。

マーラーは背後の教官室の方角を指さした。教官室は教室と隣接していて、境のドアは、講義中はいつもあいている。

マーラーは矢継ぎ早につづけた。「ショッピングモールはどうだ。建物の構造について話すまでもあるまい。新しいモールが次々と建ちつづけ、古いモールは客がいなくなり、やがては取り壊される」

「わたしが撮ります」べつの学生が発言した。

マーラーはうなずき、取り組み方について補足した。

ライラは教授の指示を聞いていなかった。開いたドアのむこうの、デスクの後ろの壁に貼ってある色鮮やかなポスターを見つめていた。美しく整備された公園の写真のポスターで、〝パライソ・パーク　第一回年次大会〟の文字が目立った。そのポスターの隣には、工場の煙突をモノクロで撮影した、陰気な雰囲気のポスターが貼ってあった。キャプションなどは一切なく、どこの写真なのかはわからない。まったく正反対の被写体だわ、とライラは思った。パライソ・パークの大胆な色使いのほうがずっと好みだ。

ライラは手をあげた。

「なんだ、ライラ?」マーラー教授が応じた。

「近隣の公園はどうでしょうか？　公園を撮りたいのですが」

「すばらしい。公園の多くが十年で寿命を終えると知っているか?」

そんなばかなとライラは思ったが、教授を敵にまわしたくはないので、黙っていた。マーラーのクラスのだれもが、教授に反論してはならないことを学期のはじめに学ぶ。最初のころは異を唱えようとする学生もいたが、そのたびに教授はあごをこすって「うん、うん」とうなずきながら傾聴するふりをし、最後には学生が完全に間違っていると断言する。そして、自分に楯《たて》を突いた者を決して忘れず、たいていは仕返しにひどく難しい課題を与える。

ライラはもう少しで一線を越えて教授に嫌われかねない位置にいた。

「いいえ、先生、知りませんでした」だって事実じゃないもの。

「十年もたてば、設備が壊れてしまう。ブランコの鎖はなくなるか錆《さ》びついてしまって、ピクニックテーブルは破壊される。心ない連中が公園を私物化するからだ」

ライラは教授が間違っていることを証明しようと思った。あの美しいパライソ・パークのドキュメンタリーを撮ろう。

二週間後、ライラはその選択を深く後悔することになった。


ロサンゼルスにはめずらしく蒸し暑い日だった。ライラは悪臭芬々《ふんぷん》たるごみの山に膝まで浸かっていた。スカーフで鼻と口を覆い終えたそのとき、携帯電話が鳴った。ディスプレイを見やると、ヘンリー神父の名前があったので、留守番電話に応答させた。いまはいつもの神父の長電話を受けている場合ではない。最後に話したのは二週間前だが、そのときに祖母の問題は解決しているはずだ。でも、それならなぜまた電話をかけてきたのだろう？　どのみち神父と話をしなければならないのはわかっているが、愚痴《ぐち》を聞くのはあとまわしでいい。エアコンのきいたアパートメントに帰り、シャワーを浴びてきれいな服を着れば、神父の相手をする気力もわくだろう。

ライラのドキュメンタリー企画は、想定どおりには進んでいなかった。当初は家族がのんびりと午後を過ごすような楽しい場所を撮影するつもりだった。マーラー教授のオフィスに貼ってあったポスターから着想を得た。

事前のリサーチで、ライラはロサンゼルス近郊の公園、パライソ・パークの急な斜面に沿うように設置されたスリル満点の滑り台の写真を見つけた。写真には、滑り台の階段をのぼろうと並んでいる子どもたちが写っていた。子どもたちは待ちきれない様子で、笑い声が聞こえてきそうなほどだった。写真が撮影されたのは、ちょうど六年前だ。

最初はドキュメンタリーのテーマがはっきりと固まっていなかったが、パライソ・パークを実際に歩いてみれば、視点が決まるかもしれないと、ライラは考えた。たとえば、地域の人々のまとまりとか。それとも、普通の暮らしのよろこびはどうだろう？　元気が出るようなものを撮りたいことはわかっている。そう、明るくて、元気が出るもの。ちょっとユーモアをちりばめて。

ところが、GPSを使っても、その公園がどこにあるのかはなかなかわからなかった。アパートメントを出てから一時間以上かかり、ようやく公園内の砂利道に入った。そのうち、道を間違えたのだろうかという気がしてきた。直後、滑り台の残骸が目に飛びこんできて、胸がふさがれた。滑り台はほとんど雑草に覆われていたが、ところどころ錆びて壊れているのが見えた。ごみがそこらじゅうに散らかっている——いや、山をなしている。使用済みの注射針、古新聞、紙おむつ。公園は汚物まみれで、斜面をのぼるのは危険だった。たった六年で、美しかった公園がこれほど汚くなるとは衝撃だった。

どうしてこんなことになったのだろう。マーラー教授の説は正しかったのか？　人間はもともと破壊を好むのだろうか。それでも、ライラは教授の悲観的な哲学に与《くみ》したくはなかった。ここへ来るまでに、きれいな公園や、手入れの行き届いた公共の空間を何ヵ所も見たから、美しい場所が実在するのは知っている。でも、ここは違う。たった六年で、なぜここまで破壊されてしまったのだろう。咎を突き止めなければ。

ライラは手はじめにロサンゼルス市当局に当たってみた。ある市会議員は、ギャングの流入で公園が抗争に使われるようになったと語った。ギャングの縄張り争いが起きて、多くの世帯が引っ越していったとのことだった。べつの議員は、新しく建設された高速道路が地域を分断したせいで人々が出ていき、公園が放っておかれるようになったといった。どちらの政治家も、公園がいま有害なごみ捨て場になっていることを知っているかというライラの質問には、口をつぐんだ。どうでもよいことらしかった。

ライラは公共の記録や新聞のアーカイブでパライソ・パークについて調査を重ねた。ピクニックバスケットを持って、両脇に花を植えた小道を歩いている幸せそうな家族の写真があった。子どもたちが丘の斜面で鬼ごっこをしている写真もあった。なにも知らなければ、べつの場所で撮った写真だと決めつけたに違いない。

ライラは、公園の惨状だけではなく、人々が公園に関心を持たなかったがために荒廃をもたらしたことも描かなければならないと考えた。古い写真と、現在の公園へごみを捨てにくる人々、それもときには有害なものを廃棄する人々の写真を織りまぜたものにするのだ。

公園を汚す連中は法を犯しているのだから、ライラとしては、彼らの顔を隠すことはないと感じた。ライラのSUVが駐《と》まっていても、だれひとりためらうことなくごみを捨てていくので、こっそりと不法投棄者たちを撮ることにした。自動露出計つきの低速度撮影デジタルカメラで、連続写真を撮ることができる。五秒ごとにシャッターを切るよう設定し、二十四時間撮影が可能なように、予備のバッテリーもつないだ。そのカメラを耐候性ボックスに入れ、石の隙間に置いた。ごみだらけの丘の上のほうに設置したので、見つかりにくいはずだ。ごみ捨て場へ通い、メモリーカードを交換し、翌日分の撮影の準備をした。どんな人たちが不法投棄をしているのか、公に発表できないものだろうか。ぱりっとしたブルーのシャツにストライプのネクタイを締め、しみひとつない白衣をはおった青年が、使用済みの注射針でいっぱいのプラスティック容器をSUVのトランクから取り出して捨てる。破れたジーンズに汚れたTシャツのティーンエイジャーたちが、ピックアップトラックの荷台から、古い自動車のバッテリーを放り投げる。だが、現実にはマーラー教授とクラスメートにしか見てもらえない。

二週間後には、大量の画像がたまった。これでごみ捨て場へ行くのも最後だと思いながら、ライラは車を走らせた。あの腐った果物のようなすさまじい悪臭を嗅《か》がされることのない一日が戻ってくるのが待ちきれない。

ところが、予定は往々にして変わるものだ。ライラがカメラを持ち帰ろうとケースにしまった直後、黒っぽい色のセダンが、丘の斜面をうねうねと縫って、公園の外へ通じている狭い道路を走りおりてくるのが見えた。運転手は急いでいるようだった。セダンは砂埃《すなぼこり》を舞いあげ、急なカーブを曲がった。

セダンは丘のふもとで見えなくなった。ライラはセダンが来た方向を見やり、とたんに好奇心をかきたてられた。道路はますます狭くなり、雑草の茂った小道となって曲がりくねりながら斜面を登っていく。丘の反対側に見るべきものはなさそうだったので、ライラはそちらには一度も足を運んでいなかった。いまから頂上まで登って、反対側の様子を見てみたらどうだろう。

さいわい、アウトドア用のブーツをはいてきていた。だが、のぼり坂は急だった。ごみ捨て場から立ちのぼってくる悪臭と暑さのせいで、ますますつらい道のりになった。ようやく頂上にたどり着き、枯れた藪《やぶ》を踏み固め、引っこ抜かれた木をなんとかどかして、ようやくむこう側が見えた。そこにある光景に、ライラはぽかんとした。

眼下には、野球場ほどの平らなエリアがあった。そこも破壊者たちの餌食になっていた。ごみだらけだ。だが、ライラの目を惹《ひ》いたのは、もっと奇妙なものだった。ひどく場違いだ。ごみやがれきの山のまんなかに、美しい庭があるのだ。小さな庭だが、芝生はつい最近刈りこまれたばかりらしく青々と茂り、そのまわりを手入れの行き届いた花壇が囲んでいる。芝生にごみはひとつもない。ごみ自体が、庭に触れようものならその精緻《せいち》で意外な美を穢《けが》してしまうと遠慮しているかのようだ。

ライラはその思いがけない光景をまじまじと眺めた。どうしてこんなものがここに？　なぜこんな美しい場所がこの掃きだめのまんなかにあるのだろう？

だれかがこの庭を大切に管理し、芝も刈っているようだが、なんのためだろうか。ライラは車にカメラを取りに戻った。三十分後、枯れた藪のなかにちょうどよい場所を見つけ、耐候性ボックスに入れたカメラを置いた。出入りする人物の鮮明な写真を撮るために、道とその先の庭に焦点を合わせた。新しいメモリーカードを入れ、タイマーをセットする。

これであと二週間はこの丘をのぼりおりするはめになった。たいした成果はないかもしれないが、なにかがわかる可能性はある。ライラはありそうなことを思いつくかぎりあげてみた。老紳士が亡くなった奥さんの思い出に花を植えたのかもしれない。ここではじめて奥さんと出会ったとか、はじめてのデートの場所だったとか。いや、もっと陰惨な話もありうる。ここで奥さんを殺して埋めたのかも。そして、罪の意識にさいなまれて、花を植えたのだ。さまざまな空想が次から次へと浮かんだ。

日が沈むころ、車まで歩いて戻るライラの顔も首筋も汗まみれで、濡れたブラウスが肌に張りついていたが、それでもいつのまにか頬がゆるんでいた。はき古したジーンズに、地面に捨てられた使用済みの注射針から足を守る頑丈なハイキングブーツという格好でわたしがなにをしているのか知ったら、父さんと母さんはどう思うかしら？　きっとあきれる。まあ、わたしのやることなすことに、あのふたりはあきれてばかりだったけれど。

ようやく車にたどり着き、エンジンをかけてすぐにエアコンをつけた。それからブーツを脱いでビーチサンダルにはきかえた。

汗がひいたので、ヘンリー神父に電話をかけることにした。いやなことはぐずぐず先延ばしにするより、さっさと片付けたほうがいい。

ところが、先延ばしになった。神父は不在だった。助手によれば、帰ってくるのは翌日の夜らしい。ライラはよろこんでいるのが声に出ないように気をつけながら、電話に出られなくて申し訳ありません、またいつでもご連絡くださいと、神父にメッセージを残した。

神父に嘘をついたので、煉獄《れんごく》で過ごす時間が長くなったかもしれない。それでも後悔はしなかった。明日までにやることが山積しているし、早く最新の画像を確認したい。

道路が混雑していたので、自宅に帰り着くまで一時間四十五分もかかった。アパートメントの駐車場のゲート前でいったん停止し、暗証番号を打ちこんで錬鉄《れんてつ》のゲートを開き、自分の駐車スペースに駐めた。助手席からリュックを取り、車を降りてドアをロックした。アパートメントの階段をのぼり、リュックのなかの鍵を探した。見つからないので、ドアのブザーを押した。

すぐにドアのむこうで女性の声がした。「はい？」

「わたしよ、シドニー」ライラはいった。「鍵がリュックのなかで見つからないんだけど、探す気力がないの。あけてくれる？」

ドアの鍵がカチャリとまわった。

ライラのルームメイトのシドニー・ブキャナンがドアをさっとあけた。ウエスト部分を折り曲げてローライズにした、グレーの古いスウェットパンツ、白いTシャツにふわふわのピンクのスリッパといういでたちで、鉛筆を一本口にくわえ、もう一本を崩れかけたシニヨンに突き刺している。

シドニーは手を伸ばしてライラのリュックを受け取り、口から鉛筆を取った。「あなた、車なしで洗車場をくぐってきたみたい」哀れむような口調だった。

ライラは一脚しかない安楽椅子にどさりと腰をおろし、大きく息を吐いた。「もうくたくた。そっちは?」

「んー、いつもどおり」シドニーは元気いっぱいに答えた。「レオナルド・ディカプリオとブランチしたの。今日の午後からメキシコに行こうって誘われたんだけど、スピルバーグとルーカスと会う約束があったから。わたしにぜひ監督してほしい映画があるってしつこくってね。もう少し考えさせてくださいって答えておいたわ。そのあと、ロバート・パティンソンとお茶して、チェイス・クロフォードと食事。あ、それからザック・エフロンが四六時中、電話をかけてくるの。ほんと、わたしをめぐって争うのをやめないのなら、あの人たちとは二度と会いたくないわ」

ライラが笑うと、シドニーは床に半円形に散らかったフィルムと紙切れの内側に座った。

「ほんとはね、一日じゅうここにいた。今日だけじゃなくて、この一週間ずっとじゃないかな」窓をちらりと見やり、「もう夜?」とうめく。「この課題、明日までに提出しなきゃ大変なことになるのに」ばらばらの紙を拾い集めて端をそろえ、深呼吸をしてからつぶやいた。

「わたしならできる。わたしならできる」

ライラは疲れた体を椅子から引きあげた。「シャワーを浴びてくる。手伝いが必要だったら遠慮なくいって」

シドニーは感謝の笑みを向けた。「ありがとう。でも、目星はついてるの。ただ時間がかかるだけ」

ライラとシドニーは、ルームメイトというより姉妹のようだった。大学二年生になる前の夏、ある映画祭で出品者のボランティア・アシスタント同士として知りあった。ちょうど当時のライラのルームメイトが卒業してファーゴへ帰ってしまい、シドニーは借りている部屋の契約が切れるところだった。シドニーの部屋はライラのアパートメントの三倍は広かったが、大学まで一時間かかり、セキュリティも不充分だった。そこで、シドニーはライラに、一緒に住まないかと持ちかけた。ライラのアパートメントは狭いが、その気になれば大学へは歩いていける距離だ。

ふたりのあいだには多くの共通点があったので、すぐに共同生活に慣れた。年齢が同じで、どちらもときどき過保護だと感じるほど仲のよいきょうだいに囲まれて育った。ふたりともクラシックなロックとダークチョコレートに目がない。だが、将来の夢は少し異なった。シドニーはいつか映画界を騒然とさせるような作品を撮りたいと思っている。ライラの望みはドキュメンタリーを執筆したりプロデュースしたりすることだ。

四年間の大学生活ののち、ライラは優秀な成績で卒業した。それからシドニーとともにカリフォルニアの有名な映画学校に入学できるチャンスを得て、ふたりとも飛びついた。ライラは映画学校の卒業を目前にして、卒業後はなにをしようかと考えている。いくつかの仕事に誘われたものの、どれも自分には合っていなかったので、じわじわとあせりつつあった。けれど、今日は卒業後のことは考えないことにした。先に片付けなければならない問題がある。

シャワーを出たと同時に、電話の呼び出し音が聞こえた。

「出ようか？」シドニーが大声でいった。

「ううん、自分で出る」ライラは水滴がしたたっている髪にタオルを巻き、急いで携帯電話を取りにいき、発信者の名前を見て溜息《ためいき》をついた。「もしもし、ヘンリー神父。お電話ありがとうございます」心にもない嘘をまたついてしまったから、煉獄で過ごす時間がさらに一カ月延びた。「お元気ですか？」

神父はどうでもよい挨拶《あいさつ》に時間を無駄遣いしなかった。「ライラ、彼女がまたやってくれたよ」

彼女とはだれのことなのか尋ねる必要はなかった。ライラの祖母だ。ライラが子どものころから呼んでいる愛称はジジ。ライラは顔をしかめた。「教会の聖水ですか？」

もちろん、教会の聖水に決まっている。祖母が興味を持つ聖水といえば、それしかない。

ヘンリー神父にはとてもいえないが、おかしなことにライラは神父がほんとうに好きだった。親切だし、普段はものごとにこだわらないほうで、冗談もわかる人だ。それに、見た目も格好いい。神父のことをハンサムだと思うなんて、教会からはにらまれそうだけれど。

「ああ、ライラ、洗礼盤の聖水だってことはいうまでもないだろう」

ライラは笑ってしまうほど狭い自室に入り、靴の箱に足をぶつけた。ベッドまで片方の足でぴょんぴょん飛び跳ねていき、どすんと腰をおろした。

「ご迷惑をおかけして申し訳ありません、神父」足をさすりながらいった。「ご存じのように、祖母は……」言葉が途切れた。祖母がどうだといえばいいのだろう？

「頑固だ」神父がかわりにいってくれた。

「ええ、いい人なんですけど。優しくて、ひどく――」

ほめ言葉を無視して神父はつづけた。「ひどく、迷信深いだろう？」

「ええ、でも――」

「もう一度、きちんと話をしてくれなければ困るよ」

「はい、そうします」

「いつ？」

「近いうちに」

「近いうちとは?」

神父は逃がしてくれないらしい。「今週末に。金曜日に最後の授業が終わったらそちらへ行きます」ライラは約束した。「わたしがいるあいだに、神父もお立ち寄りくださいませんか。ふたりで話して聞かせたほうが、祖母もわかってくれるんじゃないかと」まあ無理だろうけど、と内心で思ったが、黙っていた。

ヘンリー神父は気が済んだようだった……さしあたっては。

ライラはとりあえずジジのことは忘れて、寝る前にやってしまわなければならない作業に集中することにした。週末には、きっと祖母も神父も納得するような案を思いつくだろう。それまでは考えないことにするのだ。

古くさいパジャマを着て、バスルームに引き返して化粧水をつけた。顔が日焼けしているる。午後に丘に登ったりしたからだ。午後の授業の担当教官、キートン教授のせいでもある。影を落とす木が一本もない広場で講義をしたのだ。教授だけが大きな黒い傘をさし、学生たちは炎天下で耐えていた。自然と触れあうためだと教授はいった。ライラが触れあったのは太陽だけだ。もちろん日焼け止めはつけたが、講義がはじまって一時間が過ぎたころには、ミネラルウォーターをボトルから顔にかけるようになってしまい、せっかくの日焼け止めも洗い落としてしまったようだ。

シドニーはライラの格好を見て笑った。「新しいパジャマ？」

ライラはうなずいた。キッチンへ行き、ミネラルウォーターのボトルを持って自室に戻った。

シドニーが首をかしげてしばらくライラを見つめた。

ライラはその様子に気づいた。「どうかした？」

「日焼けして五〇年代風のパジャマを着ていても、なぜそんなにきれいなのかなと思って」

「なにを貸してほしいの？」

「べつになにも」

「だったら、なぜお世辞をいうの？」

「不公平だと思っただけ」シドニーはにっこり笑った。「あなたと一緒に出かけると、いつも地味で目立たない子になった気がするんだもの」

ライラは本気にしなかった。「やめてよ。わたしなんか十人並み。ストロベリーブロンドで、すごくきれいな目をしているのはそっちでしょ」

「わたしは気軽に話しかけやすいタイプ。あなたはセクシー。わたしは男の子たちを笑わせる。あなたはハアハアいわせる」

ライラは笑った。「ばかね。ファンがたくさんいるくせに」

シドニーは肩をすくめた。「まあ何人かはね。わたしは気のあるそぶりがうまいから」

「たしかに。もはや芸術の域よね」

「でしょ」シドニーはTシャツを脱いだ。「豊胸しようかなと思ってるの」

ライラはちょうど水を飲んだところで、むせそうになった。「いまなんていった?」

「豊胸しようかなって」シドニーは真顔で繰り返した。「詰め物をしたら大きくなるよね。ピアソン教授みたいに。デカパイ・ピアソン」

「あの人の胸、偽物なの?」

「鎖骨のとこまで盛りあがってるもの。本物のわけないでしょ」

「本気で豊胸なんてしたいの?」

「まさか。すぐ信じちゃうんだから」シドニーはさっさと話を変えた。「そのパジャマ、おばあさまが送ってきたの?」

「そうだけど」ライラはシドニーのむかいに座り、ノートパソコンを取った。

「なんのプレゼント?」

「早めの誕生日プレゼント」

「ほかのものを買ってくれたことはないの?」

「もうずいぶん長いことないわ」

「お兄さんたちは？　お兄さんたちもパジャマをもらうの？」ライラの兄たちのパジャマ姿を思い浮かべ、シドニーは頬をゆるめた。

「腕時計」ライラは答えた。「腕時計か、目覚まし時計。クリスマスとか祝日のたびにもらってた」

「あなたのおばあさまって天才だと思う。考えてもみてよ。人がなにをほしがっているのかあれこれ考えるっていう苦行をうまく避けてる。人ごみにもまれたり、プレゼントの値段に悩んだりしなくてもいいのよ。クリスマスの買い物も楽勝でしょ」

「そうね」ライラはうなずいた。「ほんとうに、あなたにも会ってほしい。わたしの機能不全家族のなかで、あなたが会っていないのはジジだけだし、きっと好きになるわ。今週末、一緒にサンディエゴまで行かない？　ヘンリー神父に、もう一度ジジと話すって約束したの。金曜の授業が終わったら行くつもり。お願い、一緒に来て。あなたにとってもいい気晴らしになるわ」

「そうしたいのはやまやまだけど、やっぱり無理。来週末締切の課題がふたつあるし、どっちもまだやることが残ってるの。週末はラボにこもらなきゃ」

「わたしに手伝えることはある？」

「あなたも課題があるでしょ。で、進んでるの？」

「ほとんど終わったわ。ごみを捨てる素敵な紳士淑女の写真をあと何枚か足したいんだけど、必要な写真は撮り終わってる」

「すごい。混雑した道路を毎日ごみ捨て場まで行き来しなくてもよくなってうれしいでしょ」

「それが、まだ行き来することになったのよ」

「写真は全部撮り終わったって……」

「べつの企画に取りかかったの。企画というほどでもないかな。ちょっとおもしろそうなことがあってね」

ライラは、花壇に囲まれた小さな芝生の庭を丘の反対側で見つけたことをシドニーに話した。「ほんとうに……思いがけないことってあるのね。正直いうと、魅入られちゃったって感じ」

「で、なんの写真を撮るためにカメラを置いてきたの？　芝生の成長？」

「そうじゃなくて、だれが芝生や花壇の手入れをしているのか知りたいの。それから、ここが肝心なんだけど、なぜあんなことをしているのか。いろいろ想像してみたけれど、いちばん気に入っているのは失恋の記念かな。あの小さな芝地で、ふたりはよくピクニックをしたり――」

「救いようのないロマンチストね、ライラ。そんなことのためにわざわざ通うんだ」

「そんなに変なことじゃないわ」ライラはいった。「カメラはせいぜい一週間……ううん、二週間で引きあげるつもりだし。ねえ、チョコレートってもうないの？」

急に話を変えてもシドニーは嫌な顔をしなかった。彼女自身、ころころ話が変わるからだ。ふたりが親しくなり、ルームメイトになってからもう長いので、相手の流儀は知り尽くしている。

「もうないわ、最後の一個はあなたがゆうべ食べちゃった。それより、やっぱり変よ。ドキュメンタリーの課題のためにロサンゼルスを車で走りまわるのは必要なことだけど、たいした理由もないのにあの交通渋滞のなかを通いつづけるなんて……絶対おかしい」

「そうかもしれないけど、とにかくやってみる。……ちょっと待って、ゆうべはチョコレート食べてないんだけど」

シドニーはにやりと笑った。「ばれちゃった。食べたのはわたし」

そういって立ちあがり、キッチンへ行ってココア味のシリアルと香りつきミネラルウォーターを持って戻ってきた。

腰をおろし、ひとつかみのシリアルを取ってから、箱をライラに差し出した。

「あなたは本物を見てないもの」ライラはシリアルを手ですくいながらいった。

「なんのこと?」シドニーはまた箱を取った。

「うちの駐車スペースくらいのオアシス。芝生が青々と茂って、まわりにきれいな花壇があって。完璧な庭なの。でも、すごく場違いなのよね。臭くて汚いごみに囲まれているんだもの。あなたも一緒に来て、自分の目で見るべきだわ」

シドニーは意外にも同意した。「そうね。行こうかな。そうすれば、あなたみたいに好奇心をかきたてられるかも。来週の午後に、ついていくわ。わたしの考えをいうわよ。その芝生の庭は、ほんとうは墓地なの」

「わたしもそれは考えたわ」

「大事件にならない? 奥さんが旦那さんを殺した。または旦那さんが奥さんを殺して、墓穴を掘って埋めたの」

「そして、罪の意識にさいなまれて、花を植えて芝生の手入れをしているってわけ?」

シドニーは笑った。「妻を殺すような男がわざわざ芝生を刈ったりするかしらね」それからほかに考えられることをいくつかあげた。すべて殺人と暴力がからんでいた。次々と陰惨な話を繰り出しているうちに、シャベルを買って死体が埋まっているかどうか確かめたいとまでいいだした。

「そういう残酷な犯罪ばかり思いつくのはなぜかしら」ライラはいった。

シドニーは肩をすくめた。「兄さんたちがみんな警察関係に勤めてるからでしょ。食事の席でいろいろな話を聞くのよ。だからこんなにひねくれちゃったのかも」

ライラはかぶりを振った。シドニーがひねくれているとは少しも思えない。想像力は働きすぎるけれど、だからこそみずから選んだ映画業界でかならず成功するだろう。

「そろそろ作業に取りかからなくちゃ」ライラはいった。「ふたりとも今夜は徹夜になってしまうわ」

シドニーもうなずき、それからふたりは数時間、黙々と課題に取り組んだ。ライラは午前零時ごろに終え、自室へ向かった。

「おばあさまのところへは何時ごろ発つの？」

「午後三時くらいかな。できれば帰宅ラッシュがはじまる前がいいから。それがどうかした？」

「このフィルムを返しておいてくれない？　金曜の午後五時までに返却しなければならないんだけど、わたしは一日じゅうキャンパスを走りまわってるから。かわりに返しておいてくれると助かるんだけど……」

「わかった。まかせて」

火曜日、授業が終わると、ライラはマーラー教授のオフィスへ、課題の成績に追加点をつけてもらえないか相談しにいった。まず、ごみ捨て場の奥に見つけた庭を題材に短い作品を撮りたいと話した。

「ドキュメンタリーの課題は終わったのか……きみのテーマはなんだったかな？」

「公園です。パライソ・パークを撮っている途中で、その庭を見つけたんです」

教授は驚いたようだった。机の上で腕組みをした。「なぜパライソ・パークを選んだんだ？ ここから一時間以上かかるじゃないか。なぜあそこを知っていたんだ？」

ライラは壁のポスターのほうを見た。「教授のおかげです。それから、あのポスターと」

教授は回転椅子の背にもたれて壁のほうへ首をめぐらせた。「もうずいぶん長いあいだ貼ってあったから、すっかり忘れていたよ。わたしはあの公園の近所で育ったんだ。あのポスターは、最初の年次式典のときに手に入れた。次の年に引っ越したんだよ」ライラに向きなおった。

「あそこも荒れていただろう？　違うかな？」

「ええ、めちゃくちゃでした」

ライラは、車やトラックでごみを捨てにくる人々を撮影した話をした。

「そして、今度は丘の反対側にある庭を撮りたいのか」

「撮影はもうはじめています。毎日メモリーカードを交換しているんです。でも、まだなにが写っているのか確かめるひまがなくて。成績に追加点をつけてくださるのなら――」

「うんうん、なるほど……」

　まずい、教授があごをこすっている。撮影を認めないつもりなのだ。

「たしかにおもしろそうだ」教授がいった。「だが、こうしよう。成績はもともとの課題のドキュメンタリーだけでつける。課題を提出してから、その庭の撮影に取り組めばいい。ものドキュメンタリーのまとまりが悪くなるんじゃないかと思うんだ。切り口も同じ、場所も同じではね……まあ、きみしだいだ。とりあえず、ひとつひとつ仕上げることだね」

　ライラはオフィスをあとにしながら、マーラー教授のいったことについて考えた。教授のいうとおりだ。まず大事な課題を仕上げなければならない。けれど、カメラは公園を撮影しつづけている。

　金曜日の午後、ライラはロサンゼルスの道路交通に勝ったつもりだったが、州間高速道路に出たとたん、自動車四台の玉突き事故に阻まれ、迂回《うかい》しなければならなくなった。ロサンゼルス近郊でも指折りの高級地区を通る迂回路は、以前も車を走らせたことがあった。定められている制限速度は高速道路よりはるかに遅いが、ライラはいらだつこともなかった。すばらしい晴天で、手入れの行き届いた芝生や花壇が目に心地よかった。

　ウォルナット・ストリートを走っているときに、その看板に気付いた。〝不用品譲ります〟

3

マイロ・スミスは、間抜けな男だった。おまけに嘘つきで見栄っ張りだ。

けれど、本人は少しも気づいていない。自分は天才だと思っているばかりか、勤務先の債権取立代行会社のだれもがそう思っていると信じきっている。社長のミスター・メリアムは、七十名以上いる社員をめったにほめないが、先月マイロは、社長がほかの幹部に自分のことを使える男だと話しているのを立ち聞きした。マイロはその言葉を、社長がこの先〝特殊な〟残業をもっと自分にまかせたいといっているのだと受け取った。

ほかの社員と同様に、マイロも出世の階段をのぼりたがっている。表向きは重役になりたいといっているが、ひそかに究極の目標にしていることはだれにも話したことがない。だれひとり理解してくれないのはわかりきっているからだ。それどころか、笑われるだろう。

マイロはジェームズ・ボンドになりたかった。いや、正気を失ったわけではない。ジェームズ・ボンドが映画の登場人物にすぎないことは知っている。子どものころから007を見ていたし、すべてのボンド映画を数えきれないくらい何度も見た。ボンドのセリフは一言一句違《たが》わずにそらんじている。子ども時代のみじめな日常は、映画がはじまったとたんに消え失せ、映画を見ている二時間だけは、マイロは父親に小突きまわされているやせっぽちの子どもではなかった。そう、マイロはジェームズ・ボンドだった。

大人になったマイロは、自画自賛するのが癖になった。この若さでこれほどの仕事をやってのけたのは奇跡じゃないか？　そのとおり、マイロは会社の指示に従い――どんなに面倒でも複雑でも――プロフェッショナルらしく締切は決して破らない。なによりも、仕事に私情を持ちこまないようにしている。

マイロは殺し屋だった。文字通りの意味ではない。今日まで人を殺したことは一度もない。だが、そのこともまた、あえて口外しないようにしている。

この職業につけたのは幸運だった。たまたま、しかるべきときにしかるべき場所にいあわせただけだ。たとえるならば、映画スターがドラッグストアのドリンクコーナーでコーラを飲んでいるときに見いだされるようなもの。そう、まさにそれだ。

マイロがミスター・メリアムに見いだされたのは、隣人をたたきのめしているときのことだった。偶然通りかかったミスター・メリアムに、あの路地からさっさと連れ出され、その場で雇われた。そして小さな個室と電話、それに脅したり嫌がらせをしたりして借金を払わせなければならない人々の名簿を与えられた。債権取立代行業は違法ではない。クレジット会社数社が顧客で、ミスター・メリアムはかなりの高収入だ。

ただし、ミスター・メリアムは二、三の副業も持っていた。マイロは詳しくは知らないが、ときどき社長が〝クライアント〟に手を焼くと、なんらかの処置をとらなければならなくなる。

就職して八ヵ月がたったころ、マイロは社長室に呼ばれた。社員のほとんどは帰宅し、遅番が仕事をはじめた時間帯だった。ミスター・メリアムは、マイロに人を殺したことがあるかと単刀直入に尋ねた。

マイロは大物気取りで答をはぐらかし、他人の命を取ることが難しいと感じたことはないと答えた。自分には天分があるようだ。債権取立の仕事をしていなければ、金をもらって人を殺すことを生業《なりわい》にしていたかもしれない。腕に自信はある。そう豪語した。

ミスター・メリアムはマイロの口の堅さと忠実さを買い、その夜、最初の殺しを指示した。その結果はメリアムを満足させ、それ以降、マイロは数ヵ月のうちに何度か任務を命じられた。

社長に信頼されているという自信が、ますますマイロの自我を膨張させた。この知識と経験を自分だけのものにしておくのはもったいないと考え、数回の任務をこなすうちに、身に着けた知識をまとめはじめた。年を取ってリタイアしたら、これらの知識を新米の殺し屋にわけてやるのだ。

教訓その一。捨ててもよい服を着ること。

最初の任務、マーシャル・デルマー・ジュニアの件がその好例だ。

デルマーは投資顧問だった。ミスター・メリアムは彼のすすめに従って、ある会社に投資したところ、その会社は倒産してしまった。あのナメクジ男デルマーが、直前に自分の持ち株をすべて処分して相当な利益をあげたことを知らなければ、ミスター・メリアムも損失など気にしなかったかもしれない。メリアムは、デルマーは倒産を事前に知っていたはずであり、その情報を隠すという罪を犯したのだから、速やかに死ななければならないと考えた。

メリアムがマイロに出した指示は、事故に見せかけるようにということだけだった。

任務を遂行すると、マイロはミスター・メリアムのもとへ戻り、警察はデルマーの死をつまずいて机の角に頭をぶつけたことによる事故死だと判定するだろうと、意気揚々《ようよう》と報告した。

ミスター・メリアムはその報告に感心し、マイロも正直なところ、われながらたいしたものだと思った。実際のデルマーの死に方は、マイロがでっちあげ、こっちが事実だと信じこむことにした筋書とはまったく違っていた。

マーシャル・デルマーは、ヴィスタ・デル・パシフィコという高級住宅地にあるスペイン風の住宅で、やたらと多くのモノに囲まれて暮らしていた。よく晴れた日に二階建ての家の屋根に立ち、まぶしい陽光に負けずに目を凝らせば、はるか遠くの海がなんとか見えるかもしれない。だからデルマーの家はオーシャンビューとされ、ゆえに数百万ドルの価値があった。

家のなかに忍びこむのは、意外なほど簡単だった。デルマーはその晩、盛大なディナーパーティを開いていたので、スタッフたちがケータリング業者を手伝うために勝手口を出たり入ったりしていた。

マイロは下調べを怠らなかった。パーティについて調べつくし、デルマーが雇ったケータリング業者がどこかも確認した。スタッフは長袖の黒いシャツのボタンを首まできっちりとめ、黒いパンツに黒い靴をはくことになっていた。マイロもそのとおりの格好をしてきたので、ケータリング業者のヴァンから取ってきた銀のトレイを手に、怪しまれることなく勝手口から入ることができた。季節は夏で、夜になっても暑かったということもあり、コートや上着を着てくる客はいなかったので、マイロはパーティーが終わるまで、玄関ホールの脇にあるコートクローゼットに隠れ、間違いなく独身であるデルマーがひとりきりになるのを辛抱強く待った。

デルマーが家じゅうの明かりを消し、玄関に鍵をかけて書斎へ向かったのは、午前一時すぎのことだった。

マイロはさらに待った。デルマーもそろそろ寝室へ行って眠りこむはずだ。そうしたら、枕を顔に押しつけて窒息させる。デルマーが暴れなければ、就寝中の急死にしか見えないだろう。

ところが、デルマーが計画を台無しにした。なかなか寝室へ行きそうにない。マイロは待てなくなった。デルマーは書斎で眠ってしまったかもしれない。マイロは静かにクローゼットのドアをあけ、玄関ホールを忍び足で突っ切った。仮装用品店の怪傑ゾロのマネキンからくすねてきた黒いマスクを着け、書斎のなかを覗《のぞ》きこむと、デルマーは机の前に座り、ペンを手に書類の束に目を通していた。

書斎のなかは薄暗かった。机のライトだけが、書類に細い明かりを投げかけていた。エアコンが効きすぎて室内は肌寒いほどだったが、マイロの見たところ、デルマーはひどく汗をかいていた。ジョギングでもしてきたかのように荒い息をしているが、デルマーは平均体重を七十キロ、いや九十キロはオーバーしているはずだから、おかしな話だ。とりあえず、気づかれることなく書斎に入ることはできた。暗がりの壁に体をぴったりとつける。そのまましばらくじっとして、浅い呼吸をしながら、緊急時の対応策を思い出そうとした。とたんに、緊急時の対応策など立てていなかったのを思い出した。このばか野郎、と自分を叱りつけた。さあ、どうすればいい？　事故死に見せかけなければならないのだから、銃は持ってこなかった。弾痕《だんこん》は他殺の決定的な証拠になる。

下唇を嚙《か》み、デルマーを首尾よく殺す方法を考えた。そのとき不意に、デルマーがペンを取り落とし、左腕をさすりはじめた。大げさなうめき声をあげている。

殴り殺せ。そうだ。殴り殺せばいい。頭を殴って、石の暖炉にぶつかって死んだように見せかければいい。

作戦が決まると、ずいぶん気分が落ち着いたので、マイロは前に進み出たものの、デルマーを殴りつけるための道具をなにも持っていないことに気づいた。なんでもっと早くに考えておかなかったんだと自分をどやしつけながら、凶器になりそうなものを探してきょろきょろあたりを見まわした。ゆっくりと後ずさりし、デルマーに見つからないように、また壁に背中を押しつけた。

ずっしりした燭台《しょくだい》もブックエンドも……なにもない。暖炉に火かき棒でもあれば使えるのに、それすらない。

マイロはすっかりうろたえて、そろそろと玄関ホールに戻った。キッチンなら鈍器のようなものが見つかるかもしれない。ところが、あわてたせいでなにもないところでつまずき、横ざまに倒れた。さいわい、大きな音をたてずにすんだ。あたふたと立ちあがると、デルマーがいまにも叫びだしそうな顔をしていないか、もっと悪いことに拳銃を構えて追いかけてきてはいないか、振り返って確かめた。

書斎を覗きこんだマイロは、自分の幸運が信じられなかった。デルマーは、マイロがたてた物音にまったく気づいていなかった。だが、様子がおかしい。右手で胸をつかみ、デスクライトのほうへゆらりと身を乗り出した。苦しそうにあえいでいる顔が、またたくまに死後一日たった死体の色に変わっていく。

突然、デルマーが椅子から立ちあがり、よろよろと後ろにさがった。それから、電話のほうを向き、懸命に手を伸ばした。だが、受話器をつかむことはできなかった。いきなりつんのめって机の角に強く頭をぶつけ、床に倒れてそのまま動かなくなった。頭から血が流れている。

死んでしまったのか？　マイロは脈を確かめようと駆け寄った。敷物の端に足を取られてバランスを崩し、デルマーの上にばったりと倒れこんだ。立ちあがったときには、シャツにもパンツにもデルマーの血がべっとりとついていた。生気のない顔をしばらく眺めたあげく、デルマーが死んだのを確信した。どのくらいそこにいたのかわからないが、物音が聞こえたような気がして、マイロはようやく動きはじめた。ひょっとしたら、耳のなかにこもっている自分の鼓動の音かもしれないが、危険は避けるにかぎる。つるつるすべる木の床の上で必死に足を動かし、裏口を出て車まで三ブロックの長い距離を一度も止まらずに走りとおした。車を運転しはじめてしばらくしてから、黒いマスクをつけたままだったのを思い出した。この凡ミスについては、殺し屋の教則本には書かないつもりだ。伝説的な大物とは間違いを犯さないものだ。

教訓その二。犬の餌《えさ》を持っていくこと。

ジミー・バロウズの件がよい例だ。

バロウズは普通の高利貸しより取立が厳しく、ミスター・メリアムの甥《おい》から金を搾り取っていた。マイロは、バロウズの眉間に一発ぶちこめと命じられた。ミスター・メリアムは、親族を虚仮《こけ》にしたらただではおかないというメッセージを広く伝えたかったのだ。

任務を終えたマイロは、バロウズが飼っていたキャンキャンうるさい二頭の犬にいささか手こずったが、殺し自体はなんの問題もなくすませた、と報告した。

まあ、なんの問題もなかったわけではない。ほんとうのところは、自分でも認めたくないほどドタバタでぶざまだった。

ミスター・メリアムからバロウズの写真をもらったとき、ひと目で今度の殺しは公園の散歩ほどに簡単だろうとマイロは思った。バロウズは身長百六十センチから百六十五センチ程度、体重は服を着ていても五十キロほどしかなさそうだったが、油断は禁物だ。バロウズが銃を持っていたら、体格など関係ない。銃を持っているとは思えないが。噂によれば、バロウズはみずからの手を汚すようなことはしたがらない腰抜けらしい。服装も物腰も、見るからに神経質そうで、両手の爪はきれいにマニキュアまでしてある。汚れ仕事は部下にやらせている。マイロは金に困っている客のふりをするつもりだが、部下がそばにいないときを確実に狙わなければならない。

バロウズのようなお上品な人間には、高利貸しという職業は不似合いだ。マイロにいわせれば、高利貸しなど悪党でなければできないはずだが、バロウズは悪党にはほど遠い。バロウズのオフィスは、セカンド・ストリートとサイプレス・レーンの角の改修した店舗だった。治安の悪い地区で、その角に十五分間突っ立っていれば、間違いなく刺されることになる。

マイロも長居するつもりはなかった。机の手前にあるソファに座って銀行の書類を仕分けしているバロウズが、正面のウインドウ越しに見えた。黒いスーツに赤と白のストライプのネクタイを締め、ソファの反対側の端には茶色の毛皮のコートがかかっていた。おそらく妻のものだろう。あれを盗んで売ったらいくらになるだろうか。

「あんたがバロウズか?」マイロはオフィスに入りながら尋ねた。

「ミ、ミ、ミスター・バロウズだが」高利貸しはむっとした様子で訂正した。

「金を借りたい」マイロはいった。「担保になりそうなものの書類を持ってきたから、ちょっと見てくれ」レインコートの内ポケットに手を入れ、38口径を取り出してバロウズに銃口を向けた。

バロウズは拳銃を見たとたんにぴたりと動きを止めた。だが、すぐさまわれに返り、ゆったりとクッションにもたれた。「強盗にきたのか?」落ち着いた声だった。「だったら、あいにくだな。ここに金はない」

「おれは強盗じゃない。ある人に頼まれて、メッセージを届けにきた」

「ほう。だれだ?」

「あんたの知ったことじゃない」

奇妙なことに、バロウズは銃で頭を狙われているのに、少しも動揺した様子がない。

「よかろう」バロウズはいった。「その謎の男がわたしに届けたいメッセージとは?」

「親族を虚仮にしたらただじゃおかないと、あんただけじゃなくてほかの連中にも知ってほしいそうだ」

「それなら、やはり名前を教えてもらわなければな」バロウズはおもしろそうにつけくわえた。「だれの親族を虚仮にしてはいけないんだ？」右手がゆっくりとクッションの隙間へ動いていく。

「おれの見えるところに両手を出せ」マイロは命じた。

そして、狙いを定めて引き金を絞った。なにも起きない。あせってセーフティを解除するのを忘れていたのだ。セーフティを解除しようとしたそのとき、視界の隅で毛皮のコートが動いたのが見えた。ぎょっとしたマイロが跳びすさった拍子に、銃口がややさがった。毛皮の下から二頭のシェットランド・シープドッグがぴょこんと頭を突き出し、とがった歯をむきだしてうなりはじめた。

「ご挨拶しろ」バロウズが命じた。

マイロは面食らってのけぞった。「なんだって？」

二頭の犬は命令を理解し、マイロに飛びかかった。マイロは二頭に向きなおりかけ、うっかり発砲してしまった。銃弾はあさっての方向へ飛んでいき、壁にめりこんだ。

その音に怯《おび》えた犬たちは、飼い主のほうを見やった。飼い主は静かに繰り返した。「ご挨拶しろ」

地獄の番犬たちはふたたびマイロに襲いかかった。マイロはパニックに陥り、とにかく逃げなければと犬たちに背を向けたが、自分の甲高い悲鳴に思わず足を止めた。犬が尻に嚙みつき、ぎりぎりと歯を立てている。マイロは犬を払いのけようと、その場でくるりと回転した。だが、どんなに抵抗しても、犬は離れない。

もう一頭の犬はマイロの喉めがけて飛びかかった。マイロは銃で犬を殴ろうとしたが、犬のほうが敏捷《びんしょう》で、手に噛みついた。が、マイロはほとんど気づかなかった。噛まれた尻のほうがよほど痛く、マイロは悲鳴を止められなかった。

二頭目の犬がマイロの手を放して床に着地するや、テニスボールのごとく跳ね、ふたたびマイロの喉を狙った。

バロウズはクッションの隙間から拳銃を取り出していたが、発砲はしなかった。もはや危険は去ったと考えているのだ。いかにも楽しそうに、飼い犬たちの活躍を眺めている。

マイロはそこで思いもよらないことをした。拳銃を落としてしまったのだ。ぴょんぴょん飛び跳ねている犬が、拳銃が床に落ちる前に口でキャッチし、パンッ……銃弾がバロウズの胸に命中した。つかのま、マイロは凍りついた。あのくそ犬、おれより射撃がうまいじゃねえか。

銃声のせいで、また犬たちが縮みあがった。マイロから離れてソファへ駆け戻り、飼い主の次の命令を待った。

バロウズは死んでいた。ネクタイの赤い染料が、ぱりっとアイロンのきいた真っ白なシャッにじくじくと流れ落ちているように見えた。銃弾が心臓を貫通し、即死したようだ。おもしろそうな顔をしたまま、こときれていた。

さいわいにも、ドアから逃げ出す前に、銃を拾ってポケットに突っこむだけの理性はマイロにも残っていた。涙が止まらない。足を引きずりながら数ブロック先の車まで逃げていくあいだに、何人かの人々に怪訝《けげん》な目を向けられたが、かまわなかった。見たいなら見ればいい。尻が燃えているようで、傷口から脚の裏側に血がつたっているのがわかった。ありがたいことに、このあたりの住人は警察に通報などしない。

やっと車にたどり着いて乗りこんだものの、腰をおろしたとたんに叫び声が漏れた。ハンドルを両手で握りしめ、病院までずっと泣きつづけた。

いうまでもなく、ミスター・メリアムには詳細を伏せて報告した。みずからのイメージを損ないたくなかった。それに、ミスター・メリアムは結果だけを求めている。

三つ目の教訓は、まだ生々しくて、思い出すだけで身震いしてしまい、あれこれ解釈する余裕もない。

教訓その三。プールのそばで殺しをするなら、事前に泳ぎを覚えておくこと。

ジョージ・ヴィラードの件がよい例だ。

この件に関しては、いまだに悪夢を見る。指示された標的のヴィラードは、ボディビルダーだった。大酒飲みの女好きとしても知られていた。ミスター・メリアムは、この任務にかぎっては、標的の詳しい経歴をマイロに教えなかった。とにかくヴィラードをやれ、いますぐやれ。そう命じただけだ。

じっくり下調べしたり、計画を立てたりする時間はなかった。とりあえず、拳銃に充分な弾がこめてあるのを確認してから出かけた。曲がり角だらけの迷路が広がる丘陵地に目的の家を見つけたときには、午前零時をとうにまわっていた。ヴィラードは、裏庭のインゲン豆の形をしたプールのそばにいた。マイロは植えこみの陰に隠れて、ふらふらと足元のおぼつかない標的を観察した。大男のヴィラードが眠りこんでしまうのは時間の問題に見えた。

マイロは、あれだけ酔っ払っていれば抵抗できないだろうと考えたが、それは間違いだった。植えこみから飛び出し、レインコートのポケットから拳銃を取り出そうとしたとき、ヴィラードに気づかれ、みごとなパンチを一発食らったあげく、プールに放りこまれた。

マイロは犬かきでプールサイドを目指したが、恐慌をきたした精神と、衣服に足を引っぱられた。三度目に沈みそうになったとき、ヴィラードに片手でひょいと引っぱりあげられ、金切り声で問い詰められた。

「だれにいわれてここへ来たんだ？　ジョー・アンの亭主か、それともクリスタルのか？　正直にいえ」ヴィラードがわめいた。首が一方に曲がり、まぶたは半分おりていて、ろれつがまわっていなかった。突然、ヴィラードがさっと首をまっすぐに立てると、マイロの腹を蹴りつけた。「答えろ、ちくしょうめ！」

マイロは口もきけなかった。死にかけの鯉《こい》よろしく、コンクリートの上でじたばたともがき、大量に飲みこんだ水にむせて、答えるどころではなかった。

いらだったヴィラードが、またマイロを蹴った。「レニーだな？　そうだろう？　あのくそ野郎が」もう一発、脇腹に容赦ないキックを打ちこむ。「だれにいわれて来たのか吐け。そうすれば、またプールに放りこんで、溺《おぼ》れ死ぬのを見物してやるぜ」

そんなふうに脅されていいなりになるやつがいるか、とマイロは思ったが、酔っ払ったヴィラードにはわからないらしい。それくらいへべれけなのに、攻撃力は衰えていない。マイロは逃げたかったが、怖くて身動きできなかった。拳銃に手を伸ばすのも怖く――間違いなく水にどっぷり浸かったから、ちゃんと動くかどうかもわからないし――どんな形であれ、よだれをたらしている筋肉男を刺激するのが怖かった。

マイロが生き延びる方策を必死に考えているいっぽうで、ヴィラードは意識を集中しようとしているのか、しきりにまばたきし、眉間にしわを寄せてマイロを見おろした。自分がなにをしているのか思い出したらしく、突然うなずいてにんまり笑うと、また片方の脚をさっと引いてマイロを蹴ろうとしたが、摂取した大量のアルコールに邪魔をされ、バランスを崩した。上体がぐらつき、まぶたが完全におり、ヴィラードはグラスをつかんだまま頭からプールに落ちた。酔いつぶれて、溺れかけていることがわかっていなかった。

ヴィラードの死は不慮の事故だった。

またもやぎりぎりで大失敗を免れたとはいえ、マイロは先の二件と同様に、一応は手柄を立てたわけで、ミスター・メリアムの目には申し分のない成績に見せることができた。三戦三勝だ。メリアムはご満悦で、マイロにボーナスを出した。

それから二週間たった木曜日の午後、マイロは新しい任務のためにミスター・メリアムのオフィスに呼び出された。

ミスター・メリアムはいつも雑談などしないが、今日は話したい気分のようだった。

「きみも気づいていたかもしれないが、ここ二週間ほど気になることがあってね」

マイロは気づいていなかったが、そう答えてはまずいと思ってうなずいた。「はい、気づいていました」

「ちょっと困ったことになったが、きみは有能だ。今回はいささかややこしい仕事だから、深謀遠慮が必要だ。わかるな?」

「はい、わかります」また嘘をついた。しんぼーえんりょ? はじめて聞いた言葉だ。だが、無知をさらせばミスター・メリアムの信頼を損なうだろうし、それは耐えられないから、知らなかったとはいわないほうがよい。オフィスを出てから、深謀遠慮とはなにか、どこに行けば手に入るのか調べよう。

「以前は友人だと思っていた同業者に裏切られた。手ひどく裏切られたんだ。ビル・ルーニーという男だ」ミスター・メリアムは冷笑を浮かべた。「何度かあのイタチ野郎に食事をおごってやった。テーブルを挟んで座って、パンをわけあったのに、そのお返しにやつはなにをしたか？　わたしの背中を刺した、そういうことだ。わたしのほしいものをかっさらったんだ」

マイロは同情の言葉をかけるべきかどうかわからなかったので、黙ってその先を待った。

「仕事と娯楽は混同してはならないものだ。わたしはそれで痛い目にあったのでね、今度はルーニーに痛い目にあってもらう。わたしのほうが有利だ、やつはわたしに知られたことに気づいていない」

ミスター・メリアムは机の前の椅子を引き、腰をおろした。「ルーニーが隠していることを知ったのは偶然だった。彼のオフィスに金庫があることは、前から知っていた。だれもが知っている。オフィスに入って、真っ先に目に入るものだからな。大きくて、造られてから百年はたつ代物だ」

机の上の彫刻をほどこした木箱をあけ、葉巻を取り出した。それを唇に挟み、マッチを擦って火をつけながら、話をつづけた。「あの金庫なら、盗まれる心配はない。持ちあげようとすれば、クレーンが必要だ」

マイロに座れと合図した。「ルーニーは金庫を見せびらかした。当然、だれもが中身は貴重品だと考える。そうだろう？　あの狸《たぬき》め。結局、オフィスにはべつの金庫があったんだ。机の下の床に埋めこまれていた。わたしは暗証番号を手に入れた。いっておくが、苦労したんだぞ」

「では、おれはそいつのオフィスに侵入して――」

「いやいや、それはチャーリーにまかせる。おまえにやってほしいのは、ルーニーと女房の始末だ」

ミスター・メリアムのオフィスが防音仕様で、一日一度は盗聴器を仕掛けられていないか点検されていることはマイロも知っていたが、ついびくびくとあたりを見まわしてしまった。「女房も殺すんですか？」

「そうだ。ルーニーは自分のしたことを女房に話しているかもしれない。生かしておいたら、FBIに通報されかねない。危険すぎる。いまから手順をいうぞ。ルーニーはいつも午後四時ちょうどにオフィスを出る。自宅に帰り着くのは一時間後だ。金曜の夜は絶対に外出しない。絶対にだ」メリアムは強調した。「毎日が決まりきっていて、こっちにとっては好都合だ。毎週土曜の夜はおしゃべりな女房を連れてでかける。日曜は愛人のために休養を取る。毎週月曜と水曜に愛人と会う。

今回は無理心中に見せかけろ。妻が夫を殺して自殺したようにな。もちろん、警察は調べるだろうし、愛人の存在もすぐに突き止めるだろう。そして、妻も愛人のことを知って、だから夫を殺したと考えるはずだ。ルーニーの女房がひどく怒りっぽいことは有名なんだ」

「いつやりますか?」

「明日の夕方五時。同じ時刻に、チャーリーもルーニーのオフィスに侵入して、すぐに仕事を終わらせる。問題が起きれば、わたしに連絡が入るから、すぐにきみにも知らせる。こいつを持っていけ」メリアムは携帯電話をマイロに放った。「足はつかない。わたしが連絡するまで勝手なことはするな。いいか?」

またしても急ぎの仕事だ。充分な下準備をする時間もないが、マイロは今回こそ首尾よくやると誓った。翌朝、ルーニーの自宅近辺を車で流し、建物の並び方や、詮索《せんさく》好きな隣人がいないかどうかを確認した。ルーニーの自宅のドアや窓の場所をすべて調べてから、一キロ半ほど離れた食料品店へ車を走らせ、ハンバーガー用の挽肉《ひきにく》を買った。ルーニーの家に犬がいるかもしれないので、その肉をポケットに忍ばせていくつもりだった。

まだ時間はたっぷりあるので、のんびりと車へ歩いて戻り、ちょっとした強壮剤が必要になったときのために、座席の下に常備してあるポルノ雑誌を取り出し、ぱらぱらめくってひまをつぶした。

三時三十分に雑誌を置き、ルーニーの家に戻った。家はなだらかな長い坂道の途中にあるので、道全体がよく見えるよう、坂を登りきった場所に車を駐めるつもりだった。もうすぐミスター・メリアムから電話がかかってきて、家に侵入して仕事を片付けることになる。それまでは携帯電話を耳につけて、電話に出るために一時駐車したふりをする。だれかに怪しまれることはない。

計画は完璧だった。

4

マイロは急ブレーキを踏み、ルーニー家の前庭に群がっている人々をぽかんと眺めた。大勢の男や女が――違う、ほとんど女だ――庭を埋め、ひとり残らず腕いっぱいにものを抱えていた。なかには、マイロがストリップクラブでよく会う男たちと同じ、陶酔しきった恍惚《こうこつ》の表情を浮かべた女もいる。

ルーニー家が庭で不要品処分のヤードセールを開いているのだ。

「さて、どうすりゃいいんだ?」マイロはつぶやいた。そのあとに、悪態の奔流《ほんりゅう》がつづいた。勝手なことはするなと指示されているからには、ミスター・メリアムに電話をかけることもできない。むこうからかかってくるまで待つしかないだろう。

ヤードセールってなんだよ。マイロはもう一度毒づいた。こんな高級住宅地で、ヤードセールみたいな貧乏くさいことをやってんじゃねえよ。金持ちならいらないものは捨てろ。売るな。

ふたりの女が、顔を真っ赤にしてわめきながら、一脚の革の椅子を引っぱりあっていた。あのざまはなんだ、とマイロは顔をしかめた。だれかのがらくたがだれかの宝物になる。十セントだか一ドルだかで、だれかのごみを買うのか。おれはだれかの使い古しなんか絶対にいらないね。それほど落ちぶれちゃいない。

玄関のドアが大きくあいたままになっていて、ひっきりなしに買い物客が出入りしていた。ある女は、コードを引きずりながらしゃれた電気スタンドを持って出てきた。高級そうな加湿器を抱えている女もいた。脇にはワインボトルを挟んでいる。ワインボトルを二本持っている女もいた。客は続々と出てくる。ルーニー家は酒棚を、いやワインセラーを空っぽにしたいのか？　なぜそんなことをするのだろう？　引っ越すのだろうか？

マイロは時刻を確かめた。

そろそろルーニー本人が車で帰宅するはずだ。今日もオフィスで仕事をしたのであれば。そうではない可能性がある。ひょっとしたら、自宅でヤードセールの手伝いをしていたのではないか。ミスター・メリアムにルーニー夫妻の写真をもらってはいるが、いまのところ夫妻の実物は見ていない。ビルとバーバラ。こうして並べると、かわいらしい名前じゃないか。だが、写真に写っているふたりはかわいらしくない。ビルは大きな頭にけばの粗い敷物をかぶっているようだし、バーバラときたら――ミスター・メリアムは〝でしゃばりバブズ〟と呼んでいる――いかにも美容整形を繰り返したような顔だ。唇が耳まで裂けている。ヤードセールとはな。ミスター・メリアムは信じてくれないだろう。きっと、二度と仕事をまかせてくれなくなる。だが、ほんとうに前庭だけで四十人近くいるし、家のなかにいったい何人いるのか、わかったものではない。

薄いグレーのメイド服姿の女が、本とCDの山を抱えて家から出てきた。ポーチの階段を駆けおりた拍子にCDを二枚ほど落としたが、止まって拾わなかった。そこにいた女を押しのけ、前庭を走って突っ切った。ひどくあわてたような顔をしている。やがて、走る速度を落として、本とCDを全部その場に捨てると、おどおどと肩越しにルーニー家の玄関を見やり、全速力で道を走り去った。

いまのはなんだ？　マイロは、女の後ろ姿が角を曲がって消えていくのを見送り、また前庭の群衆に目を戻した。掘り出し品ハンターたちが、商品の山から山へうろつき、早く手を着けなければお宝が消えてしまうといわんばかりに獲物をひったくるさまに、あきれてかぶりを振った。そのとき、その騒ぎにはまったく気を取られていない様子の若い女に目がとまった。女は本の山のかたわらに膝をつき、一冊ずつ丁寧に持ちあげて内容を確かめている。全体の姿はよく見えない。長い髪で顔が隠れているうえに、興奮状態で家を出入りする人々の流れが邪魔だった。

しばらくして、その黒っぽい髪の女が立ちあがり、マイロにも全体が見えた。マイロは口笛を吹いた。上玉じゃないか、こいつは。すげえいい体。マイロはその女が裸になったところを思い浮かべ、しばしうっとりしてしまい、股間が硬くなりかけていることに気づいてわれに返った。うっとりしている場合ではない。マイロは目をそらそうとしたが、できなかった。女はジーンズとピンクのＴシャツという格好で、自分の体をひけらかそうとはしていない。それでもセクシーだった。歴代のボンド・ガールたちよりいい。すらりと背が高いが、棒のようなファッションモデルとは違ってやせっぽちではなく、しかるべき場所が突き出ている運動選手タイプだ。きっとダンサーだな、とマイロは思った。

女がべつの本を取ろうとして首をめぐらせたので、顔がちらりと見えた。美人だ。マイロはボンド・ガールたちの顔をよく覚えていない。顔など見ていないからだが、この女の顔からは目をそらすことができなかった。

あんなにいい女が、なぜ古本探しなんかで時間を無駄にしているんだ？　きっとインテリなのだろう。

マイロは、本を数冊道へ運び出す女を見ていた。女は大事そうに本を胸に抱えていた。

女の車は、五、六年もののフォードのＳＵＶだった。後部ドアがあくと、すでに大量の本でいっぱいで、DVDかCDのケースも一個載っているのが見えた。こんな美人なら、毎年新車を買ってもらうこともできるだろうに。

「ねえちゃん、そんなかびくさい本なんか捨てちまえよ」マイロはなんだか腹が立ってきた。「もっといいものを買えばいいのに。ほしくなくても、イーベイで売り払えば新車が買えるぜ」

SUVのむかい側の駐車スペースがあいた。マイロはギアを入れ、一台のホンダ・アキュラの横腹にかすりそうになりながら、そのスペースに車を入れた。

あの女の写真があれば、強壮剤がわりのポルノ雑誌などいらない。効き目はばっちりのはずだ。そうとも、とにかく写真を手に入れなければ。カメラは持ってきていないが、携帯電話のカメラ機能で充分だ。マイロはポケットから携帯電話を取り出して掲げ、鮮明な写真が撮れるよう、女が振り返るのを待った。シャッターを押した瞬間、彼女が動いたので、さらに何枚か撮った。

そのどれもまともに撮れていなかった。マイロはデータを消してあきらめた。女の顔と体つきを記憶して、今晩のお楽しみに役立てることにした。

今度はなにをしているんだ？　女は後部ドアを閉めたあとも、庭を何度も見やった。それから車の横にまわって後部座席のドアをあけ、また庭を突っ切って古本あさりをはじめた。

マイロは美人にすっかり気を取られていたので、バブズ・ルーニーがいることに気づいたのは、彼女がその美人を呼び止めて本の山の上にもう数冊の本を重ねたときだった。バブズはその本好き美人になにかいい、高価そうなカメラを差し出した。マイロには、ビデオカメラか新機種のデジタルカメラかわからなかったが、まだ新しくて値の張るものであることは間違いなさそうだった。美人は受け取ろうとしなかったが、バブズが無理やり本の上にカメラを載せた。マイロはSUVに目を戻し、ウインドウに大学のステッカーが貼ってあることに気づいた。ということは、学生か。本が好きなのも当然だ。

次の瞬間、マイロは自分でも信じられない行動に出た。車を降りて美人に近づいたのだ。急いだせいで、ミスター・メリアムにもらった携帯電話を膝の上に置いていたことを忘れていた。電話は地面に落ちてガチャンと音をたててはねかえり、車の下に入ってしまった。マイロは腹這《はらば》いになって手を伸ばし、なんとか電話を取り戻した。心のなかで毒づきながら、運転席に電話を放り、もう一度歩きはじめた。勇気がいるが、彼女に話しかけ、できれば口説いてみるつもりだった。一か八かだ。ひょっとしたら、マッチョが好きかもしれないじゃないか。冷たくあしらわれたり、鼻で笑われたりしてもかまうものか。知りあいには絶対にばれやしないのだから。

絶好のチャンスが来た。彼女が本を一冊落としたのだ。マイロは拾ってやろうと駆け寄った。

「大丈夫、大丈夫」マイロはばかにうれしそうな大声をあげてしまった。

本を拾い、彼女が抱えている山の上に載せた。「どうぞ、ミス……」

カメラがすべり落ちそうになったが、マイロは受け止めて、彼女の曲げた肘に引っかけてやった。そのあと、自分がなにをいったのかは覚えていない。とびきりきれいな緑色の瞳。こんな色の瞳は見たことがない。

「映画に出てなかったかな」マイロは口走った。「女優さんだろう?」

彼女はかぶりを振った。

マイロはごくりと唾《つば》を呑みこんだ。「このへんの学校に通ってるのかい?」

「ええ」彼女はほほえんで答えた。

なんていい声なんだ。かすかな南部訛りがある。彼女が歩み去ろうとした。「待ってくれ」マイロは声をあげ、あわてて追いかけた。「その本、運ぶの手伝ってやるよ」

「ありがとう、でもいいわ。自分でできるから」

マイロはその場で突っ立ったまま、彼女を引き止めるための言葉を必死で考えた。

手遅れだった。彼女は行ってしまう。マイロの頭のなかはまだ真っ白だった。ありがとうもいっていない。そう、ありがとうも。彼女に礼をいおう、でもなんの礼だ? 違う、ありがとうじゃない。なにかほかにいうべきことがあるはずだ。

彼女は行ってしまった。マイロは叫びたかったが、早く策を考えなければならない。車が駐車スペースを出た。マイロは通りを遠ざかっていく車を見送りながら、ナンバープレートに目をこらし、急いでナンバーを覚えた。ポケットをまさぐり、ペンを取り出す。足元に落ちている本をつかんでページを破り取り、手早くナンバーを書きとめた。満面の笑みが広がる。やっぱりおれは抜け目がない。あとはこのナンバーを手がかりに、彼女の名前と住所を突き止め、偶然を装って再会すればいい。

「離婚してなかったら、あの新品のキャロウェイのゴルフクラブを主人に買ってあげたんだけど」背後で女の声がして、マイロはわれに返った。

おい、ちょっと待てよ。がらくたばかりじゃないのか。「いま、新品っていったか?」マイロは背後の女に尋ねた。

「そう、新品」

「いくらだった?」

女は怪訝そうな顔をした。「タダよ」庭のほうへさっと腕を振った。「あれ全部、タダ。看板見てないの?」私道から庭に入ってすぐの場所を見やった。「あら。看板が落ちてたのね。やっぱりもらってこようかしら……甥っ子が——」

「そのゴルフクラブ、どこにあるんだ?」マイロは女の話をさえぎった。

「あそこの植えこみのところ。奥さんが放り出したみたい」

マイロは女にゴルフクラブを取りにいく時間をやらなかった。さっそく植えこみにすっ飛んでいき、目当てのものを手に入れた。まだ新品のそれを、傷などつけないように車のトランクに入れた。傷だらけの中古品より新品のほうがイーベイで高く売れる。そのとき、小さな薄型テレビを抱えた初老の男が玄関から出てくるのが見えた。「あいつもいただくか」マイロはつぶやいた。

時間を忘れて獲物をあさった。中古品ではあるが、がらくたではないし、なんといっても一セントも払わなくていいのだ。イーベイでひと儲《もう》けできる。にわかに大物気分が戻ってきた。自分はここにいるがらくたマニアの連中とは違う。

箱をあけた形跡もないフードプロセッサーをひっくり返さないよう運転席に乗りこんだとき、ミスター・メリアムにもらった携帯電話が鳴った。五回の呼び出し音がなったあと、ようやく銀器の下にあったそれに応答した。

「もしもし」

「いったいどこにいたんだ?」ミスター・メリアムの怒りがはっきりと聞き取れた。「四回も電話したんだぞ」

「ずっとお待ちしていましたよ。電話が鳴ったのはこれがはじめてですが。電波が弱くて……だから通じなかったのかと……」

なんておれは間抜けなんだ。ルーニーの家にいることを忘れてしまうとは。

「安い使い捨てだからだろう」ミスター・メリアムの怒りはおさまらない。「よく聞け。取りやめだ」

「つまり、おれの仕事は中止だと――」

「そのとおり、中止だ。わたしのほしいものがルーニーの金庫に入っているというのは嘘だったんだ」

通りを見張っていたマイロは、角を曲がってくるルーニーの車を認めた。「やつがいま帰ってきました」

「よし。チャーリー・ブロディとルー・スタックをそっちへやる。きみはそこで待機していろ。ルーニーを白状させるときに、きみの協力が必要になるかもしれん」

「それはまずいんじゃないかと思います。その……あー……ちょっと騒ぎになっていまして」

「なんだと？」

「騒ぎが起きてるんですよ」マイロは繰り返した。「ルーニーの女房がヤードセールをやってるんです」

「なんだって？」

「ヤードセールです。それで、客が百人くらい集まってて」少し大げさにいった。「客がぞろぞろ家を出たり入ったりしてるんですよ。女房は家財道具を一切合切《がっさい》、処分しちまうつもりらしいです」

「そこでじっと待ってろ」メリアムは命じた。「チャーリーとスタックに連絡を取ってから、そっちにかけなおす」

マイロは携帯電話をまたなくすといけないので、ダッシュボードに置いて、運転席に深く座って待った。

ルーニーのBMWが私道で急停止した。車を降りるより先にわめきだした。

「そいつを置け。いったいなにをしているんだ?・」ルーニーが吠えた。「それを戻せ。おまえたち全員……全部置いていけ」ひとりの女が抱えていた洋服の山を奪い取り、女を突き飛ばした。「とっとと出ていけ」

マイロはスラップスティック・ムービーを見ているような気がしてきた。ルーニーのやることがおかしくてたまらない。真っ赤な顔で人混みのなかへ突進し、何人かを押しのけながら、大声で妻を呼んだ。

「はじまるぞ」マイロはつぶやいた。バブズが満足そうな笑顔で家の脇から出てきた。夫のどなり声には慣れているらしい。

「これはどういうことだ？」ルーニーが叫んだ。本の山につまずく。「くそっ。まさか、おれの書斎のものに手をつけていないだろうな？　つけたのか。自分がなにをしたのかわかってるのか？　全部なくなったのか？　全部か？」

バブズの表情はまったく変わらなかった。「あなたの書斎にある大事なものは、全部ここに出したわ……もう残り物しかないけど」

マイロは愕然《がくぜん》としてかぶりを振り、家に駆けこんだ。バブズは庭に残っている。笑顔のまま、遠巻きに見ていた客たちのほうを向き、大声でいった。「どうぞ、タダで持っていって。なんでもほしいものをどうぞ、でも急いでね。夫は短気なの、そろそろ爆発するわ」

それなのに、バブズは少しもあわてている様子ではなかった。

マイロは車のなかから眺めていた。フェイスリフトだの唇をふっくらさせる注射だのを受けた顔は気味が悪いが、バブズはたしかにセンスがいい。とにかく、服装は品がある。ラインストーンをあしらったライムグリーンのベロアのランニングウェアに、同色のハイヒール。オープントウから、赤く塗った足の爪が覗いている。

いつまで待てばいいのだろうか。ミスター・メリアムには、連絡するまで動くなといわれているが、客たちはそろそろ帰ろうと車に向かっている。客がはけたら、ルーニー夫妻のどちらか、もしくはふたりともが、マイロがぐずぐずしていることに気づくかもしれない。どうするかは、ルーニー夫妻が決めてくれた。ふたりの口論がおもしろくてたまらず、マイロはその場を動くことができなかった。

バブズはジャケットのポケットに両手を突っこみ、夫が手負いのハイエナよろしくキャンキャン吠えながら玄関から飛び出してくるのを待ち構えている。

「このばか女。どういうつもりなんだ？　自分がなにをしたのかわかってないだろう。おまえは金鉱を捨てたんだぞ。数百万ドルの価値がある金鉱を」

ルーニーはきょろきょろと庭に目を走らせた。雑多な品々のひと山に目をとめ、そちらへ走っていく。「まだあるかも……まだ間に合うかもしれない」地面に膝をつき、なにかを必死に探しはじめた。「いちばん下に埋もれているかも」ノートや灰皿や写真立てを放り捨て、すがるように祈った。「神さまお願いです、まだありますように、まだありますように」

「ちゃんちゃらおかしいわ。あんたが神さまに祈るとはね。この偽善者」バブズがあざわらった。

ルーニーは妻を無視して探しつづけたが、やがて求めているものがないことを確信した。膝をついたまま、妻のほうを見た。「なぜだ？　なぜこんなことをするんだ？　あいつに狙われるぞ。おれが殺されるだけじゃない。おまえもだ。そうとも。おれがおまえには秘密にしていたといっても信じるわけがない。なぜなんだ?」嗚咽《おえつ》しながら繰り返した。「なぜこんなことを——」

「ニューヨークへ連れていってくれないからよ」

ルーニーはあんぐりと口をあけた。「ニューヨーク?」と叫ぶ。「ニューヨークへ連れていってもらえないからこんなことをしたのか?」

バブズは左手をあげてダイヤの結婚指輪を見て、大げさに溜息をつくと、指輪をはずしてルーニーに投げた。指輪はかたわらの芝生に落ちた。

「おまえ……ばかか?」ルーニーは言葉を失い、指輪を探して芝生をまさぐった。

バブズはジャケットのポケットに両手を戻し、ルーニーをにらみつけた。「あたしがどんなにブロードウェイのショーを観たがってたか、あんたは知ってたはずよ。でも時間がなかったっていったわね? あんなにお願いしたのに。だけど、ほかの女とニューヨークへ行く時間はあったのね。あの女といくつショーを観たの?」

ルーニーは急に息が詰まったかのように、ぺたんと地面に尻をついた。「こんなことをしたのは、すべて——」

「あたしにばれないと思ってたの? 浮気者のあんたと違って、あたしの友達は誠実なの。

スーザンが、飛行機であんたを見かけたんですって。それから、あんたにべったりくっついてた女のことも教えてくれたわ」

ルーニーはよろよろと立ちあがった。「殺してやる」歯を食いしばってうなった。

バブズがポケットから拳銃を取り出した。「いいえ、あんたには殺せない。あたしがあんたを殺すの」

マイロは目の前の光景に夢中で、なにひとつ見逃したくなくてまばたきもできなかった。ほんとうにやるのか？　あの銃はなんだ？　見たところ38口径か45口径だ。あれもついでにいただくか。もう一丁あれば便利だ。

それから、ダイヤの指輪だ。ほかのやつに奪われないうちに手に入れなければ。マイロの視線は、指輪が落ちたあたりと拳銃とのあいだを行き来した。あのおかしな女を止めたほうがいいのだろうか？　ミスター・メリアムは、ルーニーが盗んだなにかの隠し場所を知りたがっている。それはいまルーニーが必死に探しているものと同じではないのか？　謎のブツがなんなのか、ボスが教えてくれていれば、がらくたのなかから探すことができたのに。

マイロがちらりとバブズに目を戻した瞬間、彼女が声をあげて笑いだした。鼻を鳴らすような、咳きこむような、妙な笑い声だった。そして、笑顔のまま発砲した。弾はルーニーの胸に命中したが、バブズは何歩か前に出て、もう一度撃った。

女の悲鳴が聞こえ、マイロがバックミラーに目をやると、夫婦らしき二人組が彼らの車の前に立っているのが見えた。夫のほうが携帯電話を掲げて写真を撮った。マイロは写りこまないよう、さっと身を屈めた。思いきって顔をあげ、ダッシュボード越しに外の様子をうかがうと、バブズがルーニーのかたわらに立ち、死んでいるかどうか確かめるようにじっと見おろしていた。死んでいるのを確信したのだろう、銃をおろして落ち着いた足取りで家のなかに入っていった。マイロは、バブズが芝生に銃を捨てていってくれればさっと取りにいこうと考えていたが、持っていかれてしまった。首を伸ばして、バブズがドアを閉めるのを見た。ほどなく、また銃声が聞こえた。家のなかだった。バブズが自殺したのか、それともルーニーの大事にしていたものに穴をあけたのか？

人々がこわごわと芝生の上に倒れている死体へ近づいていった。マイロはとっさに、みんながあの指輪を盗もうとしているのだと思った。

「いいやそうはいかないぞ」つぶやきながら急いで車を降り、ルーニーに駆け寄った。指輪が落ちた場所はわかっていたので、ひざまずいた。右手でルーニーの脈を取っているふりをして、左手で指輪を拾い、ポケットにしまった。

「死んでるの？」女が大きな声で尋ねた。

マイロはうなずいた。顔を見られたくなかったので、振り向かなかった。

「いま九一一に電話したわ」べつの女が叫んだ。

野次馬が集まってきたので、マイロはそそくさと車に戻った。下を向いたままエンジンをかけた。タイミングを見てこっそり車を出すつもりだった。だれかにナンバープレートを覚えられては困る。見張りをつづけるなら、坂の上へ行かなければならない。隣の家の私道に隠れれば、木立でルーニーの家の様子が見えなくなってしまう。

ポケットから指輪を出して眺めたくてたまらなかったが、我慢した。だれかが通りかかって気づくかもしれない。そのとき、携帯電話が鳴り、マイロは跳びあがりそうになった。

「もしもし」

「引きあげろ。チャーリー・ブロディとルー・スタックがルーニーと女房を始末する」

「ですが、事情が変わりまして……」

「わかっている、ヤードセールだろう。チャーリーとスタックがルーニーたちを静かな場所へ連れ出すからかまわん。ふたりともプロだ。ルーニーもしゃべるさ」

「あの、プロでも無理じゃないですかね。いま目の前にルーニーがいるんですが、だれにもやつをしゃべらせることはできませんよ」

5

　ときどき、ライラは祖母のことがひどく心配になり、胃が痛くなってなにも食べられなくなる。著名な精神科医ティモシー・フリーマンによる検査がつづいているあいだに、ライラは三キロもやせてしまったが、ジジの精神状態についてフリーマン医師が裁判所に意見書を提出したあとは、みるみるうちに体重が戻った。

　ジジの息子であるクリストファー・プレスコット・ジュニアとその妻のジュディス――認めたくないが、ライラの両親でもある――が、策を弄《ろう》しはじめたのは、ある晩ジジが夕食の席で、信託財産の契約内容を見なおすため、弁護士と会う約束をしたと告げたときだった。ジジは、妻に先立たれたある紳士に好意を持っていると話し、その紳士とよく会っていたため、クリストファーとジュディスは、ジジがその紳士を遺産相続人に含めるつもりだと決めつけた。それどころか、全財産をその紳士にやってしまうのではないか。母親の財産をかすめ取られるかもしれない。ふたりはそう思ってぞっとした。ジジの金が与えてくれる豊かな生活に慣れきっていて、いまさら変わっては困るのだ。

クリストファーは賢くも、ライラのふたりの兄、オウエンとクーパーが仕事で国外に出かけるのを待ち、行動に出た。高齢の母親が心配だという口実で、弁護士を立てて後見が必要だと申し立てたのだ。申請の理由には、ジジの認知機能の低下をあげ、クリストファーに財産管理権と医療に関する決定権をゆだねるよう求めた。

ジジの評価を依頼されたのが、フリーマン医師だった。彼は有能で不正を許さず、親切だったので、ジジに気に入られた。医師はさまざまな検査をした。クリストファー・コロンブスからスペースシャトルまで、多岐にわたる話題を一対一で語りあう二時間のセッションも数回おこなった。本人の同意のうえで、近くの病院でCTスキャンを含めた徹底的な身体検査も受けさせた。

検査の結果は、ライラが願い、期待していたとおりのものだった。両膝と両手の関節炎を除けば、ジジは健康であり、頭もしっかりしている。アルツハイマー病など認知症もわずらっておらず、義理の娘の主張とは違い、老衰の兆候も見られない。

ほんとうに意外な瞬間は、聴聞会の最後に訪れた。判事はあらかじめジジの信託財産の書類のコピーを渡されていて、決定をくだす前に、それをきちんと読んだことはあるかと、クリストファー・プレスコットに尋ねた。

「いいえ、判事、読んだことはありません」クリストファーは答えた。「しかし、三、四年前でしたか、母が信託財産の内容を変えるといったときに、わたしは反対しませんでした」

判事はうなずいた。「そのときは、ご母堂がかくしゃくとしておられると考えていたわけですね？」

「そのとおりです。最近のことなんです、母が少し……混乱している様子を見せはじめたのは」

判事は書類を掲げた。「内容が書き換えられたとき、あなたには二十万ドルが与えられることになっていましたね」

「ええ、そうです。もし母にしっかりとした判断力がなくなっていると思われたら、同意しなかったと思います」

「ミスター・プレスコット、記録に残すために申しあげますが、もしご母堂の判断力が衰えてしまった場合、お孫さんのライラ・デコーシー・プレスコットが後見人になると定められています。ライラが財産管理権と医療に関する決定権を持つことになっています」

「でも、母が他界したら、わたしが遺言執行者になるはずですが」

判事はかぶりを振った。「いいえ、違います」

クリストファーはぽかんと口をあけた。彼の妻も同じくらい滑稽《こっけい》な顔をしていた。ジュディスは遊園地の回転する乗り物から降りてきたばかりのように見えた。

判事は、ジジには管理能力があるとし、さっさと申し立てを却下した。

この退屈な試練のあいだ、ジジは落ち着いていた。聴聞会終了後、息子の腕をぽんぽんとたたき、義理の娘の頬にキスをしてから、ライラの腕に腕をからめ、贔屓《ひいき》のレストランでみんなにご馳走《ちそう》してあげるといった。

ライラは子どものころから祖母はすごい人だと思っていたが、聴聞会であらためて切れ者だと思い知った。どういえばいいのだろう。そう、狐《きつね》のように一筋縄ではいかない。さすがはわたしのジジ。精神科医と判事をすっかり味方につけて、ふたりとも検査結果が出たときにはライラと同じくらいよろこんでいた。ジジはいつも自分のすべきことをちゃんと心得ている……その理由も。

裁判で勝ったものの、卑劣な父親が祖母の財産を管理するのをあきらめるわけがなく、いずれまた祖母に能力がないことを証明しようとするのはわかりきっていた。今回ジジは勝利したけれど、次はこれほど簡単ではないかもしれない。

しかも、ジジがその不安を煽《あお》った。ジジはしばしば、どうにも理解に苦しむことをした。この九カ月間で、ジジは一階のバスルームを三回もリフォームした。二回目の全面的なリフォームが終わったころから、ライラの胃は痛みだした。まず、ジジは物入れを取り除いて、浴槽を大きくした。数週間後には、またバスルームを変えたくなり、シャワーと新しい洗面台を入れ、床も張り替えた。それが終わると、今度はモダンなバスルームに変えることにした。浴槽もシャワーも洗面台もすべて取りはずし、住宅建築支援のNGOに寄付した。ハーラン・フィッシュウォーターという名のリフォーム業者は辛抱強い男で、文句ひとつ言わなかった。床に高級なトラバーチン大理石を敷き、重厚な木のカウンターに大理石の天板を組み合わせ、その上に洗面ボウルを取りつけた。壁紙を張り替えるのも三度目だった。

次にハーランは屋根裏部屋に棚を作ることになっていたが、そのいっぽうでジジは、まだ新しいキッチンを改修したいと建築家に相談していた。そのころから、ライラはクリストファーとジュディスにふたたび攻撃の口実を与えてしまうのではないかと不安になり、ふたたびやせはじめた。ジジは大丈夫だというが、ライラには祖母の行動の意味がわからなかった——だが、しばらくしてライラは、ハーランが五人の子どもと失職した妻を抱えて苦労していることを偶然知った。ハーランの腕はよいが、景気が悪くなり、住宅のリフォームに関心を持つ人も減っていた。気前のよいジジのおかげで、ハーランは仕事が途切れずにすんだ。

ジジの行動が不可解に思われたのは、この一件だけではない。週末に黙ってどこかへ出かけてしまったこともある。帰ってきたときには、ライラは心配のあまり取り乱していたが、ジジは――心配をかけて申し訳ないと謝ったものの――どこへ行っていたのかは、頑として明かさなかった。

数日間、行方不明になった……クリストファーが再度申し立てをするときには、そんなふうにいうだろう。

ライラは州間高速道路の五号線がさほど混んでいないのをありがたく思いながら、南へ車を走らせた。ストレスのないドライブが、ヘンリー神父と会うまでになにをすべきか考える貴重な時間をくれた。

車線を変更するためにスピードをあげた。そのとき、一台の車が急に前方に入りこんできたので、とっさにハンドルを切った。とたんに本やDVDの山が崩れ、それらをなんとかしなければならないのを思い出した。午後の体験がよみがえり、かぶりを振る。

あのヤードセールに立ち寄ってみようと思い立ったのは、近道をするために高級住宅地を通り抜けているときだった。子どものころから、人々がささやかな現金を得ようと私物を外にさらす、あの手の行事になぜか惹かれた。

普通、ヤードセールとは安い掘り出し物を見つける場だが、ライラはそれぞれの品物に物語を見いだした。もとの持ち主が処分すると決めた品々をゆっくり見てまわりながら、持ち主とその暮らしにまつわる物語を作るのがつねだった。一風変わった習慣だが、だれにも知られなければかまわない。物語を作ることは、創造力を養う演習だ。

いつもは服には目をとめないが、あるヤードセールで、一九七〇年代のビンテージの純白のウェディングドレスを見つけた。値札がついたままだった。だれも袖を通していないらしい。ジュエリーの詰まった宝石箱のなかには、〝永遠の愛をきみに。ジョン〟と彫られたブレスレットがあった。たちまちライラの想像力が働きはじめ、熱烈に愛しあい、結婚を考えている若いふたりが目の前に立ち現れた。女性のほうが心変わりしたのだろうか、それとも男性のほう？　小さな値札とブレスレットのメッセージから、ドラマティックな物語が次々と浮かんだ。

今日、ライラの好奇心をとらえたヤードセールは、とりわけ変わっていた。今回ばかりは、ライラも背後の物語が思い浮かばなかった。高価な品物をすべて処分しようとしていたあの女性は、すぐにわかるほど目つきがおかしかった。とにかくひとつ残らず捨ててしまいたいのか、なんでもタダで持っていけと客に叫んでいた。

ライラの弱みは本だ。見かけたら素通りできない。今日も庭のまんなかに積んである本の山に自然と引き寄せられた。ひざまずいて二冊ほど引き抜いてみたとたん、目をみはった。そのなかには、とても古いものもあった。『怒りの葡萄《ぶどう》』のタイトルページを開くと、そこにはジョン・スタインベックのサインがくっきりと残っていた。慎重にページをめくってクレジットを確かめ、初版に間違いないと確信した。そっと本を置き、べつの本を取った。『指輪物語』。トールキンの署名入り。さらに十数冊の古書をめくってみると、何冊かは署名が入っていた。信じられない。無造作に芝生に積みあげられたこれらの本は署名入りの初版ばかりで、とんでもない値がつくはずだ。芝生をうろつきまわっているあのヒステリックな女性は、自分が捨てたものの価値を知らないのだ。

ライラはその女性に本の価値を説明してみたが、相手は聞く耳を持たなかった。それどころか、本を持っていかないのならたき火を燃やして全部放りこむとわめいた。ライラは仰天し、本をよりわけ、車に積めるだけ積んできた。

祖母の家へ車を走らせながら、ライラは本をどうするかあれこれ考えた。解決策が見つかるまでは、安全な場所に保管しておくしかない。価値のある本ばかりなので、なにかあってはならない。ジジの家は狭いし、預かってくれと頼むのは厚かましい。シドニーとシェアしているアパートメントも問題外だ。すでに垂木《たるき》まで本と服でいっぱいなのだから。これ以上、モノを増やす余地はない。残るはプレスコット家がテキサスに所有している農場だけだ。ライラとふたりの兄は、祖父から六千ヘクタールの土地を相続していた。

高速道路を出て、農場の管理人に電話をかけ、段ボール数箱分の本を送ると告げた。そして、来週には届くので、寝室に運びこんでおいてほしいと頼んだ。

電話を切って、〈マクドナルド〉の駐車場に入り、カーナビで最寄りの運送会社の位置を調べた。運送会社で本をおろしていると、DVDとCDが入った箱が目に入った。本と一緒に持ってきたことをすっかり忘れていた。いま中身を確かめるのは面倒なので、これも一緒に送ることにした。四十五分後、ライラは高速道路に戻り、本とCDとDVDはテキサスへ向かった。これで問題がひとつ解決した。次に取りかからなければならない。

ジジはサンディエゴ北部の静かな地区で暮らしていた。自宅のある界隈《かいわい》は、昔のままに明るいパステルカラーの家が十一軒並んでいて、開発による荒廃を免れている。通りの東側に並んでいる家からは、さえぎるものがなく海を見渡すことができる。一キロ半ほど先に、埠《ふ》頭《とう》がある。喫茶店、食料品店、花屋、果物屋などの商店も、すべて歩いていける距離に集まっている。

ジジの車庫は家の裏手にあり、路地からでなければ入れない。ライラは路地に入って車を駐め、祖母の小さな庭を囲むフェンスの門まで、隣家とのあいだを歩いていった。

玄関の合い鍵は持っていたが、ノックすることにした。すぐにジジがドアをあけた。

「ライラ・デコーシー・プレスコット、いったいなぜうちのポーチにいるの？」

ジジはライラが帰ってきたのがうれしいくせに、そのことはまだ認めたくないのだろう、笑みを噛み殺していた。さがって孫娘をなかに入れて尋ねた。「電話会社が倒産したの？

前もってこっちに来るって、電話をかけてくれればよかったのに」

ライラは祖母の頰にキスをした。「うん、そうね」

「なぜ電話をくれなかったの？　来ると知っていたら、あなたの大好きなシーフードチャウダーをこしらえておいたのに」

「いまからでも作ってもらえない？」

ジジが答えるより先に、ライラはノートパソコンを二階の寝室へ運んだ。戻ってくると、ジジが鍋の置き場をがちゃがちゃとひっかきまわしていた。

「わたしが帰ってきてうれしい？」ライラは尋ねた。

「うれしいに決まってるでしょう」ジジはぶつぶつといった。「明日の朝いちばんにマーケットへ行きましょう。わたしのチャウダーには新鮮な魚がなくちゃ。買い物リストを作っておかないと、なにかしら買い忘れてしまうわ。冷蔵庫にアイスティーがあるわよ」

「甘いの、それとも無糖？」

「無糖」

ライラはグラスにアイスティーを注いでテーブルの前に座った。「おいしい」

ジジは目当ての大鍋を見つけ、コンロにかけた。「アイスティーには、ほんのちょっとレモンの風味をきかせるの。で、なぜ帰ってきたの、ライラ？　もう信託資金を使い果たしたわけじゃないでしょう？　まさかね。あのお金を使っちゃったなんておじいちゃんが知ったら、お墓のなかで転げまわるわ」

ライラは笑った。「信託資金には手をつけていないわ。お金に困ってもいない」

ジジはそわそわとタオルで手を拭いた。「それなら、学校のことね。なにかあったの？　勉強はちゃんとやっていたんじゃないの……」

「学校で困っていることもないわ。ちゃんとやってる」

「あと何週間残ってるの？　三週間？　四週間？」ジジは尋ねながら抽斗《ひきだし》をあけ、メモ帳と鉛筆を出してライラのむかいに座った。「じゃが芋を切らしているの。いま書いておかないと忘れてしまうわ。あなたがなぜ帰ってきたのかわかった。お父さんね？」

「つまり、あなたの息子」

「それから、お母さんでしょう」ジジは混ぜっ返されたことなど気にもとめずにつづけた。

「またあなたをやきもきさせたの？」

「いいえ、あの人たちのせいではないわ。しばらく話もしていないの。当分するつもりもない」

ジジは苦笑した。「あなたね、親のことを〝あの人たち〟なんていうのはやめなさい」

これでも気を遣ってるつもりだけれど。あの恩知らずで見栄っ張りで欲張りな両親には、もっとひどい呼び方を思いつく。

「ヘンリー神父から電話があったの」

ジジは鉛筆を置いて溜息をついた。「あの方はちょっとおしゃべりじゃない？　誤解しないでね。いい方だもの」あわててつけくわえた。「でも、ささいなことで騒ぐのよ。もっと肩の力を抜くようにしなければ、心臓発作でころりといくはめになるわ。ストレスは体に悪いんだから」とうなずく。

「おばあちゃんがストレスのもとなのよ！　ヘンリー神父は怒ってるわ」

ジジは鼻を鳴らした。「少しばかりお水をいただいたからって、だれにも迷惑はかからないでしょう。それに、ちゃんとお水は入れ替えてるわ。たらいを空っぽで放っておいたことはないのよ」

「たらいじゃなくて聖水盤」ライラは正した。「それより、お水を入れ替えてるってどういうこと？」

「ペリエの大きい瓶を二本ほど持っていくのよ。必要なものをいただいたら、ペリエを注ぐの」

「炭酸水を聖水盤に――」

「そうよ」

神父にこんな話をしたら、どんなに怒ることか。「ヘンリー神父に会っても、ペリエの話はしないほうがいいわ」

「わたしがいつ神父に会うの？」

「明日、ここに来ていただくことになってるの。夕食もご一緒してくださるかも」

「おつきあいは大事にしたいし、ここはあなたの家でもある。でも、なぜ神父をお招きしたのか聞きたいわ」

「ジジ、そのわけはよくわかってるはずよ」ライラはいらいらと髪をかきあげた。「神父のお話を聞いて、心を入れ替えてほしいの。聖水は盗んではいけないって、前からいわれているでしょう。なぜやめないの？」

「盗むなんて、人聞きの悪い。わたしはね、聖水をいただいているの。いただく、よ」ジジは強調した。「あなたの質問に対する答は外にあるわ。ポーチに立って、ミセス・キャストマンのお庭を見てごらん。とくに、花壇と鉢植えをよく見てね。うちの庭とくらべてみなさい」

「でもジジ……」

ジジは手を振りながらいった。「ほらさっさと行く」

抵抗しても無駄だ。ライラはポーチに出て、二軒のちっぽけな庭を見くらべ、キッチンに戻った。

「どうだった？」ジジが尋ねた。

「ミセス・キャストマンの花はきれいに咲いてる。うちのは咲いてない」

「あっちの花は元気でしょう。うちのはしおれてる」ジジは訂正した。「去年もおととしもそうだった。だから、今年の春に、ミセス・キャストマンが買った苗とまったく同じものを買って、まったく同じ頻度で水をあげようって決めたの。でも、結果はこうよ。ついでにいうと、日当たりは変わらないわ」とつけくわえる。「そうしたら、ある土曜日に、ミセス・キャストマンが大きなプラスティックの水差しを抱えて教会から出てくるのを見たの。どこで水をくんできたのかすぐにわかったわ。家までつけていったら、まあびっくり、あの人は鉢植えにも花壇にも聖水をまいたのよ。だから、わたしも聖水をいただくことにしたの」

この理屈に、どう反論すればいいの？

明日、神父が訪ねてくるのが憂鬱《ゆううつ》になってきた。神父が夕食まで残ったら、怒って出ていくことなくデザートまで我慢してくれるだろうか？

6

ヘンリー神父は楽しい夜を過ごした。前もってライラには、五時のミサのあとにうかがうと、神父から電話が入っていた。訪問の目的はジジ・プレスコットにまじめな話をすることなので、神父は六時半には司祭館へ戻って冷たい残りものを食べるつもりだった。ところがジジのキッチンから漂ってくるスパイシーな芳香に胃袋が鳴り、夕食をどうぞという誘いにあっさり応じた。

ジジは、王さまの食事にもふさわしい料理を出した。それが神父の怒りをやわらげるための作戦でもあった。ライラに手伝わせ、ほうれん草のサラダにプライムリブ、ヨークシャープディング、自慢の八千カロリー・ポテト、新鮮なアスパラガスを用意した。デザートはホームメイドのアップルパイ、シナモンアイスクリーム添えだ。

ヘンリー神父はひょろりとした体格だが、この夜は、屈強な男三人前はたいらげた。あれだけの量の食べものがどこに入ったのだろうかと、ライラは思った。ジジは、男というものはみんな、いやほとんどみんなビーフが好きだといいはり、チャウダーは作らなかった。神父はたしかに肉が好きなようだった。二回もおかわりしたからだ。

ジジは居間で神父にコーヒーを出し、ポーチに出て、柳のロッキングチェアに座って聖水の〝状況〟について話そうじゃないかと提案した。

ライラは家のなかに残った。神父と結託しているとジジに思われたくなかった。ふたりが小さな声で話すうえに、風の音がするので、ライラには会話の内容が聞き取れなかったが、神父の笑い声がしたので、話しあいは順調らしいと察せられた。やがて、ヘンリー神父にそろそろおいとまするとと呼ばれ、ライラは車まで送っていくことにした。〝状況〟がどのように解決したのか知りたかった。

「おばあさまは、これからは聖水に手をつけないと約束してくださったよ。わたしは代替案を提示したんだ……じつをいうと、いくつかね」

「そして？」

神父はかぶりを振った。「おばあさまは、代わりのものではだめだとおっしゃった」

「でも、聖水はいただかないと約束したんですよね？」

「ああ、してくれた」

「わかりました。でも、また祖母がなにか問題になるようなことをしたら、わたしだけに連絡をくださいますか？　ほかの家族を巻きこむ必要はないと思いますので」

「おばあさまは約束してくれたよ」神父はもう一度いった。

ええ、約束はしたわ。「ほんとうに、問題になるようなことはしないつもりなんでしょうけれど」

神父はライラのいわんとするところを察した。「なにかあったらきみに連絡しよう」

「ありがとうございます」ライラはほっとしてほほえんだ。

神父は車のドアをあけ、ふと手を止めた。「今度またおばあさまがうっかり聖水を持っていってしまっても、聖水盤に炭酸水は入れないようにといってくれないかな。教区民のビル・ブラッドショウが通りかかったとき、まだ泡が出ていたんだ。ビルは奇跡だと勘違いしてしまった。あれがもし司祭さまだったら、カンカンに怒っただろうよ」

ライラはヘンリー神父の車が角を曲がって見えなくなってから大笑いした。ポーチの階段をのぼっていると、ミセス・キャストマンの家のカーテンがさっと動くのが見えた。ライラはひとりにんまりとした。ミセス・キャストマンは好奇心でむずむずしているに違いない。

家に入り、ダイニングルームからキッチンへ皿を運んだ。皿洗い機に皿を入れているとき、居間から笑い声が聞こえた。様子を見にいくと、ジジが同じ通りに住む夫婦をもてなしていた。ライラが片付けを終えたころには、客が六人に増えていた。ライラは午後、なぜジジはアップルパイを二個も焼いたのだろうと不思議に思っていた。そのわけがいまわかった。近所の人や友人がしょっちゅうやってきて、ジジはいつもなにかしら食べるものを出しているのだ。ジジは最高のもてなし役だ。ライラは子どものころ、大人たちの目につかないように階段に座り、ジジのおもしろい話に耳を傾けたものだった。ごく小さなころから、ジジのようになりたいと思っていた。それもそのはず。ライラにとって、プレスコットのおばあちゃんは優雅な南部女性を体現した存在だった。

南カリフォルニアのチャールストンから一時間ほど離れた小さな町、アレキサンドリアでライラ・コレット・デコーシーとして生を受けたジジは、アレキサンドリア唯一の工場であるデコーシー織物の社長、ボーリガード・デコーシーを父に持ち、裕福に育った。ヨーロッパの一流寄宿学校で学び、十八歳で帰国して一カ月後には、トバイアス・クリストファー・プレスコットと出会った。ジジの父親にいわせれば、トバイアスはテキサスの未開の地出身の石油成金だった。

一年後、ジジはトバイアスとアレキサンドリア史上初といってもよいほど豪華な結婚式をあげた。ジジは数十年後、自分と同じ名前の孫娘に、結婚式では夫を愛し、敬うと誓いはしたけれど、わざと〝従う〟という言葉を抜かしたと話して聞かせた。夫に従うなんてナンセンスもいいところ、というわけだ。若いころからジジは頑固だったようだが、おじいちゃんはそんな妻を受け入れていたに違いない。ふたりの結婚生活は揺るぎなく幸せで、四十二年間つづいたのだから。

ライラは、自分にはおじいちゃんのような男性は見つからないだろうと思っている。祖父はほんとうに偉大な人だった。近ごろはあのような男性はめったにいないのではないだろうか。ライラが交際を考えた男たちは、自己中心的でお金が大好きで、会って二時間後には迫ってくるような、セックス依存の女性蔑視《べっし》者ばかりだった。ライラが拒絶してひとりで帰ってしまえば、彼らは当然がっかりするとともに、少しむっとしてもいた。たぶん、わたしは恋愛に向いていないのだろう。軽薄な男たちにうんざりして、恋愛に価値が見いだせない。ひとりのほうが気楽だ。現状がうまくいっているのに、変える必要はない。

午後十一時過ぎ、ライラは一階へおりて戸締まりを確認し、ジジにおやすみをいった。ジジの寝室は一階の裏側にある。ドアが開いていて、ジジはガウンの帯を結んでいた。

ジジは部屋の入口にライラの姿を認めていった。「楽しい一日だったわね」

「ええ」ライラは部屋に入り、ベッドの端に腰をおろした。「毎晩、こんなにお客さんが来るの?」

「あら、もちろんそんなことはないけど、パーカーさんたちは――二軒隣のピンク色のお宅に住んでいるご夫婦よ――よく立ち寄ってくれるわ」

「よかった」ライラはドレッサーの上の額縁に入った写真に目をやった。祖父母が腕を組んで二頭の馬の前に立っている。

「農場に行きたいと思わない？」

「そりゃあ思うわ。あそこがずっとマイホームだったんだもの」

「わたし、ときどき思うの。おばあちゃんは息子夫婦と離れたくて引っ越したんじゃないかって」

ジジは気まずそうな顔をして、答をはぐらかした。「わたしはカリフォルニアが好きなの。引っ越してきてよかったわ」

ライラはほほえんだ。「おじいちゃんがなつかしい？」

「なつかしいわ。結婚生活は楽しかった」

「再婚しようと思ったことはないの？　おじいちゃんはおばあちゃんに幸せでいてほしいと思ってるはずだけど」

「とんでもない、再婚なんかしないわよ。ライラ、あなたもたったひとつに出会うわ。トバイアスがわたしのたったひとつだった」

「たったひとつの、なに?」

「本物の愛。さあ、もう寝なさい」

「おばあちゃんがそんなにロマンチストだなんて知らなかった」ライラは祖母におやすみのキスをした。

ライラはベッドに入り、祖父母の成し遂げたことに思いを馳《は》せた。ふたりはテキサスの小さな農場を、石油と家畜とサラブレッドを産出する六千ヘクタールの大農場にした。子どもを育てるのにうってつけの場所で、夫婦は子だくさんの家にするのを望んでいたが、結局はひとりしか生まれなかった。息子のクリストファーには愛情と注目をシャワーのように浴びせ、いつか農場を継いでくれることを期待した。クリストファーは恵まれた子ども時代を送ったが、家業には関心を持たなかった。大学卒業後はダラスの社交界の花形だったジュディス・ソーンダイクと結婚し、実家に帰ってきたものの、両親の努力にもかかわらず、農場の生活にともなう責任から逃げまわった。外国旅行と社交に明け暮れ、そんな生活が中断したのは、ジュディスの三度の妊娠期間だけだった。ライラのふたりの兄、オウエンとクーパーは年子だ。ライラはクーパーと五歳離れている。

両親はほとんどそばにいなかったが、ライラはジジとトバイアスのおかげで、農場で美しい子ども時代を過ごした。クリストファーとジュディスが世界じゅうを飛行機で飛びまわっているいっぽうで、オウエンとクーパーとライラは、祖父母に愛され、注意深く見守られながら成長した。祖父母に励まされ、自分の好きなものを見つけ、追求した。オウエンとクーパーが情熱を注いだのは農場だった。ライラの興味は芸術的な方向へ向いた。カメラに恋をしたのだ。

両親は、ライラが変わったものに興味を抱いたことに深く落胆した。裕福で高名な家の息子と結婚して、社交界で地位を築くことを期待していたからだ。だが、ジジはライラに夢を追いかけるよう支援した。ライラの大学卒業に合わせてオウエンとクーパーに農場を譲り、カリフォルニアに引っ越した。ライラも、国内最高の映画学校で学ぶためについていった。ジジも孫娘がそばにいることを望んだ。カリフォルニアへ来てくれたことや、それまでにしてもらったことで、ライラはジジに一生の恩があると感じている。そして、祖母を守るのは自分だとも思っている。

ジジはすばらしい女性ではあるが、いろいろな点で完璧とはほど遠い。まず、執念深い。それから、共和党の連中は愚かでなにもわかっていないというひどい偏見を持っているので、民主党の支持者としか政治の話をしない。頑固で迷信深い。聖水を盗むのは罪だと考えるならば、やはりジジは泥棒だ。

土曜の朝のミサが終わったあと、ライラはジジと市場へ出かけた。出店の並ぶ道をのんびりと歩き、オレンジと葡萄と、明るい色のデイジーの花束を買い、ビーチを望むカフェでランチをとってから帰宅した。ライラはジジとの静かな時間が大好きだったが、夕方までにロサンゼルスに帰らなければならないので、祖母にさようならのハグをしてから、高速道路を北へ戻った。

自宅アパートメントのある通りに入ったと同時に、携帯電話が鳴った。道路の脇に車をいったん止め、電話に出た。相手はクーパーだった。

「ジジは元気か？」

「ええ、とっても」

「あいかわらず口が悪いのか？」

「それはもう」

「だったら元気ってことだな。でも、やっぱり農場に帰ってきてほしい。オウエンとおれがそばについていてやれる」

「でも、本人が帰りたがっていないし、お守りはいらないわ。ちゃんと自分の面倒は見られるもの」

「待てよ、おれはただ、おまえと同じようにジジを守りたいだけだぞ。それより、電話したのは……おまえは怒りそうだが……」

「はっきりいってよ、クーパー。早く」ライラはいらだちを隠さずにいった。

「父さんと母さんがラホヤに家を買った。ジジの家からわりあい近い」

「はあ?」ライラは電話を取り落としそうになった。「どうして?」

「父さんがいうには、ジジの人生最後の時期、いざというときのためにそばにいたいんだとさ」

「よくいうわ」ライラは鼻を鳴らした。「よぼよぼのおばあさん扱いじゃないの。ジジは七十代よ、いまの時代、七十代なんて老人のうちには入らないわ。それに、健康そのものだし――」

クーパーはライラの熱弁をさえぎった。「おれは父さんたちのいいぶんを伝えただけだぞ」

「ぜんぜん信じられない。兄さんだってそうでしょう。あの人たちのほんとうの目当てはジジのお金。ジジのそばじゃなくて、お金のそばにいたいのよ。まったく、あの人たちの強欲ぶりは目に余るのに、どうしてジジが怒らないのか理解できない」

「自分の息子だからじゃないのか」

そのとおりだが、ライラは聞かなかったことにした。「あの人たちがひどいことをするたびに、わたしはジジにもう二度と口をきくなっていうの。でも、そのたびに同じ答が返ってくるわ。『あなたは心配しないでいいの』って。それで話しあいは終わり」

「だからいったろ、息子だからだって」

「わかってる」

「そろそろ切らないと。おまえは元気なのか?」

「ええ、とっても」ライラは溜息をついた。

「また連絡する」それを最後に、電話が切れた。

ライラは深呼吸した。いまの話に動揺してはいけない。今週はやるべきことが山積みなのだ。平常心を保って集中すれば、少しは乗り越えやすくなる。両親だろうがなんだろうが、気を取られていてはだめだ。

頭のなかでジジの声がした。あなたは心配しないでいいの。心配しないでいいの。

7

不審な兆候があったのに、ライラはまったく警戒していなかった。

暗証番号を打ちこんで駐車場の電動ゲートをあけ、なかに乗り入れ、ゲートが背後で閉まった瞬間、帰ってきたことにほっとした。

ライラの駐車スペースの隣、ミセス・エックハードのスペースに、豪華な大型車が駐まっていた。境界線からはみだしていたので、ライラはドアをぶつけないように注意しなければならなかった。ミセス・エックハードのプリウスは、持ち主がハワイから帰ってくるまで、あと一週間空港の駐車場に駐まっているはずだ。ライラがミセス・エックハードの郵便物を代わりに受け取っている。では、ミセス・エックハードのスペースに、あまりにも雑に車を駐めたのはだれなのだろう？

バッグと車のキーを片手でつかみ、もう片方の手で小型旅行鞄を持った。やたらと大きな車の脇をすり抜けようとして、後部ウインドウにレンタカーのステッカーが貼ってあることに気づいた。それから、その車の後ろを通ろうとしたとき、トランクの蓋《ふた》がわずかにあいているのが見えた。

二階のどこかの部屋で、テレビが大音量で鳴っていた。外階段をのぼり、自宅アパートメントへ外廊下を歩いていくうちに、テレビの音が自分の部屋から聞こえてくることがわかった。アニメ番組のような音だった。変だ。シドニーの車は駐車スペースにあったから、アパートメントにいるのだろうが、彼女がアニメ番組を観ているとはまず考えられない。それでも、ドアのむこうから、はっきりと『原始家族フリントストーン』のキャラクターの声が聞こえてくる。ライラはゆっくりと近づき、新しいニッケルめっきの鍵穴の周囲にひっかき傷があり、ドア脇の壁が裂けているのを見て当惑した。

そのとき、ようやく頭のなかで警報が鳴り響いた。シドニーはなかにいるのだろうか、もしいるのなら、一緒にいるのはだれ？　ドアのほうへ身を乗り出したとたん、男の声がして、ライラは跳びあがりそうになった。

「音を小さくしろ」男がどなった。「頭が痛くなる」

ほどなくテレビの音量が小さくなった。それから、べつの男の声がした。

「この娘、さっさと抱えおろして、トランクに放りこめばいいのに、なんで目を覚ますまで

のか？」

「目を覚ますのを待ってるんじゃない。暗くなるのを待ってるんだ。だれかに見つかりたい待たなきゃならないんだ？」

「いや、でもここで縛りあげてもいいだろう？」

「おまえがロープとガムテープを車に忘れてきたんじゃないか」

「なんでおれなんだ？　おまえが持ってきてもよかったんじゃないか。それより、この娘が目を覚まさなかったらどうするんだ？　おまえ、強く殴りすぎだぞ」

「あんなに大騒ぎされちゃ仕方がないだろ。黙らせるには殴るしかなかった。あれが見つかっていれば、この娘と鉢合せすることもなかったんだがな」

ライラはできるだけ音をたてずにドアから離れ、建物の裏側の通路へ走った。心臓が早鐘を打っていたが、九一一に電話をかけた。オペレーターに一部始終を話し、声は震えていたものの、質問には精いっぱい簡潔に答えた。オペレーターはライラのアパートメントへ警官を向かわせ、ライラに電話を切らずにじっとしているよう指示した。ライラは従えなかった。電話は切らなかったが、旅行鞄の上に置き、ハンドバッグのサイドポケットをあけてペッパースプレーの小さな缶を取り出した。シドニーの声が聞こえないのに、アパートメントに入っていこうというわけではない。警官を待つつもりだが、万一に備えて、もうひとつ武器が必要だ。周囲を見まわす。使えそうなものはないだろうか?

車だ……階段を駆けおり、車のキーのリモートボタンを押してトランクをあけた。なかからL型スパナをひっつかみ、また階段を駆けのぼって、アパートメントのドアの前で耳を澄ませ、パトカーのサイレンの音を待った。なにをぐずぐずしているの!

左手でペッパースプレーを持って発射ボタンに指をかけ、右手にスパナを握って身構えた。死ぬほど怖かったが、覚悟はできた。

身を乗り出して、シドニーの声がしないか聞き耳を立てた。テレビはあいかわらずアニメチャンネルのままだ。男たちの声はしない。なにをしているのだろう? ライラは息を詰めて待った。

これ以上耐えられないと思った瞬間、男たちがまたしゃべりはじめた。

「強く殴りすぎたかもしれん。まだ息をしているかどうか、確かめてくれないか」

それが合図だったかのように、シドニーがうめき声をあげた。

「よし、息はしてる。そろそろ目を覚ましそうだ。口をガムテープでふさぐか?」

「キッチンにテープがないか調べてみろ。こんな狭い部屋だ、あるとすればキッチンだろう。それから、ついでにビールがないか見てこい」

「へいへい。口にガムテープを貼ったら寝室へ連れていく。時間つぶしに、ちょっと楽しまないか?」

「いい体だ。まずはテープとビールを持ってこい。お楽しみはそのあとだ」

「ああ、やめて」ライラは小声でつぶやいた。

遠くでサイレンの音が聞こえた。よかった。

突然、シドニーの悲鳴が聞こえ、ライラはもはや待っていられないのを悟った。玄関の呼び鈴を鳴らし、ドアの覗き穴から顔を見られないように、脇によけた。

ドアのむこうでひそひそ声がした。「女の口を手でふさいでろよ」

衣擦《きぬず》れの音、そして沈黙。ライラは息を詰めて待った。永遠にも思える時間が過ぎたが、アパートメントのなかからはなにも聞こえなかった。しばらくして、かすかな声と、ドタバタと揉《も》みあうような音がした。なんとかしなければ! ライラはじりじりとドアの前へ動き、そっと鍵を差しこんだ。一気にドアを押しあけ、脇に飛びのいた。スパナを振りあげて身構える。

銃を構えた男が玄関から飛び出てきた。胸板も腹も分厚い大男だった。黒いスキーマスクをかぶっているので、小さな目しか見えない。男が振り向いたと同時に、ライラはペッパースプレーを発射した。男はわめきながら目を覆った。ライラは銃を持っている手をめがけて力いっぱいスパナを振りおろした。銃は暴発してどこかへ飛んでいき、ライラの脚を弾がかすめた。

男はよろめきながらアパートメントのなかへ戻り、仲間に向かって叫んだ。「女を捕まえろ。おれの銃を渡すな」

そうだ……銃がある。ライラはくるりと振り返って銃を探したが、手すりの外へ落ちてしまったらしい。もうひとりの男がシドニーを脇へ突き飛ばし、ポケットから銃を取り出した。ライラを捕まえようと玄関へ向かうも、シドニーにテーブルランプで頭をしたたかに殴られた。足がもつれ、悲鳴をあげながらソファに倒れこむ。

ライラは部屋に駆けこんで、シドニーを外へ連れ出した。シドニーはまだ混乱しているようだった。侵入者たちはすぐに追いかけてくるはずだ。

「外に逃げなきゃ」ライラはあせってささやいた。

銃声がして、弾がドア枠の支柱に当たった。ライラとシドニーは頭をさげて階段を駆けおりた。ライラは数メートル先の床にスキーマスク男の銃を見つけた。すかさずそれを拾いあげる。

「柱の陰にいて」シドニーにいいながら銃口を階段に向け、男たちが現れるのを待った。なかなか男たちがおりてこないので、シドニーの手を取り、建物の正面から裏口をつなぐ通路へ急いだ。暗がりの壁際にじっと身を寄せていると、表階段を駆けおりてくる足音が聞こえた。ライラは少しだけ身を乗り出し、男たちがライラの隣に駐めたレンタカーのセダンに飛び乗るのを確認した。車はバックで急発進し、電動ゲートがあがるあいだだけスピードを落とした。駐車場から出た車は、タイヤをきしらせ、通りの先へ走り去った。

ライラはぐったりと壁に背中をあずけ、やっと息を継いだ。「大丈夫?」小声で尋ねた。

「たぶん。そっちは?」

「まだどきどきしてる」

「わたしも」

まもなく二台のパトカーがライトを点滅させて到着し、建物の前で急停止した。四名の警官がいっせいにドアをあけ、銃を構えて出てきた。

ライラは足を踏み出し、屈んで銃を床に置くと、シドニーについてくるよう合図した。たちまち警官に囲まれた。

「救急車を呼んでください」ライラはいった。「彼女、頭をひどく打っていると思います」

「わたしは大丈夫よ」シドニーはきっぱりと答えた。

「銃声がしたと通報がありました。救急車はこっちへ向かっています」警官はシドニーがふらついているのを見て、階段へ連れていって座らせ、頭の外傷を調べた。

しばらくして、二名の救急救命士が到着した。ひとりがシドニーの手当をし、もうひとりがライラの脚のかすり傷を診《み》た。ライラは抗生剤を塗られ、小さな絆創膏《ばんそうこう》を貼ってもらいながら、二名の警官に事情を聞かれた。だが、あの男たちがアパートメントに侵入した方法も目的も、見当すらつかなかった。

「ノートパソコン以外に、高価なものなんてありません。男のうちひとりが、暗くなったらシドニーをどこかへ連れ出すといっていましたけど」

「なにが目的だったんだろう」警官がいった。

シドニーがその疑問を聞きつけ、ライラの隣へ来た。「わたしが帰ってきたときには、すでにふたりともリビングにいました。強盗目的じゃありません。待ってたんです」

「待ってた?」ライラは訊《き》き返した。「なにを?」

「あなたよ」シドニーが答えた。「ライラ、あいつらはあなたを待ってたの」

8

シドニーは、助けがいると考えた。

ゲートの外にパトカーが常駐しているとはいえ、安心できなかった。

問題は、だれに相談するかということだった。シドニーの六人の兄のうち三人がFBIの捜査官で、ひとりは検事だ。姉のジョーダンの夫もFBI捜査官だ。助けてほしいと頼めば、全員が駆けつけてくれる。それはありがたいのだけれど、ときにわずらわしくもある。兄たちは過保護なのだ。

人数の多いきょうだいというものは、往々にして秘密を守ることが難しく、ブキャナン家の男きょうだいたちにもふたりの姉妹のこととなると、すべてが筒抜けだ。ジョーダンかシドニーが面倒に巻きこまれるようなことがあれば、男たちはこぞって割りこんでくるが、ふたりがなぜ感謝してくれないのかは理解できない。そして、感謝されなくても世話を焼きつづける。幸い、六人全員が干渉できるわけではない。いちばん下のザカリーは空軍士官学校にいるので、環《わ》からはずれている。ザカリーと、海軍特殊部隊SEALの隊員であるマイケルは、いつもなにがあったのか最後に知らされることになっている。

シドニーは家族のなかでは静かなほうだ。どちらかといえば、参加者というより傍観者の立場であり、だからこそライラと同じく、みずから選んだ分野が合っているのだろう。それに自立心があり、自分の力で生きていくと決めている。たいていのことに関しては、兄たちに干渉されず、自分のことは自分で決めたいのだが――正しい決断であれ、間違った決断であれ――今日の午後に起きたできごとはわけが違う。ライラには兄たちの助けが必要だ。親友が深刻な危険にさらされているのはわかっている。なぜライラが狙われているのか、兄たちのうちだれかが突き止めてくれないだろうか。

病院での治療が終わってから、電話をかけることにした。ライラが帰りの運転手役として、救急車のあとから車でついてきてくれている。

ERの当番医はシドニーの頭を見て、レントゲンとCTスキャンの指示を出した。「念のためだよ」と医師はいった。結果は良好だった。頭を強打されたものの、入院は必要ないという。アパートメントへ帰る車中で、シドニーはチョコレートが食べたくてたまらないから店に寄ってほしいとせがみ、ライラに買ってきてもらった。

「修理屋さんを呼んだわ」ライラはふたたび車を走らせながらいった。

「なぜ?」

「うちのドアが壊れたでしょう。いまごろ、修理屋さんがドア枠をはめてくれているわ。鍵が壊されていたら、交換してくれることになってる。そもそもあの部屋を選んだのは、キャンパスに近いし、安全だと思ったからよ。電動ゲートがあって、警察署も近いし……狭いけど、安全には代えられないわ。それなのに、あのふたり、どうやって表玄関に入ったのかしら」

「住んでる人をつけて、一緒に入ったのかも。部屋に入るのは簡単だわ。玄関のドアは古いもの。力いっぱい蹴れば、なかに入れる」

「まず鍵をあけようとしたみたいよ」ライラはいった。「ひっかき傷だらけだった」

「わたしも気づいたわ。でも、ドアをあけてなかに入るまで、ドア枠が壊されていることには気づかなかった」シドニーはかぶりを振った。「油断していたわ。このところ気を抜きすぎていたのよ」

「わたしも」ライラはいった。「なかに入ってから、どうなったの?」

「男の片方に捕まった。もうひとりが写真を出して、かぶりを振っていったわ。『もうひとりのほうだ』って」

「もうひとりのほう?」

「あなたのことよ、ライラ」

ライラはアパートメントのある通りへ入り、スピードを落とした。自分たちの部屋のドアが見えた。修理屋の姿はなかった。

修理は終わったのだろうとライラは考えた。電動ゲートに車を寄せ、暗証番号を打ちこむ。ゲートがゆっくりとあいた。

「写真を見たの? どこでわたしの写真なんか撮ったのかしら」駐車場のなかを進みながら尋ねた。

「あなたはだれかに監視されていたのよ。わたしたちふたりで学校の中庭を歩いているところを撮られてた」

「気味が悪いわ」ライラはつぶやいた。駐車スペースに車を入れ、エンジンを切る。

「ええ、ほんとうに気味が悪い」ライラがうなずいた。「わたしを捕まえた男が腕の力を抜いたから、急所を思いきり蹴ってやったの。それで逆上させてしまって、あごの下を殴られたわ。そして気を失ってしまった。歯が折れなかったのが意外なくらい。どのくらい気絶していたのかわからないけど、気がついてからも目を閉じたままじっと動かずに、男たちの話を聞いていたの。あいつらはあなたが帰ってくるのを待っていた。どこかへさらうつもりだったのよ。あなたからなにかを手に入れようとしていたみたい」

「なにを？」

「それはわからない。どっちもなにが目当てなのか口にしなかったから。で、あなたがドアをあけた」

「さあ、部屋にあがりましょう。今日一日はこれで終わりにしたいわ」

「チョコレート食べたい」シドニーはライラのあとをついていった。ライラはペッパースプレーと鍵を左右の手に持ち、脇にチョコレートの箱を挟んでいる。

「わたしはテーザー銃がほしい」ライラはいった。「それから催涙スプレー……大量にほしいわ」

「カリフォルニアではどっちも合法だっけ？」

ライラは肩をすくめた。

シドニーはライラの後ろから建物の入口へ歩いた。

「脚は大丈夫？」シドニーは尋ねた。「撃たれたのに、警察が来てもいわなかったなんて」

ライラは笑った。「たいしたことないもの。救命士さんは優しかったわよ。頭はどう？」

「ずきずきする」

階段をのぼったものの、ドアに近づくのはためらわれた。鍵穴の周囲は傷だらけのままで、交換されていなかったが、ドア枠はなおしてあった。

「もうひとつ鍵をつけなきゃね」シドニーがいった。

ライラはうなずいた。「ええ」

「寝室であいつらがなにをしていったか見て。絶対になにかを探していたのよ」

「宝石とかお金とか?」

「わたしたち、宝石もお金も持ってないでしょ」

「わたしが先に入る」ライラはペッパースプレーを掲げたまま、鍵をあけ、ドアを押した。

よかった、だれもいない。そして、ひどいありさまだ。片付けるのに丸一日かかるだろう。

抽斗はすべてあけっぱなし、服はハンガーから落ち、マットレスはひっくり返されている。

「姉さんに電話するわ」シドニーがいった。「でもまずはベッドを元に戻さなきゃ。ひと晩じゅうおしゃべりすることになりそうだから」

「わたしがやるわ。あなたは休んでて。ジョーダンは長電話するの?」

「そんなことない。いつもはせいぜい十分で電話を切るけど、ジョーダンが旦那さんにこのことを話して、旦那さんがうちの兄さんたちに話す。見てなさい、すぐにわたしとあなたに電話がひっきりなしにかかってくるようになるから」

「わたしに電話をかけてくることはないわ。あなたが全部話せばいいんだから」

「ライラ、あなたもいまではうちの家族の一員よ。アレックとディランとニックとテオとジョーダンの素敵な旦那さま、ノアとはもう長いつきあいだわ。しかも、わたしの親友ってだけじゃなくて、今日からは命の恩人なのよ。親族に警察関係者が多い利点のひとつがこれね。当然、みんなあなたを助けてくれる」

ライラは笑った。「そうね。お兄さんたちが調べてくれる」やれやれ、と心のなかでつけくわえた。

「ジジやお兄さんたちに電話しないの?」

「とんでもない。ジジは心配するし、兄たちは……あなたもわかるでしょ」

「農場に引きずり戻されて、まわりを武装した護衛で固められる」

「そういうこと」ライラはうなずき、寝室へ向かった。「ベッドを整えてあげるから、そのあいだにジョーダンに電話して。それから、わたしは熱いシャワーを浴びて、キャサリン・ヘプバーンの映画のレポートを仕上げるわ。明日が締切なの」

「だれのクラス?」

「リンデン先生。すごく厳しいの」

ライラがせっせとベッドメイクをするいっぽうで、シドニーは携帯電話を探した。テーブルの下にあったそれを充電し、固定電話からジョーダンにかけた。

「遅くにごめんね」姉が出たので、シドニーはいった。

「べつにいいわよ」ジョーダンは機嫌よく答えた。

「ノアはいるの？」

「すぐ隣に。話があるの？」

「ええ、お願い」

「大丈夫？」ジョーダンは心配そうに尋ねた。

「大丈夫よ」

ジョーダンは、シドニーからといいながら夫に電話を渡した。

「やあ、シュガー、どうした？」

「あのね……今日、大変なことがあって……」

9

シドニーは夜中の零時過ぎまで電話で話していた。予言どおり、ノアの次にテオ、それからディラン、ニック、アレックと、順番に一部始終を洗いざらい説明しなければならなかった。

最後に電話をかけてきたのはアレックだった。「いままでだれとしゃべってたんだ?」

「うちの兄さんたちと」

「グループ通話にしたら時間が省けたのに」

なぜ思いつかなかったのだろう?

「ほんとだ。それか、兄さんが――」

「ノアから話は聞いた。全部教えてくれた。そいつらの目的がなにか、心当たりはないのか?」

「わたしが知ってるのは、ふたりがライラを探してたってことだけ。病院で一時間くらい、オマリーっていう刑事さんからいろいろ訊かれたけど、わたしもライラもなにも答えられなかった」声が震えた。「アレック、すごく気味が悪いわ。こんなに怖い思いをしたことってない」

「おまえ、自分がどんなに幸運かわかってるか？」

もちろん、わかっている。「わたしが何回それを訊かれたかわかってる？　頭を強打されたんだからね。ぜんぜん幸運じゃないわ」わざとむくれてみせた。

「もっとずっとひどい目にあってたかもしれないんだぞ。ライラはペッパースプレーを使ったんだって？」

「それからスパナも」

「それは……度胸がいったな。でも、やはり警察を待つべきだった」

「ちゃんと警察を呼んで、待ってたのよ。だけど、あいつらがもっとひどいことをしようとしたのを聞きつけて、これ以上待ってられないと判断したの」

「おまえたちふたりとも……」アレックは最後までいわなかった。

「ライラはテーザー銃がほしいそうよ」

「なんだって？」

「テーザー銃。違法かどうかなんて気にしてないみたい。あ、それから催涙スプレーも。催涙スプレーを手に入れたいんですって」

「ライラと話がしたい。電話を替わってくれないか」

「もう眠ってる。起こしてほしい？」

「いや、明日でいい。今夜は不安で眠れないんじゃないかと訊きたかったんだが、ライラは大丈夫らしいな。おまえはどうなんだ？」

「外に素敵な巡査がいて、朝まで見張っててくれる。くせ者は近づけないでしょう？　それに、あいつらは戻ってこないわ。兄さんもそう思わない？」シドニーは心配になって尋ねた。

「たぶんな」

「それに、くたくたなの。よく眠れるわ。ちょっと、たぶんってどういうこと？」

「今夜は大丈夫だろう。明日の予定は？」

「学校」

「ライラもか？」

「ええ、でも授業はべつべつ。どうして？」

「ライラとおまえの予定をメールしろ」

「どうするの？」

「朝いちばんに、知りあいに電話をかけてそっちへ行ってもらう。おれが行ければいいんだが、無理なんだ。おれと同じくらい頼れるやつをよこすから安心しろ」

「あいかわらず自信過剰ね」シドニーは苦笑した。「その人、ちゃんとライラを守ってくれるわね。兄さんが信用する人なんでしょう？」

「ああ。念のために、落ち着くまではだれかにその部屋を警備させる」

「兄さんって、じつは気配りの人だったのね。リーガンみたいな美人が兄さんと結婚した理由がわかってきたわ」

アレックは笑った。「理想をさげてくれたんだ。また明日電話する」

シドニーは電話を切り、パトカーがまだいるか窓辺へ行って確かめた。パトカーは街灯の下に駐まっているので、アパートメントへ近づく者がいれば、かならず目に入る。シドニーはドアの鍵がかかっているのを確認し、その前に食卓の椅子を置いて、もう一度窓の外を見てからようやく寝る気になった。護身用に野球のバットでも置いておくんだったと思い、しかたがないのでキッチンからほうきを持ってきた。ほうきでも、少しは痛手を負わせることはできるだろう。

ほうきの柄を握りしめたまま、シドニーは眠りについた。

「サム、いまどこにいる?」

「シアトルだ」

「おまえ、おれに借りがあるだろう」アレックはいった。

「おまえの尻ぬぐいをしてやったことが借りになるのか?」

「ここ合衆国ではそういうものだ」

「あのな、ブキャナン、おれはいまちょっと手が離せなくて……」

「隣の女に服を着ろといえ。大事な用件なんだ」

「ちょっと待て」

アレックは二分、いや三分は待たされた。

「おまえのせいで今夜は台無しだ。で、用件は?」

「いつロサンゼルスへ行くんだ?」

「明日。それが?」

アレックはシドニーとルームメイトのライラについて話した。「おれは行けないし、ライラは危険な状況にある。それで、おまえが代わりに助けてやってくれないかと考えたわけだ。ちょうど休暇を取っているし——」

「わかった、まかせろ。妹は？　シドニーも狙われているのか？」

「それはなさそうだが、楽観はできない。シドニーの護衛はマックス・スティーヴンズに頼むつもりだ」

「それで、おれはいつまで護衛をすればいいんだ？」

「正直いって、ぜんぜんわからない。明日、担当の刑事に連絡を取ってみるが、手がかりはなにもないだろうな」

「いつから取りかかればいい？」

「なるべく早く」

「わかった」

「それから、サム」

「なんだ？」

「ありがとう」

ライラはレポートを書き終え、パソコンに突っ伏したまま寝てしまった。さいわい、ノートパソコンは閉じてあったので、キーボードをよだれで濡らさずにすんだ。死んだように眠っていたので、朝になって目を覚ましたものの、シャワーを浴びるまで頭はぼんやりしていた。ジーンズと空色のTシャツを着た。いつもはフラットシューズを履くが、今日は動きやすいスニーカーを選んだ。これなら、いざというときに全力疾走できる。

「引っ越したほうがいいかな」ライラは朝食のシリアルを食べながらシドニーに尋ねた。

「どうかな。アパートメントの管理会社に新しいドアをつけてもらえば、また安心して住めるかも」

「そうかしら」

「アレックから電話があったの」シドニーは兄からいわれたことを繰り返した。「だから、予定を教えたわ。兄さんに頼まれて来てくれる人は、まずわたしたちを探さなきゃ」

「ちょっと緊張するな」ライラはいった。

「わたしも」

「ねえ、キャンパスでもひとりでうろうろしてはだめよ」

「そうね。あなたもひとりにならないように」

「そろそろ出かけないと遅刻するわ」

シドニーはドアの前から椅子をどけ、鍵をはずしてドアをあけた。とたんに、キャッと声をあげた。目の前に男が立っていたのだ。

「悪い」男はいった。「びっくりさせたかな」

「いいえ」嘘だった。「あなた、だれ？」シドニーはそう口走ったあとに、ぶしつけだったと気づいた。

「きみがシドニーなら、ぼくはきみの護衛だ。アレックに頼まれてここへ来た」

背が高く、黒っぽい髪、愛嬌《あいきょう》たっぷりの笑顔。シドニーはその三点を一度に見て取った。女殺しの大学院生といっても通る。

「銃は持ってる？」

「もちろん」

シドニーはほほえんだ。「じゃあ行きましょう。ライラ、急いで。わたしは十時から講義があるのよ。あなたもでしょう」

ライラはｉＰｈｏｎｅに目を落としたまま現れた。「ピアソン先生は休講。十一時まで時間が空いたわ」

「でも、キャンパスをひとりでうろつかないって約束したばかりじゃない」

「大丈夫だ」マックスがいった。「キンケイド捜査官があと五分で到着する」

ライラは電話から目をあげ、シドニーの護衛に手を差し出した。「ライラ・プレスコットよ。あなたは……？」

彼はライラの手を取った。「マックス・スティーヴンズだ」シドニーに振り返る。「そろそろ行こうか」

シドニーはバッグを持った。「お先にどうぞ」

マックスは階段をおりはじめた。シドニーはついていきながら、ライラのほうへ目を丸くして振り返り、〝ワオ〟と口だけ動かした。

ライラはシドニーに笑みを返し、ドアを閉めた。マックスが銃を持っていて、シドニーをしっかり守ってくれるということさえわかればいい。護衛の能力に、ルックスは関係ないのだから。

10

サミュエル・キンケイド捜査官は、いわゆる色男だった。ライラはペッパースプレーを手にドアをあけ、彼の目を見あげた瞬間、息の仕方を忘れた。

男性を前に、こんな〝ちょっとなにこれ〟的な反応を取ったことはなかった。ロサンゼルスに引っ越してきて以来、かわいい男の子なら山ほど会ったけれど。彼らはどこにでもいる――レストランに映画館にジムに大学にビーチ、教会にもいる。でも、サミュエル・キンケイドにかわいいという言葉は似合わない。見るからにたくましく男らしいし、セクシーすぎる。彼は背が高い――ライラの身長は平均より高めだが、頭が彼の肩と並んでいるくらいだ。砂色の髪、射貫くようなブルーの瞳。顔の骨格は完璧そのもの――まっすぐできれいな鼻、色気のある口元、引き締まったあご。

そう。たしかに、色男だ。

こら。ライラは自分をいましめた。たしかにこの人はいままで会ったなかでだれよりもセクシーだ。でもそれだけのこと。

「それ、おれにぶっかけるのか？」彼は変わったアクセントのある低い声で尋ねた。「ライラよ。ライラ……」

「え？　あら、違うわ」ライラはペッパースプレーをおろし、手を差し出した。「ライラ

よ。ライラ……」自分の名前が思い出せないってどういうこと？

「プレスコット？」

ご親切にどうも。おかげで思い出せたわ。

「そう、プレスコット」

彼の瞳がきらりと光った。ライラがどぎまぎしていることに気づいているのだろうか。気づいているに決まっている。自分自身のラストネームを教えてもらわなければならなかったのだから。

ライラと握手をしながら、彼は自己紹介をした。「FBI捜査官のサミュエル・キンケイドだ。サムと呼んでくれ。きみとおれは、これからしばらくいつも一緒に行動することになる」

「そのアクセント……スコットランドね？」

「そうだ」

「アレック・ブキャナンの命の恩人でしょう」

そのことには言葉を返さず、サムはいった。「なかに入ってもいいか?」

「どうぞ」ライラはあわてて脇へどいた。サムはライラの前を通り過ぎながら、手を伸ばしてペッパースプレーを取った。

彼はアパートメントのなかを見まわした。なにを考えているのかさっぱりわからない……シドニーとわたしが片付けのできない女だと思っているのかも。

ライラはとっさに口走った。「ゆうべ侵入した連中が部屋をめちゃくちゃに散らかしていったの。わたしもシドニーも掃除する時間がなくて。あの人たちが探していたものを見つけたのかどうかもわからないわ」

サムが振り返った。「アレックの話では、やつらの目的はきみだったそうだが」

「ええ、でもわたしを待っていたのなら、部屋を荒らす必要はなかったわけでしょう? なにかべつのものを探していたんだと思う」

「なるほど。じゃあ、荷物をまとめながら、なにかなくなっているものはないか確かめてくれ」

「荷物をまとめる?」

「そうだ。おれたちはここを出ていかなければならない」

「おれたち?」

「いっただろう、しばらくのあいだいつも一緒に行動するって」

「つまり、あなたがわたしの護衛役?」

「そういうことだ。アレックにきみの予定をもらってある。十時からの講義に出るのなら、いますぐ出発しなければ間に合わないぞ」

「休講になったの。次の講義は十一時からよ」

「よかった。キャンパスのなかをチェックする時間ができた。忘れるな、ゆうべの侵入者たちはまだ外をうろついているんだぞ」

背筋がぞっとして、ライラはわかったというかわりにうなずいた。

寝室へ行き、チェストの上に立てかけてある鏡を覗《のぞ》きこんで手櫛《てぐし》で髪を梳《と》かした。リップグロスを塗り、耳の後ろに香水をつけてからバックパックを取った。ストラップを肩にかけ、居間へ戻る。「準備完了よ」

サムがドアをあけてくれた。ライラはほほえんでいった。「マーラー教授は、あなたが教室に入るのを許可しないかもしれない。既成の権威が嫌いなの……たとえばFBIとか」

「へえ。でも、きっと入れてくれる。おれはその気になれば、じつに感じよくなれるんだ」

十分後、サムはライラの隣にぴったりとついてキャンパスを歩いていた。ライラは彼が周囲のものすべてにじっと目を注いでいることに気づいた。建物の屋根、中庭にいる人々、通りの様子。すごい。よく気をつけて見ていなければ、彼がなにをしているのかわからないだろう。

「ライラ、ルールを設けよう」

「どんなルール？」

「大事なことは、きみがおれのいうとおりに動くことだ。おれはきみを守るためにきた。だから、伏せろとか走れとか、おれが指示したら、すぐに従ってくれ。〝なんで〟だの〝いやだ〟だのは禁止だ。もしかしたら銃を使わなければならないこともあるかもしれない。きみを巻き添えにしたくない」

サムの話に、ライラは怖くなった。こくりとうなずく。「わかったわ」

「よし。あとでゆうべのことを全部教えてくれ」

「もう聞いているんでしょう」

「きみ自身の話を聞きたいんだ」

二人組の女子学生とすれちがったが、そのどちらもサムに目が釘付けになっていた。無理もない。二人組のうちひとりが、あの人銃を持ってるとささやくのが聞こえた。

「なぜあなたが付き添っているのか、みんなになんて説明すればいいの？」

「きみがしたいようにすればいい」

銃を持っていることを除けば、サムは捜査官には見えなかった。はき古したジーンズにポロシャツという格好だからだろう。講義棟へ向かう道すがら、いいキャンパスだというサムの話を聞きながら、ライラはそのセクシーなスコットランド訛《なま》りがとてもいいと思っていた。マーラー教授がぐずぐずいったり、サムをつっけんどんに追い出したりしなければいいのだけれど。廊下で一時間も突っ立ったまま待ってもらうのは忍びない。

「早く着いたわ」ライラは教室に近づきながらいった。「マーラー教授はまだ教官室にいるはずよ。紹介するわ」

教室を抜けて教官室へ行くふたりのあとから、学生たちが次々と入ってくる。ライラは教官室のドアをノックした。「マーラー先生、ライラ・プレスコットです。今日はＦＢＩの方に付き添っていただいているんですが――」

「ＦＢＩ？」教授は大声をあげた。出し抜けにドアが開き、教授がビーツのように真っ赤な顔を覗かせた。

「いったでしょ、難しいって」ライラはささやいた。

サムはほほえんだ。「この先はおれにまかせろ」そういうと、彼はつかつかとマーラーの脇を通って教官室に入り、ドアを閉めた。

ライラはドアに耳を押しつけて会話を聞きたかったが、我慢した。教授のどなり声が聞こえてもおかしくないのに、大きな声はしない。FBI捜査官が自分の教官室にいることに、教授はショックのあまり声も出ないのだろうか。教授にいわせれば、サムはこの国をだめにしたものすべての代表だ。〝ビッグ・ブラザー〟——ジョージ・オーウェルの小説『1984年』に出てくる独裁者にちなんで、教授は官憲をそう呼んでいる。さいわい、ライラは卒業間近なので、教授の自説を聞かされることもなくなる。

ドアがあいてサムが出てきた。ライラにウインクし、ぽかんとしているふたりの学生に会釈すると、ライラがバックパックを置いた最後列の席へ歩いていった。隣の椅子に、ゆったりと腰をおろした。

ライラも座り、ノートパソコンを取り出した。「先生になんていったの?」

「たいした話はしていない」

怪しいものだ。ひょっとしたら、力ずくで……いや、ほんとうに感じのよさで丸めこんだのかも。

マーラー教授が教室に出てきた。顔色が悪い。ちらちらとサムをうかがっている。

ライラはサムに耳打ちした。「で、先生はなんていったの?」

サムはにっこりと笑った。「おれが来てほんとうによかったとさ」

11

マーラー教授の講義は通常より五分ほど短く、四十五分間で終了した。ライラは、サムがその理由だと確信した。彼はマーラーが忌み嫌うものの代表なのだから、早く教室から追い出したくてたまらなかったはずだ。どうやら、ライラが悪いと決めつけ、許す気もなく、理解を示すつもりもないらしい。ときどき憎々しげな目でライラを見やった。

教授はライラをどなりつけたいのだろうが、サムが教室にいてはそれもできない。そして、この恨みをずっと引きずるのだろう。ライラは四月一日に、カールという学生がビッグ・ブラザーは市民を監視していないし、市民のプライバシーを侵してもいない、なぜならビッグ・ブラザーは架空の存在だからだといいはなったときのことを覚えている。マーラーは息を呑んだ次の瞬間には、怒りを爆発させた。きみは極右の猿だ、当局の操り人形だとカールをののしった。カールの作品をこきおろし、講義から追放すると脅しはじめたとき、カールがさっと立ちあがって叫んだ。「エイプリルフールですよ、先生！」

マーラーはひるみ、しきりにまばたきしてあごをこすった。「エイプリルフール……」

カールは冷や汗をかきながらそのまま立っていたが、やがて教授の顔にゆっくりと笑みが広がった。「みごとだ、カール。すっかりだまされたよ」

教授は声をあげて笑い、カールのカメラマンとしてのキャリアは救われた。

それまでにもライラは気むずかしい教授たちと渡りあってきたが、マーラーほど自我が肥大した人物はいなかった。妻は彼のもとを去ったと聞いている。マーラーと異なる意見を述べるという間違いを犯してしまい、その結果、別れることになったのかもしれない。こんなつきあいづらい男との結婚生活など、想像もできないけれど。

学生たちが教室から出ていく。ライラもパソコンをバックパックにしまい、ストラップを肩にかけて教室を出ようとしたが、サムが待てというように腕を押さえた。

カールとイーライという学生が、前の列を通りかかった。

「元気でな、ライラ」カールが声をひそめ、冗談めかしていった。

「そんなに悪いことはしていないわ」ライラはいい返した。「マーラー先生だって、すぐに機嫌をなおすわよ」

カールはかぶりを振った。「あのエイプリルフール事件からなにも学んでないのか？」

「ほんとにさびしくなるなあ」イーライがにんまりと笑ってつけたした。「きみがこの講義から追放されたらね」

「もう、やめてよ」ライラは憤慨した。「先生はわたしを追放したりしないわ」

ふたりがふざけているだけだとわかってはいたが、からかいのなかにも一抹の事実が含まれている。マーラーは仕返しをするかもしれない……たとえば、提出した作品をびりびりに破くとか。そんなことになったら、断固として戦わなければ。まずは学部長に会いにいき、冷静に作品を評価してくれる人を紹介してもらうのだ……ほんとうにびりびりに破かれたら、だれにも見てもらえないけれど。

そんなことを考えていたが、イーライがまたいった。「先生と寝るしかないかもな。そうすれば、合格点をくれるんじゃないか？」

ライラはあんぐりと口をあけた。「それ、ぜんぜん笑えない。思っただけで……」身震いした。「胸がむかむかしてくる」

カールがサムを見た。「イーライは冗談をいってるだけですよ。ライラは簡単にだれかと寝たりしません」

「わたし、ラボに行かなくちゃ」ライラは急いで話を変えた。

「紹介してくれないのか？」カールがいい、イーライとそろってサムの脇腹の銃を見た。

ライラはサムをふたりに紹介した。

「警察官?」イーライが尋ねた。

「FBIだ」サムはひとことだけ答えた。

「本物? マーラーの神経を故障させるために、FBIのふりをしてるとかじゃないんですか?」

「いや」

「どうしてライラに付き添ってるんですか?」

「友人なの」ライラは早く話を終わらせたくてそういった。「サム、そろそろ行かないと」

カールとイーライは建物の外までついてきて、キャンパスを歩いていくライラとサムを玄関階段の上から見送っていた。カールたちが並んで街路のほうへ動きはじめると、サムは通行人からライラを守れる位置に移動した。

「あのふたりには、あなたがここにいるほんとうの理由を教えなくてもいいと思ったの」ライラは、質問される前にいった。

サムは肩越しにカールたちを見やった。ふたりは立ち止まって、残念そうにライラを見ていた。

「あのふたりのどちらかと、一対一で出かけたことはないのか?」

「ないわ」

「でも、申しこまれたことはある？」

ライラはサムの顔を見あげた。「あるわ。いい人たちよ」

意外なことに、サムは笑いだした。ライラは尋ねた。「なにがおかしいの？」

「いい人といわれても、うれしくないだろうな」いたずらっぽく瞳を輝かせ、ライラを見た。「ふたりとも、きみの睡眠の習慣をどうして知ってるんだろう？」

ライラは顔が赤くなるのを感じた。「そんなの知らないわ。あのふたりとは寝ないってことを知ってるだけよ」

「きみは好みにうるさいタイプか」

「とってもうるさいわよ」ライラは力をこめていいながら、窓のない小さな建物へ通じる舗道に入った。「ここがラボ。二時間ほどこもって、編集を仕上げるの。それで、今日は終わり。それ以降は、別れて自由時間に――」サムがかぶりを振ったので、途中でやめた。「あなただって、少しは自由な時間が――」

「だめだ」サムの口調はきっぱりとしていた。「ライラ、油断は禁物だと肝に銘じてくれ」

ライラはうなずいた。「わかったわ」

サムはドアをあけ、ライラのあとから階段をのぼった。「明日の予定は？」

「講義はないわ」

「よかった。ここに来なくてもいいということだ。決まりきった毎日じゃないほうが、連中に見つかりにくい」

「連中というのは、わたしたちのアパートメントに侵入した男たち？」

「そうだ」

「じゃあ、明日はどこに行くの？」

「まだわからない。アレックから指示がある」

「シドニーも一緒に来るの？」

「いや」

サムは詳しいことをいわないが、言葉が少ないことで、かえってわかったことがあった。ライラのそばにいたらシドニーも危険だということだ。

それから二時間、サムはライラの椅子の背に腕をかけて隣に座っているか、ドアの前に立ち、モニター上で編集されている画像を眺めていた。作品の長さはせいぜい二十分程度だが、ライラは細部まで気を配りながら仕上げた。作業が終わると、最初から最後まで通して再生した。

サムはライラの後ろから観ていた。ドキュメンタリーはすばらしく、ライラ本人もすばらしかった。ライラがナレーションをつけていたが、その声はつやっぽくもあり、かわいらしくもあった――モニターに映し出されている映像とは好対照だ。公園に乗りつけて有害なごみを捨てていくトラックや自家用車のナンバープレートをほぼすべて撮影することに成功していた。乗ってきた人々の顔もはっきりと映っている。たいした娘だとアレックは思い、ほほえんだ。警察がこのドキュメンタリーを入手すれば、一発で逮捕、有罪だ。

ライラはさらに三枚のディスクに作品を焼き、ようやく立ちあがって両腕を上に伸ばした。「これで終わり。あとは提出するだけ。来週ね」

「今日出してしまえばいいじゃないか」

「冗談でしょう？　教授が覚えているうちはだめよ……その……FBIのあなたをね」

「そんなに心が狭い人なのか？」

「そこまではないかもしれないけど、危ないことはしないにかぎるわ。それより、おなかすいてない？　わたしはぺこぺこ」

ライラは荷物をまとめ、サムにドアを押さえてもらって外に出た。二時間も暗闇のなかに座っていたため、陽光に目がくらんだ。サムがポケットからサングラスを取り出し、ライラに差し出した。

ライラは感謝をこめてかぶりを振った。「ありがとう。もう大丈夫」

ひとりの助手が通りかかった。「やあ、ライラ。ゆうべのこと、聞いたよ。無事でよかった」

ほかにも三人の学生がゆうべの事件について話しかけてきて、ライラはいつまでも中庭に出られなかった。

「噂《うわさ》が広がるのは早いのよ」ライラは歩みを速めた。

「だれかが手を振ってるぞ」しばらくして、サムがいった。

うわっ。マーラー教授の秘書、ジーン・リラードが、タイダイ模様の長いスカートを風にはためかせ、コンクリートの舗道を健康シューズでドスドスと踏みつけながら走ってきた。

ジーンはあえぎあえぎいった。「先生が……すぐに……教官室へ来るようにおっしゃってる」

「いますぐですか？　理由はご存じですか？」

「たぶん、あなたにもうひとつ課題をお出しになるんだと思うわ。嫌そうな顔をしないで、ライラ。とてもいいことよ」

とてもいいこと？　マーラー教授が相手では、とてもいいことなどありえない。だが、ジーンは教授に忠実らしいので、ライラは黙っていた。

十分後、ライラはマーラー教授の教官室のドアをノックしていた。

教授は書類の山のむこうから顔をあげた。「入りなさい。早く」

「お呼びとのことですが」ライラは教授のデスクへ近づいたが、サムは入口近くで待っていた。

「まず、癇癪《かんしゃく》を起こしたことを詫《わ》びたい。ほんとうに、びっくりしただけなんだ」教授はライラとサムを何度も交互に見やりながら弁解した。「ゆうべ、きみがどんな目にあったか、たったいま聞いた。このごろはほんとうにひどい犯罪が起こる。どこにいても安全ではない。きみが友人に助けを求めたのももっともだ」と、サムを指した。

ライラが返事をするより先に、教授はたたみかけるように尋ねた。「きみもルームメイトも大丈夫か？」

「ええ、大丈夫です」

「よかった。では、ここに来てもらった理由を話そう。カールがいっていたが、きみも彼もほとんど課題は終わったそうだね」

「はい、先生」

ライラはこれがよい状況なのか悪い状況なのか、急いで見極めようとした。マーラー教授は、めずらしく機嫌がよさそうだ。いま課題を提出すれば得をするかもしれない。バッグからDVDを一枚取り出し、デスクに置いた。「どうぞ。完成しました」

マーラー教授は満面に笑みを浮かべた。「すばらしい。きみが最初の提出者だ。出来には満足しているか？　それとも、やっつけ仕事だと感じてはいないか？」

「やっつけ仕事だとは思っていません。どこに出しても恥ずかしくないものを作ったつもりです」

教授はうなずいた。「一番に課題が終わったから、短い作品を作る機会をあげよう。悪くない話だと思うよ、ダルトン賞に応募するのだから」

ダルトン賞は、フィクションかノンフィクションかを問わず、優秀な子ども向けのショートフィルムに贈られる。ライラは子ども向けの映画製作についてはなにも知らない――そもそも、子ども自体がわからない――けれど、メジャーな賞に作品を応募するチャンスをみすみす逃すわけにはいかない。

「べつのテーマで撮っていることは知っているが……なんというタイトルだったか……『ザ・ガーデン』？」

「はい」

「すばらしいアイデアだと思うし、きみなら二作を平行して撮ることもできるだろう。だが、一作一作に集中したほうがいいんじゃないかな。子ども向けの作品に興味はあるか？」

「ええ、ぜひやりたいです」ライラはそれ以上深く考えずに、すかさず答えた。

教授が一冊のファイルを差し出した。「賞の応募規定だ。フィクションでもノンフィクションでもいい。つまり、人形にインタビューしてもいいし、本物の子どもにインタビューしてもいいということだ。ただし、子どもの保護者の署名をもらうのを忘れるな」

「締切はいつですか?」

「ファイルのなかに、全部入っている」

ライラはチャンスをくれたことに礼をいい、ドアから出たが、頭のなかはまだぐるぐるとまわっていた。いったい、わたしはどうなっちゃったの? わけがわからない。自分の生活が自分のものでなくなった感じ。不気味な大男ふたりに狙われて、その理由もわからない。見当もつかない。頭の隅っこに不安と恐怖を追いやっておくことが、だんだん難しくなってきた。なんといっても、隣のサムの存在に、いまは非常時だということをたえず思い知らされる。

危険などないふりをするのは愚かだ。いますぐ逃げて隠れなければならないはずで、子ども向けの映画など撮っている場合ではないのに。

やっぱり、わたしはどうかしている。

12

ライラとサムは、オーク・アヴェニューの〈メイシーズ〉というレストランに寄った。料理がおいしくて、値段がびっくりするほど安いので、学生のあいだで人気のある店だった。どの時間帯でも混みあっているが、今日は運よくたったひとつ残ったテーブルに案内された。厨房《ちゅうぼう》入り口脇の奥まった席で、店内の客だけではなく、店の前を行き来する人々や車まで様子を正面ウインドウ越しにうかがえるので、サムは満足した。

ランチを注文してから、ライラは尋ねた。「アレックはいつまであなたをわたしに付き添わせるのかしら?」

「おれも知らないんだ」サムが答えた。「今夜、アレックに訊いてみる。たぶん、二、三日もすれば、この事件の担当者かアレックが、おれの代わりを見つけるんじゃないかな」

「事件の担当者? 捜査の手がかりもなさそうなのに。あの男たちはマスクをしていたし、わたしを狙う理由もいわなかったのよ」

「なんらかの遺留品があるはずだ。DNAを検出できれば、犯人がわかるかもしれない」

「前科があればね」

「よく知ってるな」サムはちらりとほほえんだ。

「テレビくらい観るもの。科学捜査班の番組を年じゅうやってるわ」ライラは大げさにいった。

「オマリーという刑事が担当だ。仕事はできる」

「会ったことがあるの?」

「ああ」

サムの携帯電話が震動した。サムは発信者の名前を見て、ライラに断って応答した。むかいで話しているのに、ライラには彼の声がほとんど聞こえなかった。ひとこと、ふたこと、耳慣れない言葉が聞こえ、英語で話しているのではないことがわかった。

自分のiPhoneをチェックすると、メールが四十通届いていた。そのなかの何通かは学校の友人からで、カールとイーライが、サムはどこの国の出身で、どうしてFBI捜査官になれたのかという質問を送ってきていた。ライラはほとんどのメールを消去し、あとで返信するものだけ取っておいた。

ウエイターがアイスティーと水を運んできた。ライラは礼をいい、ひと口水を飲んでウインドウの外を見た。突然、自分はむかいに座っている男のことをまったく知らないのだと実感した。朝、彼がアパートメントの玄関に現れたときには、名前だけは知っていた。シドニーの兄を救った捜査官だ。シドニーはサムについて、ほかになんといっていただろうか。思い出せるのは、シドニーが兄の家からロサンゼルスに帰ってきたとき、サム・キンケイドはスコットランド出身で二重国籍を持ち、まさに英雄にふさわしい人だと話していたことだ。つまり、それくらいしか知らないのだ……ただし、彼の顔を見るたびに、胸の鼓動が速まることだけははっきりしている。こんな反応を引き出す男はいままでいなかった。しかも、その反応はだんだん強まっている。自分でもいやになるほど動物的だ。

サムがいなくなれば、ほっとするだろう。いまはただ彼の外見上の魅力に惹《ひ》かれているだけで、自分を投げ出すようなばかなまねはしたくない。長く一緒にいればいるほど、ばかなまねをする可能性は高くなる。

一線を越えないようにしなければ、とライラは自分にいいきかせた。いけない。ライラは不意に、もうウインドウを見つめていないことに気づいた。いつのまにかサムをじっと見ていた。正確にいえば、彼の口元を。サムは電話を終え、ライラに向きなおった。さいわい、ウエイターが料理を運んできたので、ライラは空腹でたまらないふりをした。

「記憶力はいいほう？」サムが尋ねた。

「悪くはないわ」

「先週、なにをしたか教えてくれないか。一日ずつ」

ライラは先週の行動を順に説明していった。朝から晩まで、七日分の話を終えてはじめて、ひどく退屈そうな毎日を送っているように聞こえるのを思い知った。

「男関係は？」

「男関係って？」アイスティーをストローでかきまぜた。

「デート。外泊。わかるだろう」

「デートなし。外泊なし」

サムは疑うような顔をした。

「なに？　嘘だと思うの？」ライラは尋ねた。

「きみなら選び放題だと思う」

「なんの根拠があってそんな――」

「美人だし」サムは淡々といった。「頭がよくておもしろいし……」

ほめ言葉には間違いないが、まるで芝刈り機の取扱説明書を読みあげるような口調だった。つまり、たとえライラに取り柄があっても、サムは少しも興味がないということだ。ライラの自尊心は大きな打撃を受けた。

「たいして親しくない人と出かけたいとは思わないし、このところずっと課題で忙しかったもの。デートするひまなんかなかった」

どういうわけか、サムのせいでライラはむきになっていた。そのうえ貧しい社交生活を送っていることが恥ずかしいような気がしてきた。デートを楽しみに待つようなことがなくなってから、どのくらいたつのだろう？　もう覚えていない。

サムは皿を脇に押しやり、身を乗り出した。「先週の金曜日までで話が中断しているが」

「ちょっと待って」ライラは唇を噛《か》んで天井を見あげた。「学校に行って、さっさとアパートメントに帰ってきて、一泊旅行の準備をして、図書館に借りていたフィルムを返して、実家に向かって――」

「飛行機でテキサスへ？」

「いいえ、車でサンディエゴに帰ったの。祖母の家よ」

「テキサスに住んでいたんじゃないのか」

「テキサスにも住んでいたわ」

「ライラ」サムがいらだちをあらわにした。

「どうしてテキサスに住んでいたことを知ってるの？」

「資料を読んだ」

ライラはさっと身を乗り出し、グラスを倒しそうになった。「わたしの資料？　そんなものがあるの？」驚きが怒りに変わった。「わたしの資料があるの？」

サムはおもしろそうな顔をした。「きみまでマーラーみたいなことをいいだすんじゃないだろうな？　ビッグ・ブラザーが監視しているとか」

「まさか」

「おれはＦＢＩだ。どんな情報も手に入る」サムはにっこり笑って豪語した。「警察の調書のコピーと、オマリー刑事の捜査メモのコピーをもらった。アレックも、個人的なデータをくれた」

「どんな？」

「法律上では、きみの履歴はじつにきれいだ。逮捕歴はなし、スピード違反や駐車違反すらない」

サムはアイスティーを飲み、隣のカップルが席を立つのを待ってから話をつづけた。「大学を優秀な成績で卒業した。卒業式には、兄のオウエンとクーパー、父方の祖母が出席した。両親はどちらも来なかった」

「おかげでお祭り気分の一日になったわ。ほかには？」

「ボーイフレンドはいなかった。ジョン・フォレストと婚約する予定だったが――」

「いいえ、そんな予定はなかった。彼と結婚する気はさらさらなかったもの」

「おれが聞いたところでは、きみは突然フォレストと別れて、その理由をだれにも話さなかった」

「突然ではなかったわ。それに、双方同意したことよ。ふたりの求めるものが違ってた」

「へえ。きみはなにを求めていたんだ？」サムは軽い口調で尋ねた。

死ぬほど退屈したくなかっただけ。ライラはそう思ったが、口には出さなかった。ジョンとつきあっていた期間、彼が心からおもしろそうに笑うのを見たことがなかった。涙がにじんで、息もできなくなるほど笑うことがなかった。彼はなんでも深刻に受け取った。ずっとそんなふうに生きていたい人間がどこにいる？

「ライラ？」

「情熱」ライラは口走った。「情熱と笑いを求めていたの」

サムは眉をあげもしなかった。また芝刈り機の取扱説明書を読む口調に戻った。「両親は祖母に後見が必要であることを認定してもらおうとしたが、きみが阻止した」

彼はこともなげにそういったが、事実はかなり面倒だった。両親が弁護士を使ってジジの財産とライラの信託資金を凍結したので、ライラは弁護士の費用に手持ちの現金を注ぎこまなければならなかった。裁判が終わるまで、ライラもジジも、まともなコーヒー一杯買えなかった。

「わたしが阻止したんじゃないわ。祖母よ。認知機能になんの問題もないって、疑いの余地なく証明してみせたんだもの。でも、そういうことが捜査に関係あるの?」

サムは正面のウインドウを眺めながら、上の空で答えた。「関係ないものなどない」

「じゃあ、今度はわたしの番ね」

サムはライラに目を戻した。「なにをするんだ?」

「質問。住んでいるところはワシントンDC?」

「そうだ」

「DCからここまで飛行機で飛んできた——」

「いや。この前までシアトルにいた」

「なぜ?」

「講演会の講師をした」

ウエイターが黒い紙挟みに挟んだ伝票をテーブルに置いた。サムはアメリカンエクスプレスのカードを挟んでウエイターに返した。

「このあとはどうするの？　ＤＣに帰るの？」

「いや」

「じゃあ、どうするの？」

「そもそもここに来たのは講演会のためなんだ。アレックはそれを知っていて、頼みがあると電話をかけてきた……訊かれる前にいうが……頼みというのはきみのことだ」

「講演会が終わったら、ＤＣに帰るのね？」

「いや」

彼はわざと質問をはぐらかしているのか、それともライラをいらだたせておもしろがっているのか。

「もう。だったら、どうするの？」

サムはちらりとほほえんだ。「サンディエゴへ行って、訓練生相手に話をして、それで終わりだ」

「それを答えるのがそんなに大変なことだった？」

ウエイターが伝票を持って戻ってきた。サムはサインをしてカードを取った。「もう出るか？」

ライラはそれには答えずに尋ねた。「サンディエゴのあとはＤＣに帰るの？」

「数日過ごしたら、スコットランドだ」

「あとひとつだけ訊いたらやめるわ。おつきあいしている人はいるの？　ジョン・フォレストのことを訊かれたから、お返しに訊くけど」急いでつけたした。

「理由があったから訊いたんだが」

「わたしも理由があるわ」

「へえ。どんな？」

「好奇心よ」

サムはしばらく考えていた。「いや」

ライラは溜息をついた。「いや、とは？」

「つきあっている人はいない」

「恋愛経験はあるの？」

「ある」

「恋の結果は？」

「結婚した」

13

結婚した？　ええっ、この人、奥さんがいるんだ。ライラは恥じ入った。わたしは誘うようなそぶりをしなかっただろうか。振り返って考えるに、そんなことはしていないと思うが、もしその肝心な情報を明かされていたら、少し違う態度を取ったかもしれない。内心で彼に対する賞賛の声をあげたかもしれないが、それで終わったはず。いままで既婚者を追いかけたことはないし、これからもそうするつもりはない。既婚者かどうかが問題なのではない。第一に、男の追いかけ方など知らないし、第二に、サムのそっけない、あれこれ詮索《せんさく》するなといわんばかりの返答は、彼が結婚していようがしていまいが、そもそもライラに少しも興味がないことを示している。

これ以上、個人的な質問をするのはやめよう。サムは私生活《プライベート》を秘密《プライベート》にしておきたがっているのだから――そのことは、あからさまに態度に出ている――その意思は尊重しなければならない。もしもっと自分のことを話したければ、彼のほうからそうするだろう。だから、もうなにも訊かないようにしなければ。

「子どもは？」

「いない」

やめなさい。ライラは自分にいいきかせた。いますぐやめなさい。「どのくらいになるの？」

「なにが？」

「結婚生活」

「三年」

ああ、なぜやめられないの？

そのときサムの携帯電話が鳴らなかったら、ライラはまだ尋問をつづけていただろう。ライラがうるさかったからか、サムは窓の外を見ながら電話の相手の話を聞いていた。電話はすぐに終わったが、そのあともサムは通りを見つめつづけた。

「窓の外を見てくれ」

ライラは振り向いた。

「通りを渡ったところに、男がいるだろう？　ポストに寄りかかって、新聞を広げて顔を隠している」

　ほかの客たちに視界をさえぎられていたので、ライラは横に身を乗り出した。その男は、新聞の上から目だけ覗かせて顔の下半分を隠していた。どうやら、新聞を読んでいるわけではなさそうだ。

「ええ、でも顔がわからない」

「そのうちわかる。待ってろ。ときどき、新聞をおろしてレストランのなかをうかがっているから。ほら」

「見えたわ」男は日向に立っていたので、顔がはっきりと見えた。「まあ、あれは傷跡？」ライラは外のまぶしさに目を細くした。「あの髪は本物？　いったいなにをしているの？わたしたちを見ているのかしら」

「そうらしい」

「見張ってるってこと？」

「ああ」

　ライラは首をかしげてサムのほうへ体を寄せ、男をよく見た。男の顔が新聞の上からひょいと出てきてはまた引っこむ様子は、ゲームセンターのモグラたたきに似ていた。

「あまり仕事ができる感じはしないわね」

サムはほほえんだ。「たしかに」

一台の車が、その男から少し離れた場所に駐《と》まっていた。車の多い通りで、数メートルごとに駐車禁止の標識が立っているので、ほかに駐まっている車はない。男はレストランから目を離さないので、駐まった車の後ろにレッカー車が入ってきたことに気づかなかった。

ライラはその様子をじっと眺めていた。「ねえ。あの男、見覚えがあるような気がするの。でも、どこで会ったのか思い出せない。学校かもしれないけれど。でも、学生には見えないわね」

レッカー車の運転手が駐車違反の車を連結する作業を終え、運転席に戻ったと同時に、新聞を持っている男がちらりと目をあげ、事態に気づいた。声も出ないほど驚いた様子で新聞を取り落とすと、両手を振りまわし、大声をあげながら車に駆け寄った。

「うちに侵入した男たちと関係があると思わない?」ライラは尋ねた。

サムはウインドウのそばまで行って、外を見た。レッカー車は赤信号でいったん停止したものの、すぐに走り去った。男が追いかけていく。

サムは肩をすくめた。「どうかな。見るからに、たいした悪事はできそうにないが」

ライラは荷物を持って店の入口へ向かおうとしたが、サムに腕をつかまれ、厨房を通って裏口から外に出た。

「アパートメントに帰るの？」

「ああ、でも長居はしない。必要なものをまとめてべつの場所へ行く」

「車はどうするの？」

「置いていく」

「ばかげてるわ。あの男たちが戻ってくる気があるなら、学校でわたしを捕まえればすむことよ。わたしの予定を調べるのは難しくないし。わざわざ居場所を変える必要はないでしょう？　学校からわたしをつけてくるかもしれないわ」

「きみのアパートメントは安全ではないんだ。入口が一ヵ所しかないし、ドアは脆《もろ》い」

「管理会社がドアを交換してくれることになってるの。いまごろ終わってるかもしれない」

「交換しても、同じように板を貼りあわせただけの脆いドアだろう、だれでも蹴って壊せば侵入できる。ドアがあいた瞬間から、きみは標的になる。通りのどこからでもきみを狙える。あそこにはまともなセキュリティもない」サムはつづけた。「ドアに覗き穴もなければ、駐車場に監視カメラもないし……」

「駐車場のゲートは電動よ」ライラはいった。あの狭いアパートメントを選んだそもそもの理由が、電動ゲートがあることと、学校の敷地のすぐ隣にあることとだ。自分もシドニーも、歩いて学校に通える。

「電動ゲートで連中の侵入を防げたか?」

「いいえ、でも……」ライラは口をつぐんだ。その気になれば、だれでも侵入できる。

「この件が落ち着いたら、もう少しセキュリティをととのえて戻ることだな。鍵をもっとしっかりしたものに替えて、監視カメラとインターフォンをつけて……できることはいくらでもあるぞ」

「戻るかどうかは、いつ警察があの男たちを捕まえるのか、期間にもよるわ。学校の講義はもうすぐ終わるもの。そうしたら、わたしは正式に卒業。シドニーもそう」

「仕事は決まっているのか?」

「いいえ」

「どこへ引っ越すか、心づもりはあるのか? テキサスの実家のそばとか」

「いいえ」テキサスのテレビ局から誘いがあったが、どうしても気が向かなかった。

「では、サンディエゴに帰るのか?」

「まだわからない」

矢継ぎ早に質問されると、またパニックがよみがえってきた。卒業制作もほぼ終わったのに、どの方向へ進めばいいのか、それすらもわかっていない。それに、なにが目的なのかわからない、不気味な男たちまでいる。彼らはアパートメントをめちゃくちゃに引っかきまわしてなにかを探していた。結局それが見つからなければ殺されるかもしれないし、見つかっても殺されるかもしれない。どちらに転んでも最悪だ。

「やっぱりアパートメントに残ったほうがいいと思うの。そうすれば、警察は罠《わな》を仕掛けてふたりを捕まえることができるかもしれない。もちろん、シドニーは安全な場所に移るべきよ。これっていい考えじゃない？」

「いいや」

「いいや？　それだけ？　理由はないの？」

「そうだ。とにかくだめだ」

キャンパスを歩きながら、サムは周囲に目を走らせ、つねに警戒していた。ライラのほうは一度も見なかったが、ライラが「結婚指輪をしてなければだめでしょう」というと、はじめて振り返った。

「なんだって？」

「結婚指輪。はずしてはだめよ」ライラは片方の手をあげた。「とにかくだめ」

サムは返答に窮しているようだった。ライラはいきなり個人的な話をしたのを恥ずかしく思い、あわててつけたした。「ただ……いつもつけておくべきだっていってるの」

「なぜ？」

「なぜ結婚指輪をするか？　結婚してるからでしょう」

「いや、結婚はしていない」

ライラはサムに本気でいらいらしてきた。たしかに彼はプロフェッショナルで有能かもしれないし、聞いたところでは英雄で友人としてもすばらしいそうだが、ライラにいわせれば変人でもある。

なんとなく、ジジと馬が合うのではないだろうかと、ライラは思った。

「三年間でしょう？　三年間、結婚してたのよね？」

サムはうなずいた。「そうだ」

「でも、いまは結婚していない」

「ああ」

わかった、もういい。彼はほんとうのことをいう気がないし、私生活についてなにも話したくないのだ。それならしかたがない。

結婚した。していない。もうどっちでもいい。

おそらく離婚して、そのことを話すのがいやなのだろう。結構。彼と打ちとけようとするのはやめよう。

アパートメントに帰り着くと、シドニーがソファに座り、床から拾い集めた書類を整理していた。マックスがソファの下から書類を抜き出し、シドニーに渡している。

「大丈夫?」シドニーが尋ねた。「なんだか機嫌が悪そう」

ライラは隣に腰をおろした。「なんでもないわ。そっちは?」

「元気。寝室を片付けて、荷物をまとめたわ。いまはリビングと格闘してるところ」

「わたしはキッチンと自分の部屋を片付ける」ライラはいった。

いらいらしたエネルギーが自分のなかにたまっていて、少し発散したかった。

まずは寝室に取りかかった。二人組の侵入者はどこもかしこも荒らしていた。大切なもののほとんどが破壊されている。ハイスクールのころから使っている古い時計も、昔風の電話機も、ばらばらだ。海の音を流すサウンドマシーンもたたき壊されていた。

ライラはぶつぶつとひとりごとをいいながら、キッチンからゴミ袋を取ってきた。袋がいっぱいになると、それを玄関ドアのそばに置いた。ふと見れば、サムは電話中で、シドニーはまだソファに座っている。その隣にマックスがいた。胸の上で両手を組み、両脚を伸ばして眠っているようだ。

シドニーはライラを見て、マックスのほうをあごでしゃくり、目を天に向けた。マックスはルックスこそいいけれどサムとは大違いだ、とライラは思った。

片付けを再開した。キッチンと寝室とバスルームのあいだを二十回は行き来したあげく、やっとその三部屋がきれいになった。それから、旅行鞄に一週間分の着替えを詰め、リビングへ運び、シドニーの鞄の隣に置いた。ノートパソコンを持っていかなければならないのを思い出し、バックパックに入れて旅行鞄と並べると、すべきことが終わった。あとは急いでシャワーを浴びて着替えるだけだ。

サムが電話を終え、玄関のドアをあけて外に出た。

「なにをしているんですか?」マックスが目を閉じたまま尋ねた。

「ドアが新しくなった」

ライラが思っていたような、脆いドアではなかった。取り付けた職人によれば、最新モデルらしい。覗き穴はもちろん、鍵が二カ所ついている。サムが話していたとおりのものだ。彼が修理屋にこういうドアにしてほしいと注文したのだろう。

「管理会社は新しいドアをつけることに反対しなかったの?」シドニーが答えた。

「頼んだわけじゃないんだ。古いドアは、子どもでも蹴破ることのできる代物だっただろう」サムはライラに向かってウインクした。「これできみたちも安全だ」

ライラは顔を赤らめた。不意に、マーラー教授に子ども向け映画を撮るようにいわれたことを、シドニーに報告するつもりだったのを思い出した。ふたりはライラの寝室へ行き、しばらく話をした。

「締切に間に合うと思う?」シドニーは尋ねた。

「有害ごみのドキュメンタリーはもう完成して、提出したの」

「それはおめでとう。がんばってたもの、きっとみんな作品の出来にびっくりするわ」

「あなたのその楽天的なところが大好き」

「ごみ捨て場のどまんなかにある庭園はどうなったの? あきらめるの?」

「あきらめたくない。先生にも、やめることはないといわれたの。おもしろいアイデアだから、先に子ども向けのショートフィルムを撮って、そのあと庭のドキュメンタリーを撮ればいいって」

「それができるのはあなただけ」シドニーは励ました。

ライラは長い溜息《ためいき》をついた。「そうだといいんだけど。家に押し入られて、いまでもだれかがわたしを捕まえようとそのへんをうろついているかもしれなくて、護衛がついていて……いろいろありすぎるのよ。撮影に集中するのは難しいでしょうね」

シドニーがベッドに腰をおろした。「もっと楽しい話をしましょう。サムのこと、どう思う?」

「わたしから早く解放されたくて、しかたがないんじゃないかしら」

「まさか。そんなことないわ。ここへ来てからというもの、あなたから片時も目を離さないじゃない」

「仕事だもの」

「このアパートメントにいるかぎり、なんの危険もないのに？　あの人、あなたのことを見てるわ。そりゃそうよね、彼も男なんだから」

ライラはかぶりを振った。「ひどく無愛想なのよ。自分のこともいっさいしゃべらないし」

「で？」

ライラは息を吐いた。「あんなに素敵な人ってほかにいないと思わない？」

「まあ、悪くないわねえ」シドニーはもったいぶっていった。「マックスも結構いけるけど」

サムが部屋の入口に現れた。「そろそろ行くぞ。シドニー、きみもだ」

「わたしたち、なぜ別れなければならないの？」シドニーが尋ねた。

「ライラのそばにいると危険だからだ」

「まあ素敵」ライラはつぶやいた。「わたしって避雷針なのね」

シドニーの肩を抱いてリビングへ行き、荷物を持った。最初に感じた不安は怒りに変わろうとしていた。シドニーが襲われた。アパートメントをめちゃくちゃにされ、その理由もわからない。あの男たちは何者で、なにが目的なのか？　絶対に突き止めてやる。

14

マイロはレッカー車を半ブロック追いかけて赤信号で追いつき、運転手に賄賂《わいろ》をやって車を取り返そうとした。二百ドルからはじめてどんどん値段をつりあげたにもかかわらず、運転手は信号が青に変わると、さっさとアクセルを踏みこんで行ってしまった。

大声でののしっても、なんの役にも立たなかった。レッカー車は、とうに視界から消えている。マイロは、会社の同僚にこのざまを見られなかったことに感謝した。ロサンゼルスでも有数の、車の多い通りに駐車したのがばかだった。

自分の車がレッカー車に引っぱられていくのを見送ったのが、災難つづきのこの週末のピークだった。

不運のはじまりは、金曜日のルーニー家のヤードセールだった。

警察が到着する前に、急いでルーニー家を離れて自宅に帰り、バブズのばかでかいダイヤの指輪と、そのほかヤードセールで手に入れたお宝をすべて車からおろした。それから、また車に乗り、ミスター・メリアムに報告するために会社へ行った。

メリアムは逆上していた。社長室のドアが閉まっているということは、邪魔をするなという意味だ。マイロがおどおどとドアに近づくと、メリアムがわめき散らしているのが聞こえた。それでも、あえてノックした。

「なんの用だ?」メリアムがどなった。

「いま顔を出してきたセールに関する報告です」取立代行会社の遅番連中に、不審に思われないように大声でいった。

「入れ」

マイロは、ほかのだれかが社長と一緒にいるものと思っていたが、メリアムひとりだった。社長は壁に向かってわめいていたのか?

メリアムは自分の席へ歩いていき、回転椅子に腰をおろした。

「もうだめだ、マイロ。あれを取り戻すことはできない……もしだれかに見つかったら……」メリアムはシャツの袖でひたいの汗を拭き、マイロに座れと合図した。「わたしは死ぬまで逃げまわらなければならない……あんなことをしてしまったからには、一生刑務所暮らしだ」

こんな社長を、マイロは見たことがなかった。いまにも泣きださんばかりだ。「社長、おれを信用して、それがなんなのか教えていただけませんか——つまり、ルーニーがなにを盗んだのか」急いで手をあげて反論を封じた。「探しているものがなんなのか、知らなければどうしようもありません。ダイヤですか？　それとも、有名な絵とか帳簿とか」

ミスター・メリアムは難しい顔をしてしばらく考えていた。それから、うなずいた。「そうだな、きみには教えるべきだ。そのとおり、そもそもなにを探しているのか知らなければ、探しようがない。ブツは、一枚のＤＶＤだ」声をひそめていった。「ルーニーはケースから取り出して、どこかに隠したはずだ」

「本に挟んだとは考えられませんか？」

「なるほど、本に隠すのは簡単だな。なぜ思いついた？」

「例のヤードセールに、きれいな若い娘が来ていたんですが、その娘が本とＤＶＤを車に満載していったんですよ。バブズが庭のまんなかに、どんどん本だのＤＶＤだのを運び出してきたんです。娘は車に積めるだけ本を積んでいきました。ほかの客は、椅子だの電気スタンドだの台所用品だのを持っていったんですよ。本なんかに目もくれずにね」

ミスター・メリアムは背筋を伸ばした。「きみが到着したのは、ヤードセールがはじまってどのくらい時間がたってからだ？」

「はじまったばかりだったと思います」

「よし。まだDVDは家のなかにあるかもしれない。壁のなかか、床板の下か。どこにでも隠せる。もしくは、その娘がなにも知らずに持っていってしまったか……ただし、中身を見られたらおしまいだ」メリアムは震える声でつけくわえた。「それまでに取り戻さなければ」

「おれにまかせてください」マイロは請けあった。

「バブズが亭主を撃ち殺したときに、その娘はまだいたのか？」

「いいえ、立ち去ったあとでした。バブズは亭主を撃って、完全に死んだのを確認してから、家のなかに入って自殺しました。ニュースではそんなふうにいってましたよ。ヤードセールに来ていた連中のほとんどが残ってなりゆきを見届けようとしていましたが、おれは警察が来る前に逃げました」

「今夜、チャーリー・ブロディとルー・スタックをルーニーの家に侵入させる。残っているDVDを全部運び出させよう。しかし、広い家だからな」恨めしそうにいった。「ほかの場所にあるかもしれないが、用心に越したことはない。何度か家じゅうを探させて、それでも見つからなければ家ごと爆破する。残り物を漁《あさ》られては困るからな。チャーリーは家一軒吹っ飛ばせる爆発物を知りあいから手に入れられるそうだ」

マイロはたったいま知った事実にショックを受け、しどろもどろに尋ねた。「社長……チャーリーとスタックには、なにを探しているのか話していたんですか?」おれには話してくれなかったのに、と心のなかでつけくわえた。おれはほとんど頼みこむようにして、やっと教えてもらったのに。

ミスター・メリアムは、マイロの顔がこわばっていることに気づかなかった。「話したとも。ふたりには教える必要があったからな」

「はあ、そうですね」

マイロは怒りを覚え、ひどく気持ちが揺れ動いた。自分こそミスター・メリアムの腹心だと思っていたのに、社長自身はチャーリーとスタックというごろつきのほうを信頼していたのだ。いいかげんな素人なのに、それでもいいのか。

「では、ふたりにまかせておけば大丈夫ですね」

マイロは立ちあがったが、ミスター・メリアムに腰をおろすよう手振りで命じられた。

「ちょっと待て。そのきれいな若い娘のことだ。その娘は本だけをほしがっていたのか? 宝石もあったのに……バブズは毛皮を何着か持っていたはずだが……」

「本とDVDだけです。バブズが山のように本を積みあげて、持っていかないものは燃やすと娘にいってました。ほかの客は、だれひとり古本なんかに目もくれませんでしたよ」

メリアムはかぶりを振った。「どうすればその娘を見つけられるのか、見当もつかないな」

マイロはここぞとばかりにいった。「おれはわかります」

「なんだって?」メリアムははじかれたように立ちあがり、デスクに両手をついて太鼓腹をのせた。

「どうすれば娘を見つけられるか、おれはわかるといったんですよ」つい、うぬぼれた口調になってしまった。

「どうするんだ?」

「車のナンバーをメモしておいたんです」

メリアムは心底驚いた様子だった。「なぜそんなことをしたんだ?」

その娘にひとめ惚《ぼ》れして、そのうち自分のものにしたいと思ったからだなどと、ほんとうのことはいえなかった。あの娘はおれのボンド・ガールだ。運命の相手と出会ってしまったのだといおうものなら、ミスター・メリアムは大笑いするだろう。そう、ほんとうのことはいえない。

「本のなかになにかが隠されているかもしれないと思ったからです。なにをルーニーに盗まれたのか聞いていませんでしたからね、いちおうナンバーを控えておこうと思ったんですよ……それが最善だろうと」

「よくやった、マイロ、よくやったぞ。きみがいなければ、わたしはお手あげだ。さあ、ナンバーを教えてくれ。その娘の名前と住所を調べる」メリアムは携帯電話を取り、情報屋のリストのなかからある人物の番号を探した。「人脈を作っておいて損はない」マイロにそういいながら、相手が応答するのを待った。

数分後には、ミスター・メリアムは娘の名前と住所を書きとめていた。

「ライラ・プレスコット」ミスター・メリアムが早口で読みあげた名前と住所を、マイロは急いでメモした。「郵便番号からすると、サンディエゴかそのすぐ北あたりだ。きみのおかげだ、マイロ」メリアムは思い出したかのようにつけくわえた。「すぐにチャーリーとスタックを向かわせよう」

「そいつは時間の無駄ですよ」マイロは思わず口走った。嘘がすらすらと出てきた。「週末は友達とよそで過ごすみたいです」頭をめまぐるしく働かせ、もっともらしい話をでっちあげた。「ロサンゼルス空港から飛行機で出発したので、長期駐車場か短期駐車場に車があるはずです。こっちはおれにまかせてもらえませんか？　チャーリーとスタックは、ルーニーの家で大仕事をしなくちゃならないし」

「よし。娘はきみにまかせる」

マイロはいい気分で社長室を出たが、自宅に帰り着くころには不安がうなりをあげて戻ってきていた。ミスター・メリアムは辛抱強いほうではない。あのごろつき二人組を呼ぶのは時間の問題だ。

だが、ふたりよりも自分のほうがライラ・プレスコットについては詳しいじゃないかと、マイロは自分を励ました。ライラの車の後部ウインドウに大学のステッカーが貼ってあることを知っているのは自分だけだ。住所はサンディエゴかもしれないが、学校に通うため、実際にはロサンゼルスに住んでいることも知っている。土曜日の朝に、サンディエゴまで行ってみよう。自宅に侵入すれば、ロサンゼルスの住所がわかるかもしれない。家にだれかいれば、べつのやり方で彼女の居場所を調べることができる。

変装しなければならない。それから、自分の車も使えない。レンタカーを借りなければ。マイロは金曜日の夜に変装用品を買った。土曜日は朝早くからバスでレンタカー会社へ行き、偽名と偽の身分証明書を使って車を借りた。事務所内に監視カメラがあるはずなので、買ったばかりの道具で変装してきた。

準備は万全だったはずだが、いくつか小さな問題があった。まず、試着せずに黒いかつらを買ったのは失敗だった。見るからに作りものなのだ。とりわけ、まっすぐパツンと切りそろえた分厚い前髪はいただけない。だが、さらに鋏《はさみ》を入れるのは怖かった。高い金を払ったのだから、下手なカットで台無しにするのはいやだ。たとえ、三ばか大将（30年代に活躍したコメディグループ）のモーそっくりに見えたとしても。

かつらのほかに、黒いあごひげをつけ——落ちないように糊《のり》づけした——黒いサングラスもかけたが、サングラスは長い前髪にほとんど覆われてしまった。レンタカー会社の受付係は、マイロの新しい髪型に目が釘付けで、身分証明書は見ていないも同然だった。

マイロは駐車場から車を出しながら、バックミラーを見やった。結局、変装はうまくいったようだ。監視カメラには別人が映っているようにしか見えないだろう。

サンディエゴへ向かう途中で、顔がむずがゆくなってきた。掻《か》けば掻くほど、かゆみはひどくなっていく。おそらくアレルギーだろうが、耐えられないほどではない。当分は我慢できる。家に帰ったらすぐにつけひげをはがそう。

サンディエゴに到着し、目的の家を見つけると、しばらく周囲を車で流したあと、数軒離れた場所に駐車した。散歩にきた住民を装って、ライラ・プレスコットの実家の前を通り過ぎ、角を曲がった。裏手にあるガレージの窓越しに、彼女のSUVが見えた。マイロにはこの幸運が信じられなかった。ルーニー家のヤードセールに出された本とDVDが目の前にあるのだ。すぐさまガレージに侵入したが、入口から差しこむ日光のおかげで、車内にはなにもないことが見て取れた。おそらくDVDは家のなかに運びこまれてしまったのだろう。

ガレージを出て、忍び足で家の正面へまわると、ライラ・プレスコットがポーチに立って海を眺めていた。彼女は玄関ドアのほうへ振り返り、大声でいった。「ジジ、明日は日曜日だけど、お昼は一緒に食べられないわ。ロサンゼルスに帰って、課題を片付けなければならないの」

ポーチに年老いた女が出てきて、ライラの頬にキスをしてから、いとおしそうに抱きしめた。「残念。でも、会いたいときに孫娘に会えるっていうのはいいことね」

やはり思ったとおりだ。ライラ・プレスコットはロサンゼルスに住んでいる。マイロはわれながらすばらしい推理能力だと思った。

こそこそと車に戻り、家の裏手に乗りつけた。本はここに置いていくのだろうか、それとも明日、ロサンゼルスへ持って帰るのだろうか。待つしかない。ライラが本を置いていけば、祖母の留守中に家に忍びこめばいい。

ガレージ脇の路地に車を駐め、運転席にうずくまって好機を待った。その夜は次々と来客が現れ、最後のひとりが帰っていったのは午後十時ごろだった。ライラが十一時までに出発しなければ、今夜はここに泊まるはずだ。

午前零時前に、家じゅうの明かりが消えた。

マイロは一キロ半ほど走ったところにモーテルを見つけていた。チェックインしてかつらをはずし、テーブルに放り投げると、つけひげをはがしにかかった。顔がむずがゆくてたまらないのに、どんなに引っぱっても、ひげはくっついたままだ。超強力接着剤を使ったのが失敗だったのかもしれない。毛の塊を少しずつひっぺがしたが、ひげと一緒に皮膚まではがれてしまう。一時間ほど格闘したあげく、鏡を覗くと、ふさふさのひげと、禿《は》げた部分がまだらになっていた。ひげをはがしたところは真っ赤になっている。顔全体にひどい発疹《ほっしん》が出たようなありさまだった。マイロはくたびれはててベッドに倒れこんだ。

日曜日の朝、ひげを剃《そ》り落とそうと考えたが、これもまた失敗だった。シェービングクリームがひげの房にべとべととこびりつき、手に負えなくなってしまった。クリームを洗い流すため、シャワーを浴びることにした。またもや失敗。ひげが水を吸ってふくらんでしまった。アルコールが効くかもしれないので、アフターシェーブローションをすりこんだ。あまりの痛さにあげた悲鳴が止まったと同時に、またシャワーに飛びこみ、赤く腫《は》れた肌を水で冷やした。

両手の震えがおさまってから、かつらとサングラスをつけ、ライラの家へ向かった。車のなかでじっと待っていたが、なかなかライラが出てこないので、いらいらしてきた。そのうちようやく、彼女が祖母と一緒に買い物袋をさげて舗道を歩いてくるのが見えた。いまのいままで外出していたのだ！　無人の家に侵入する絶好のチャンスを逃してしまったとは。

「おれのばか」マイロは自分の顔をたたいた。皮がむけたところに手が当たり、甲高い声をあげてしまった。

数分後、ライラが旅行鞄を持って出てきた。車をガレージから出し、走り去った。本もDVDも積んでいなかった。ということは、まだ家のなかにあるはずだ。ミスター・メリアムのもとへ全部運べば大量の点を稼げるが、ライラ・プレスコットを尾行してロサンゼルスのどこに住んでいるのか突き止めたい。本とDVDは明日取りにくればいいし、ミスター・メリアムには黙っていればすむことだ。

ライラがアパートメントの敷地内に車を乗り入れたときは、まだ明るかった。マイロは彼女の車の後ろを通過して、ブロックを一周した。ふたたび鉄のゲートへ近づくと、ライラが車から荷物をおろしているのが見えた。姿を見られてはまずいので、マイロはゲートから離れた。部屋番号は、明日調べればすぐにわかるだろう。勇気があれば、ドアをノックして自己紹介してもいい。

バックミラーをちらりと見やると、頬とあごに張りついた毛の束が目に入った。まるで狼《おおかみ》男だ。自己紹介は延期したほうがよさそうだ。

アパートメントから八キロほど離れたところに、マイロが気に入っているドライブスルー方式のレストランがあった。そこへ車を入れ、ダブルバーガー二個、フライドポテト、特大サイズのソーダを注文した。車のカップホルダーが小さいので、紙コップをひっくり返さないよう膝にのせ、あいている駐車スペースに車を駐めた。

食事を終え、ライラのアパートメントへ引き返して車があるかどうか確認することにした。ゲートのむかい側に車を駐めて、しばらく見張ってみてもよさそうだ。運がよければ、彼女が出てくるかもしれない。

アパートメントのある通りに入ったとたん、正面から走ってきたパトカーをよけなければならなかった。急いでいるのならサイレンを鳴らせよ、ばか野郎。前方に目をやると、二台のパトカーがライラのアパートメントのゲートからなかへ入っていくのが見えた。少しして救急車も到着した。マイロの前の車二台が、道の端に車を寄せ、エンジンをかけたまま騒ぎを見物しはじめた。マイロもその後ろに車をつけてなりゆきを観察した。警官がゲートの前に立ちはだかり、ひとりの老人になにがあったのか説明していた。マイロには、警官の話のほとんどすべてが聞こえた。二人組の男がどこかの部屋に侵入し、女を縛って室内をめちゃくちゃに荒らしたという。

チャーリーとスタックか？ 間違いなくあのふたりだ。マイロは激怒した。ほかのだれがこんなことをするだろう？ ミスター・メリアムはマイロを信頼せず、新たなお気に入りとなった主力チームを送りこんだのだ。

いや、待てよ。具体的な事実もわかっていないのに、結論を急いではいけない。二人組が侵入したのはライラの部屋ではないかもしれない。そう思ったとき、彼女が、マイロのボンド・ガールが姿を現した。銃を携帯した私服刑事二名が一緒にいる。おそらく、ライラに事情を聞きにきたのだろう。ライラはくたびれて不安そうな様子だったが、あいかわらずきれいだ。

ゲートに立っている警官は、野次馬たちに移動するよう指示した。マイロは車を発進させながら、顔をそむけて警官に見られないようにした。

自宅へ向かうあいだずっと、マイロはチャーリーとスタックをののしっていた。おれを出し抜いてライラの部屋に侵入するとは許せない。本とDVDも手に入れたのだろうか。二、三日、ミスター・メリアムには連絡を控えよう。あのごろつき二人組を頼るのは間違いだと思い知らせてやる。もちろん、連中がすでに本とDVDを奪っていれば手遅れだが。疑問が多すぎる。頭のなかを整理しなければならない。明日になれば、いい考えが浮かぶだろう。

マイロはドラッグストアに立ち寄り、客の視線に耐えながら、残りのつけひげをはがしたあとに肌の炎症を鎮めてくれるはずの軟膏《なんこう》を買った。それから、接着剤を溶かす薬剤も買った。あいにく、溶剤は効かなかった。つけひげをすべてはがし終えたときには、マイロの顔は超強力なケミカルピーリングを受けたようなありさまだった。午前二時にようやくベッドに倒れこみ、浅い眠りについたが、毛むくじゃらの巨大な獣に鋭い歯で顔をがりがりと噛まれる夢を見た。

翌朝九時に目が覚めた。服を着てかつらをつけ、野球帽と双眼鏡を持ってライラのアパートメントへ向かった。彼女の車があるのを確認したあと、もと来た道を戻ってドライブスルーのレストランへ朝食を買いにいった。アパートメントへ引き返し、手前の角に車を駐め、身を潜めて待った。

また軽食を買いにいこうかと考えていたとき、遠くに男女の姿が見えた。アパートメントのほうへ歩いてくる。女はライラのように見えたが、距離が離れすぎていて、はっきりとはわからない。マイロは助手席から双眼鏡を取って覗いた。ライラだ。隣の男は——近づいてくるにつれて、かなり大柄だとわかった。たくましく、見てくれもいい。ライラのボーイフレンドか？　彼女から目を離さないところからして、そうかもしれない。そのとき、マイロは彼が拳銃を携帯していることに気づいた。ああ、護衛か。賢い娘だ。護衛を雇ったのだ。屈強そうな男だ。いますぐチャーリー・ブロディとルー・スタックが戻ってくればいいのにと、マイロはいつのまにか思っていた。あの護衛が相手では、あっさりやられるだろう。

プリペイドの携帯電話が鳴った。この番号を知っているのはミスター・メリアムだけだ。マイロはためらったが、好奇心に負けた。

「もしもし」

「DVDは手に入れたか？」メリアムが尋ねた。

元気がわいてきた。チャーリーとスタックはライラの部屋でDVDを見つけることができなかったのだ。

「いえ、でももうすぐです」力強くいった。

「わたしは冷や汗をかいて待ってるんだ、マイロ、冷や汗が止まらない。早くDVDを見つけろ」

ミスター・メリアムの声が切羽詰まっているのがわかった。以前なら、マイロも同情しただろう。だが、いまは違う。チャーリーとスタックに出し抜かれてからは違う。

携帯電話をポケットにしまい、身を屈めた。ライラと護衛が近づいてくる。彼女が笑顔で護衛を見あげるのが見えた。突然、アパートメントの一ブロック先でふたりは角を曲がり、どこかへ行ってしまった。

どうすればいいのだろう。いまは、アパートメントにDVDを取りにいく気にはなれない。ライラがあの護衛と個人的に親しい関係なのかどうか知りたい。むらむらと嫉妬《しっと》を覚えた。おれのボンド・ガールなのに。ほかのだれにも渡したくない。

一時間後、マイロは借りた車で通りを追いかけるはめになっていた。

15

サムとライラはアパートメントを出て、新しい住処《すみか》へ車を走らせた。サムは尾行されていないことを確認し、スーパーマーケットに立ち寄った。ライラも店に入り、お菓子売り場へ直行した。かご一杯にナッツ入りのチョコレート、チョコバー、ミントチョコを放りこんだ。

「きみは朝も昼も夜も、チョコレートが食事なのか?」サムが尋ねた。

「そうよ」

ライラはかごをサムに渡し、べつのかごにミルクとジュース、リンゴ、ヘルシーなシリアルを入れた。それから、チョコレートがけのドーナッツもくわえた。

レジへ行くと、サムがミネラルウォーターとソーダを数本入れていたのがわかった。

ミルクとジュースとリンゴをカウンターに置き、サムのほうへ振り返った。「満足?」

「おれはいつでも満足している」サムがいつものセクシーな訛りでいった。

彼は買い物袋を片方の手で持ち、反対の手をライラの背中に添えると、そっと押した。触れられたのはほんのわずかな時間だったが、ライラは背筋がぞくりとするのを感じた。

「その隠《かく》れ処《が》はどこにあるの？」ライラは駐車場を歩きながら尋ねた。

「さほど遠くない」

三十分後、ライラは自分がどこにいるのか、すっかりわからなくなっていた。サムはぐるぐる円を描くように車を走らせているようだ。しばらくすると、意外にもサムは新しい住宅地に車を乗り入れた。そっくりな家が通りの両脇に見渡すかぎり並んでいる。サムはそのうち一軒の前に車を駐めると、グローブボックスからガレージの鍵を取り出し、リモコンのボタンを押した。

ライラはあたりを見まわした。「全部、まったく同じ外見の家だわ。住んでいる人は間違えないの？」

「端からガレージを数えるんだろう」サムはいった。「もしくは……たぶん……番地の表示を見るんじゃないか」

「つまらない答」

建物は二階建てで、家具がそろっていた。なにもかも——壁も絨毯《じゅうたん》も家具も——ベージュで統一してある。

サムが荷物を二階へ運ぶあいだ、ライラは買い物袋をキッチンへ持っていった。冷蔵庫をあけると、驚いたことに食料がすでに入っていた。戸棚にも、スープやパスタなどあらゆる種類の缶詰がぎっしりと並んでいる。ライラは買ったものをしまい、家のなかを探検することにした。二階には短い廊下を挟んで一室ずつ寝室があった。サムは大きなほうの部屋にライラの荷物を入れてあった。ベッドは豪華なキングサイズだ。

寝心地を確かめていると、サムが戸口に現れた。「ここでいいか？」

「最高。つま先をぶつけずにベッドからバスルームへ歩いていけるんだもの。でも、あなたがこの部屋で寝るほうがいいんじゃないの？」

サムはドア枠にもたれた。「そうか。いいのか？」

ライラの胸が騒いだのは、サムの言葉のせいではなく、口調のせいでもなかった。まなざしのせいだ。たったいま、はじめてライラに気づいたかのような。

「ええ、いいわよ」

サムはほほえんだ。「きみも一緒に？」ライラがぎょっとすると、サムは笑い声をあげた。「一瞬で赤面したな。顔が真っ赤だぞ」

「それ、口説いてるの？」

　サムは片頬だけで笑い、肩をすくめた。

「あなたほど変な人ははじめてだわ」

「よかった」サムはまた笑った。

「このベッドで寝てもいいわよ……わたし抜きでね」ライラは補足した。「わたしが親切でよかったわね。あなたのほうがずっと体が大きいもの、大きなベッドがいいでしょう。わたしはもうひとつの部屋で寝るわ」

「こっちとそっくり同じだが」

「ベッドもキングサイズ？」

「ああ。でも、ありがとう」

　サムは下へおりていった。ライラは追いかけた。「冷蔵庫がいっぱいなの。戸棚も」

「知ってる」

「じゃあ、買い物をする必要はなかったんでしょう？」

「そうだ」

「だったら、なぜ？」

「チョコレートを買うためだ」

「わたしの好物だって、なぜ知ってるの？」

「資料に書いてある」

「嘘」ライラは驚いた。

「ほんとうは、シドニーが教えてくれた」

サムはノートパソコンをダイニングの食卓に置き、仕事に取りかかった。モニターを見つめたまま尋ねた。「マーラー教授に指示された子ども向けの作品をどうするのか、アイデアはあるのか?」

「いくつかは」ライラは答えた。「それから……」途中で言葉を切った。「いけない、忘れてた。カードを取り替えなくちゃ」

「なんのカードだ?」

「公園に置いてあるカメラの。あそこに小さな庭園があって、連続写真を撮ってるの。ここ何日か、メモリーカードを交換していなかったわ」

「子ども向けの作品を撮るんじゃなかったのか」

「それとはべつ。明日、公園に行かなくちゃ。いい?」

「わかった」

サムがまたモニターに目を戻したので、ライラは寝室へ行った。ベッドのヘッドボードにもたれて座り、膝にパソコンをのせると、子ども向けフィルムの構想を練りはじめた。たちまち没頭し、二種類の概要をまとめ終わったときには、午後八時をまわっていた。

一階におりると、サムはまだキーボードをたたいていた。

「夕食を作るわ」ライラはキッチンへ行き、どんな食材があるか確かめ、ミートボールにトマトソース、サラダを作ることにした。食後のデザートにチョコバーをすすめたが、サムは断った。

片付けは自分にやらせてくれとサムがいうので、ライラは二階へあがって寝支度をした。ゆっくりとシャワーを浴びたあと、体にタオルを巻いて、ベッドの上でスーツケースをあけた。祖母にもらったコットンのパジャマを取り出す。首までボタンが並んだトップスと、ゆったりした長ズボンのセットだ。それをベッドの左側に置き、祖母に眉をひそめられそうなピンクのネグリジェを取り出した。シルクのようになめらかな生地で、スパゲティのような細い肩紐《ひも》がついている。それをベッドの右側に置いた。なにごとも起きないことを前提とした一着。なにか起きても大丈夫な一着。頭のなかに、妄想がポンポンと浮かんだ。サムにコットンのパジャマ姿を見られたら、独身街道を突っ走っていると思われるだろう。でも、薄いネグリジェ姿を見られたら？　その気になるだろうか？　つかのま、妄想の世界にふらふらとさまよいこんだ。

「おれは右側に一票」

ライラはタオルが落ちないようさっとつかみ、くるりと振り向いた。ドアがあいてサムが立っているものと思ったが、そこにはいなかった。彼の部屋のドアがすでに閉まりかけている。

「おやすみ」サムがいった。

ライラはベッドにばったりと倒れこんだ。妄想していたことがばれてしまった?

薄いネグリジェを着て、テレビをつけてベッドに入った。十一時のニュースがはじまったばかりで、高級住宅地で爆発騒ぎがあったことが話題になっていた。レポーターがれきの前に立って、なにがあったのかひと目でわかることを説明していた。次に、爆破される前の家の写真が画面に映った。ライラは上掛けをはね飛ばして起きあがった。「いまのは……」つづいて、家の持ち主の写真が出た。

「サム!」

むかいの部屋のドアがさっとあき、彼が飛びこんできた。「どうした?」あちこちに視線を走らせながら尋ねた。

ライラはテレビを指さした。「ヤードセールよ」

16

「いまなんていった？」サムはわけもわからずテレビを眺めた。

「ヤードセール」ライラは繰り返した。「知ってるでしょう。いらなくなったものを庭に並べて、お客さんが安い値段で買うこと。お願い、ちょっと座ってこれを見て」

サムは枕を押しのけ、ベッドに座ってテレビを見た。

ライラはテレビのボリュームをあげようと、膝立ちになって身を乗り出した。

うっ。ライラの腰は、サムが見たこともないほどセクシーだった。もう目を離せない。

「わたし、ここに行ったのよ」

「なんだって？」

「ここに」ライラはテレビを指さした。ルーニー家の写真がまだ映っている。「あの女の人が、すごい本ばかり庭に放り出していたの。なかには初版本もあったわ」うなずきながら、またベッドに腰をおろした。「本だけじゃなくて、なにもかも庭に放り出していたの。でも、買い物にきた人からお金はいっさいもらっていなかった」

ライラはテレビからサムに向きなおった。サムはぼんやりとライラを見つめていた。

「どうしたの?」

サムはかぶりを振ってテレビに目を戻した。レポーターは他殺と自殺の両方の可能性があるこの事件について説明をつづけていたが、やがて警察官が画面に映り、放火事件として捜査していると語った。最後に目撃者の証言が紹介された。テレビで自分が見たことを話したい目撃者がいくらでもいるらしい。レポーターは、殺人を目撃したという女にマイクを向けた。

「ええ、彼女がやった瞬間を見ました。電気スタンドを取りに家のなかに戻って、車に積もうと思って庭を歩いていたら、ご主人が車で帰ってきて、わめきだしたんです。もちろん、奥さんが銃を隠してるなんて知らなかったんでしょうね……」

「きみも妻が夫を殺したときに居合わせたのか?」サムはライラに尋ねた。

ライラは、すぐには返事ができなかった。丈の短いネグリジェの裾をサムに踏まれていることに気づいたからだ。ネグリジェは透けてはいないが、襟ぐりが深い。なにか上着をはおったほうがいいと、ライラは考えた。ネグリジェの裾を引っぱると、サムがどいてくれた。

ライラはさりげないふりをして、上着をはおった。

「ライラ」

「なに？」

「妻が夫を殺したのを見たのか？」サムがもう一度尋ねた。

「いいえ。たぶんわたしが出てすぐあとに事件起きたんじゃないかしら。いま思えば、奥さんは不安定な感じがしたわ。目つきが普通じゃなかった。あのときは、よほどご主人に腹を立ててるんだろうなと思ったの。本のなかには、とても貴重なものがあると話したんだけど、奥さんは聞く耳を持たなかった。持っていかないのなら燃やしてしまうっていうの。だけど、銃を持っているって知っていたら、わたしだって本を取っておいたほうがいいなんて説得したりしなかったわ」

ライラは髪を肩の後ろへ払った。サムの隣に枕を置き、背中をあずけて脚を伸ばし、足首を交差させた。

サムはおかしくなりそうだった。「なんてこった」サムはついうめいてしまった。信じられないほど長くてすらりとした、完璧な形の脚……。

ライラは誤解したようだった。「わかってる。信じられる？　奥さんはまず、ご主人の持ちものを全部捨てて、ご主人の帰りを待っていた。そして、自分がなにをしたのか見せつけた。まさに復讐に燃えた妻って感じ」とつけくわえる。「でも、魔の計画はそれで終わりじゃなかったのね。いきなり銃を取り出して、ご主人を撃ち殺したあげく、目撃者の話では、落ち着いた様子で家のなかに入っていって自殺したそうよ。正気を失っていたのね」

コマーシャルでニュースが中断した。ライラはサムを見た。すぐ隣に彼がいると、頭がまともに働かない。美しい瞳を見つめながらきちんとした質問をするのは不可能なので、テレビに目を戻し、踊るシリアルのコマーシャルがおもしろくてたまらないふりをしていたが、そのうちなにを訊きたかったのか思い出した。

「あの家だけど……」

「うん？」

「だれが爆破したのかしら。そして、なんのために？　レポーターがいっていたでしょう。ルーニー夫妻には子どもがなく、親しくしていた親戚もいないって。少し悲しい話じゃない？」

「子どもがいなくてかえってよかったかもな」

ライラはうなずいた。「そうね。お母さんがお父さんを殺したなんて、子どもにとっては大変なことだわ」

サムは話を戻した。「家を爆破したやつは、なにかを隠したかったのかもしれない。きみが奥さんに会ったのはいつだ？」

「先週の金曜日。ロサンゼルスから実家へ帰る途中で、ヤードセールに寄ったの」ライラはなにも考えずに、サムにもたれた。「とんでもない週末」溜息をつく。「人殺しの瞬間を危うく逃れて、部屋を荒らされて」

「そのふたつに関係があるんじゃないか？」

ライラは考えてみた。「そうかしら。だって、わたしがルーニー家のヤードセールに寄ったことは、だれも知らないはずよ。だれにも話していないもの」

「ルーニーがなにをして稼いでいたのか調べてみよう」

「きっと違法なことね。でも、なぜ離婚しなかったのかしら。奥さんのほうは、見るからにつらそうだったわ。別れればよかったのに」

「裕福な生活を手放したくなかった。もしくは、夫を愛していたのかもしれない。他人にはわからないさ。百通りの理由が考えられる」

「あなたは奥さんと喧嘩《けんか》したことはないの？」ライラは詮索するつもりではなかったが、サムのそばにいると、彼に対する好奇心はどんどん強まるばかりだった。

今回は、はっきりとした答が返ってきた。「ない。意見が異なることはあったが、喧嘩らしい喧嘩はしたことがない」

ライラはさらに質問しようとしたが、彼とぴったりくっついているせいで、なにを考えているのかわからなくなってしまった。サムはまたテレビを見はじめたが、ライラはその横顔から目をそらすことができなかった。

結婚生活は三年で終わったという。浮気をするようなタイプではなさそうだし、なにが原因なのだろう？　サムはとても……落ち着いていて、責任感も強い。彼と別れるなんて、正気の女がすることだろうか？　セクシーで、魅力があって、たくましくて、おまけに頭もよくて勇敢だという話なのに。どんな女だって、彼と別れたりしないだろう……みずからの意思で。ということは、つまり……ライラは胸に痛みを覚えた。サムが結婚生活について語りたがらないのはなぜか、突如思いついた。彼は妻を亡くしたのだ。

17

サムはこの職業についたばかりのころに、仕事と私生活をきっちりとわけることを学んだ。実際、上手に区別してきた……ライラと出会うまでは。彼女と対面して十分後には、これはまずいと思った。ライラは魅力的だ。見ているだけで息をするのも忘れてしまう。もっと驚いたことに、彼女が人生のすべてに情熱を傾ける姿に、サムは胸のなかに明かりをともされたような気がしていた。

いきなり立ちあがってライラの部屋から出てきてしまったので、きっとぶしつけな男だと思われただろう。だが、あのセクシーな緑色の瞳でじっと見あげられていてはたまらない。彼女を抱きしめてキスをしたいという気持ちが強くなりすぎ、顔をそむけるのに気力を振り絞らなければならなかった。ネグリジェの上にガウンをはおってはいたが、なめらかな布地はすばらしい体の曲線を薄く覆っているだけで、その下になにが隠れているのか、たやすく想像できた。

自分の部屋に入ってドアを閉め、冷や汗をかいたままベッドにどすんと腰をおろした。距離を置くことがだんだん難しくなっている。できるだけ早いうちにライラと離れたほうがいい。後悔するようなことをしてしまう前に。

ただでさえ、自分のことで手一杯なのだ。将来を決めなければならない。自分の一部はハイランドへ帰って、そこで仕事を見つけたいと思っているが、ワシントンDCでいまの仕事をつづけたいという気持ちもある。ここ二年間ほどは、仕事に没頭し、立ち止まってこれからの人生について考えることもなかった。妻のベスがそれほど深刻ではない手術を受けたあとに合併症で亡くなったときは、自分まで死にたくなるほど打ちのめされた。あんな痛みには二度と耐えられない。耐えたくない。

ライラは男が結婚相手に選ぶようなタイプだが、サム自身は長くつづく関係を避けている。

サムはベッドに入った。ライラのことを考えれば考えるほど、もやもやしてくる。眠気はいっこうにやってこない。両手を枕にして、ルーニー家の事件とライラのアパートメントが荒らされた件について考えることにした。このふたつの事件に関係はあるのだろうか、それとも偶然だろうか。

一時間ほどして、ライラの部屋のドアがあく音が聞こえた。彼女も眠れないらしい。やがて、キッチンで物音がした。サムは時刻を確かめた。ライラがなかなか部屋に戻ってこないので、様子を見にいくことにした。ジーンズをはき、いつもの癖で銃をウエストバンドに差しこんでから、廊下に出た。

ライラが忍び足で階段をのぼってくるところだった。サムは、彼女が階段をのぼりきって部屋へ向かいはじめてから声をかけた。「眠れないのか?」

ライラはぎくりとして振り返り、壁にぶつかった。

サムは彼女に近づいた。「なにをしていたんだ?」

「チョコバーを取りにいったの」ライラは後ろめたさを覚えつつ、正直に答えた。

ライラは、そのまま部屋に逃げこむことはしなかった。どうにも気まずい状況だけれど、なんとか切り抜けられそうだ。たしかに、薄暗い廊下で、ふたりの距離はわずか三十センチほどしかない。おまけにサムは上半身裸で、自分は薄物の上にガウンをはおっただけ。でも、なんでもないふりをしていれば、内心ひどく緊張していることは気づかれないはず。まずは彼の胸板をじろじろ見つめるのをやめなければ。そうすれば、ちゃんと息ができるようになる。サムの体はみごとだった。裸の胸は鋼鉄のように頑丈そうで、上腕もたくましい。贅肉《ぜいにく》などいっさいついていない。もっともFBI捜査官なのだから、太ってはいられないだろう。左肩と肋骨《ろっこつ》のすぐ上あたりに、傷痕がある。ライラはサムの首に両腕をまわし、胸板の硬さを感じてみたくてたまらなくなった。ああ、やっぱりなんでもないふりなんかできない。なんでシャツを着てないのよ。

「ひと口どう?」ライラはおずおずと尋ねた。

「じゃあ味見だけ」サムはライラから目をそらさず、さらに一歩近づいてきた。

ライラは完全に不意を突かれた。差し出したチョコバーは無視された。サムの放つ体温を感じた。サムはライラのおとがいをそっと持ちあげると、身を屈めて唇をなめた。それは、ライラの知らないとろけるような感覚をもたらした。下腹がゼリーになってしまったようだ。体じゅうの力が抜けていく。

なにもできないまま、唇をふさがれた。すべりこんできた舌がライラの舌をこする。ぐったりとサムに身をあずけようとした瞬間、彼が不意に体を引いた。

「おやすみ」そういいのこし、サムは寝室に消えた。

ライラはたっぷり一分はその場に突っ立ったまま、彼の部屋のドアを見つめ、いまのはいったいなんだったのだろうと考えた。あげくのはてに、ほしかったのはチョコレートではないと気づいた。サムがほしかったのだ。

18

眠れない一夜が明け、サムはシャワーの下に立ち、熱い湯を浴びた。冷たいシャワーにすべきだろうか。そうすれば、少しは分別が戻ってくるかもしれない。

目の前のタイルに両手をついてうなだれた。おれはなにをしているんだ? キスをしてしまったら、もっとライラがほしくなってしまった。まずい。

自分の行動が理解できなかった。知りあったばかりの女に強く惹かれたことなどなかった。妻でさえそんなことはなかったのに、ライラは違う。ほとんどひと目惚れといってもよく、しかも気持ちは弱まらない。むしろ強まるばかりだ、彼女に触れたいという気持ちが。なにより悩ましいのが、これがただの体の反応ではないとわかることだ。いや、たしかに体も反応しているが、それだけではない。

ゆうべは眠るのに苦労した。ライラのふっくらとした唇を、体を密着させたときの感触を、思い出すのがやめられなかったからだ。

ひげを剃りながら、いまの状況を考えた。アレック・ブキャナンに護衛を頼まれていなければ、こんな面倒なことにはならなかったのだ。服を着たら、アレックに電話をかけて、交代要員を見つける締切を突きつけてやろう。二十四時間以内だ、それだって寛大なほうだぞ。

さいわい、ロサンゼルスで講演をする日時は、サムが決めることになっている。二週間後までならいつでもよいが、少なくとも二、三日前には担当教官に日にちを伝えなければならない。では、金曜日にしよう。講演が終わりしだい、レンタカーでサンディエゴへ行き、月曜日に最後の講演をする。運がよければ、その日のうちに夜行便でDCに帰ることができるだろう……そして、もとの人生が戻ってくる。

出たとこ勝負だ、とサムは思いながら階段をおりはじめた。くるりと方向転換し、引き返す。ライラの目覚まし時計が鳴っている。ドアは半開きになっていた。サムはノックをしてなかを覗いた。

「うわっ、そりゃないぜ」サムはうめいた。

ネグリジェはベッドの足側にだらしなくかかっていた。ライラは腹這《はらば》いになり、両腕を頭の上に伸ばして熟睡している。シーツはかろうじて尻を隠しているだけで、彼女は一糸まとわぬ裸だった。

いつも裸で眠るのか。そんなことは知りたくなかった。妄想が頭から離れなくなるじゃないか。くそっ。

部屋に入ってライラを起こすのはやめておいた。危険きわまりない。目覚まし時計が鳴りっぱなしだったが、かまわずキッチンへおりてアレックに電話をかけた。

「どうだ?」アレックが尋ねた。

「早くおれを解放してくれ」サムは顔をしかめた。あせっているのが見え見えだ。

「どうした? 新たな事件か?」

どうしたって? 彼女が裸で寝てる。それが事件だよ。「たしかに協力するといったが、無期限にってわけにはいかない」

「ちょっと待ってくれ」アレックはオフィスへ入っていき、だれかに指示を出した。それから、通話を再開した。「講演はいつやるんだ?」

「金曜に片付けるつもりだ。アレック、今回の件はどうなんだ。なにかわかったことはないのか?」

「ない。オマリー刑事からは、なんの手がかりも見つかっていないと聞いている。引きつづき、捜査は進めているそうだが」

「いったいなにがどうなってるのかわかるまで、ライラにはだれかが護衛についていなければならない」声が大きくなり、怒りがあらわになった。アレックに、ライラが立ち寄ったヤードセールとルーニー夫妻のことを話した。「ルーニーを調べてくれ。いろいろ出てきそうな予感がするんだ。それから、明日までにライラの護衛要員を見つけてくれ。いいな？」

電話を切り、朝食を作った。ライラが服を着ておりてきた。元気そうだということは、よく眠れたのだろう。

「おはよう」ライラがいいながら、ボウルにシリアルを入れた。

サムはむかいに座り、二杯目のオーガニックのグラノーラを食べていた。

「そのボウルに何グラムの砂糖が入っているのか、知ってるか？」サムは説教をはじめた。

ライラはたっぷりひとさじを口に運び、ゆっくりと噛み砕いた。「知らないわ、でも結構たくさん入ってると思う」

「チョコレートサンデー二杯分だぞ」

「まさか。アイスクリームもチョコレートソースもないし。スーパーで買っておけばよかった」

「ライラ、それは体によくないぞ」

「あなたは砂利を食べてる。人生には、やる意味のないことがあるわ。砂利を食べるのもそのひとつ」

ライラがシリアルを食べるあいだ、サムはアレックと話したことを伝えた。

「警察は手がかりをひとつも手に入れてないということ？」

「いまのところはまだ」アレックはいった。「それから明日、新しい護衛が来る」

ライラは子どものころから感情を隠す名人だった。両親に考えていることや感じていることを読まれないようにすることが、一日をなんとかやり過ごす唯一の方法だった時期があったからだ。

「そう」こともなげにいった。立ちあがり、ボウルとスプーンをゆすいで食器洗浄機に入れた。キッチンを出ていこうとしたが、サムに止められた。

「ちょっと話があるんだが……」

「なに？」

「ゆうべのキスは……」

ライラはサムの目を見つめて待った。彼がひどく気まずい思いをしているのが伝わってきた。

「とてもよかった。だが……」サムが黙りこみ、ぎこちない沈黙がおりた。

この人はなにをいいたいのだろう？

「きみはすばらしい女性だと思う。ただ……」

ああ。もうわかった。キスをしたのは間違いだったといいたいのだ。

それ以上いわないで。

ライラはサムに近づいた。ほんの数センチの距離をあけ、彼の頰にそっと手を添えた。

「いいたいことはわかるわ。キスはしたけど結婚はしないっていうんでしょう？」いかにも同情しているような口調になるよう努力した。「心配しないで、サム。あなたと結婚する気はないから」

ぽんぽんとサムの頰をたたき、ライラはくるりと後ろを向いてキッチンを出た。彼に見えなくなるまで待って、頰をゆるめた。

19

「なんなんだ……?」

ライラの笑い声を聞きながら、サムはかぶりを振った。彼女に振りまわされている。どうやらライラはゆうべのキスをなんとも思っていないらしい。むこうが騒ぎたてないのなら、こっちももう忘れよう。

サムは仕事柄、人を見る目があるので、ライラのこともすぐに理解できた。彼女は行きずりの関係に興味がない。一夜の相手を求めてバーに行ったことなどないだろう。そういうタイプではないのだ。気持ちがつながっていなければ、深い関係にはなれないタイプだ。

そのとき、携帯電話が鳴り——アレックだ——サムはありがたく電話に出た。

「護衛の後任が明日の朝早くそっちへ行くことになった」アレックがいった。「ブリック・ウィンターという男だ」

「FBIか？」

「いや。警備会社の社員だが、ロス市警のオマリー刑事の推薦だ。おれも調べた。問題ない。ちゃんと仕事をしてくれるはずだ」

「資料はあるのか？」

「ある。どうするんだ？」

「メールしてくれ。おれもチェックしたい。ライラを適当なやつにまかせていくわけにはいかないからな」

「サム、ウィンターもボディガードで飯を食ってるんだぞ。特殊部隊で二度イラクに行っている。充分だろう？」

「ライラをまかせるのが信用できるやつかどうか、自分で確認したいんだ」サムは言葉に本心があらわになっていることに気づいていなかった。

「ライラはどうだ？　いい娘《こ》だろう？」アレックは笑いを含んだ声で尋ねた。

「どうだってなんだ？　これは仕事だぞ。それ以上でもそれ以下でもない」

「美人じゃないか？」

「さあね」

アレックは笑った。「まあ、好きだってことか」

「とにかく資料を送れ」サムは電話を切った。

好き？　なんだそれは。アレックのやつ、十代の小娘じゃあるまいし。

心配するのは当然だ——と、サムは思う。ライラをだれかにまかせるなら、せめて信用できるやつが守ってくれると確認したい。とりあえず、ブリックという男が有能だと仮定して、警察学校に電話をかけて講演の日時を決めなければならないが、なんとなく気が進まなかった。明日、ブリックという男に会ってから——そして、信用できるかどうか見極めてから——電話をかけよう。

ライラがパソコンと携帯電話を持って階段をおりてきた。短いスカートが形のよい日焼けした脚を引き立て、白いTシャツがべつの美点を引き立てている。

「オマリー刑事に電話をかけて、ヤードセールのことを話したの。刑事さんは本とDVDの中身を調べたいそうだけど、農場に届くのは明日か明後日になるわ。わたしが本とDVDを持って帰ったことは、だれも知らないと思うんだけど」

「今日の予定は？」

「子ども向けのショートフィルムをどうするかまだ迷ってるし、今日はリサーチをしようと思ってたの。でも、シドニーがマーラー教授と偶然会って、教官室に来るようにわたしに伝えてくれっていわれたって、メールが来たわ。だから、今日も学校に行かなければならないみたい。でもその前に、パライソ・パークへメモリーカードを交換しにいかなくちゃ。ねえ、ブーツは持ってる？ アウトドア用の」

「こっちには持ってきていない」

「じゃあ、車のなかで待ってて。ローファーじゃ、あの荒れた公園を歩きまわったり丘を登ったりはできないわ」

「単独行動はだめだ」

「わかった。じゃあ、どこかでブーツを買いましょう」

「いつ出かけるんだ？」

「あと五分待って」

ライラの準備ができたのは二十分後だった。サムがライラのブーツとリュックを車のトランクに入れ、助手席のドアへ向かうのを見て、ライラは自分が運転しようかと尋ねた。サムは答えるかわりに、笑顔で助手席のドアをあけてやった。

ハイウェイの入口近くにスポーツ用品店があった。ライラの強いすすめで、サムはがっしりとしたハイキングブーツを買った。ライラはそのブーツをじっくりと見てうなずいた。分厚いソールは、丘の斜面に捨てられた使用済みの注射針も通さないだろう。

「このブランドは高価だけど、高いだけあるわよ」

「おれは明日お役御免になるんだが、それまでに何度山登りをするんだろう?」

「一度だけね」

明日でお役御免という言葉に、サムはライラがさびしそうな目をしたように感じた。いや、たしかにそういう目をしたのだが、一瞬だった。

——「ライラ——」

「お客さま、お待たせしました」店員がサムに商品を入れた袋とクレジットカードを渡した。

ライラは店の出口の前でサムを待っていた。大学生くらいの年ごろの店員ふたりがすっ飛んできて、ライラのためにドアをあけようとして取っ手を奪いあいはじめた。

サムが後ろからライラの肩を抱き、店員たちに声をかけた。「どいてくれないか?」

ライラがサムに肩を抱かれているのを見て、殺気立っていた若者ふたりはたちまちしょぼくれた。「連れがいたんだ」ひとりがつぶやいた。

「どいてくれ」サムはいった。

「銃を持ってるぜ」もうひとりがささやいた。

〝ピザとビールをタダでサービスするよ!〟と呼ばれたかのように、若者たちはわれ先にとカウンターへ戻っていった。

サムは車のトランクに買ったブーツをしまい、ふたりはふたたび公園を目指した。ライラはマーラー教授の秘書に、教授の空き時間をメールで尋ねた。

返信を読み、ライラはつぶやいた。「秘書も教授に負けないくらいいやな感じ」

サムはなにか考えごとをしている様子だったが、ライラのひとりごとを聞いていたらしく、訊《き》き返した。「ひどいことでもいわれたか？」

「こんなメールが来たの。〝十一時半に教官室。きっかりに来るように〟ですって」

サムはほほえんだ。「きっかりに行けなかったらどうなるんだ？」

ライラは肩をすくめた。「十一時半にわたしは教官室にいないってことね」

「また学校に行くのは避けたい。きみを狙っている男たちも、きみが自宅にいないことに気づいたはずだ。だが、居場所がわからないから、おそらく学校に来る」

「キャンパスは広いのよ」

サムはあきれたようにライラを見た。「抜け目のない連中なら、いまごろきみが受けている講義の時間割を入手しているはずだ。時間割がわかれば、キャンパスのどこにきみが姿を現すか、絞ることができる」

「わたしがなかなか学校に姿を現さなかったら、そのうちあきらめてくれるかしら？」

「きみは楽観しすぎだ」

ライラは溜息をついた。「わかってる」

「ぐずぐずとキャンパスをうろつくのは、連中にとって時間の無駄だからな。きみを誘《おび》き出すほかの方法を考えるはずだ」

ライラはあの男たちの話など聞きたくなかったが、サムはいま話をしておくべきだと考えているようだった。「きみの家族や友達を利用するかもしれない。きみが友達のためならなんでもすることは、もう連中も知っているはずだ。シドニーが襲われたときもそうだったじゃないか。あの部屋に入っていくには、勇気がいっただろう――あれだ、ペッパースプレー一本を武器に？」

「待っていられなかったんだもの」

「そうだろうな」

「あの男たちの目的がわかればいいのに。警察には、生まれたときからいままでのことを洗いざらい話したけれど、今回の原因になりそうなことはなにもなかった」

ふたりは黙りこくった。ライラはときどき、サムの横顔を盗み見た。彼は強く、堂々としている。このままそばにいてほしい。認めたくはないけれど。

サムに話しかけられて、彼をじっと見つめていたことに気づいた。「なにを考えているんだ？」

「あなたのこと」

サムは眉をひそめてライラをちらりと見やった。「おれのこと?」

「明日お別れしたら、二度と会えないのかなって」

「まあ、会えないだろうな」

「それじゃあ困るの。どちらかはっきりさせたい」

「なぜ?」

「いつかまたどこかで会えるとわかっていれば、今夜はおとなしく過ごす。テレビを見て、べつべつの部屋で寝て」

サムはその次を聞きたくなった。「二度と会えないのなら、どうするんだ?」

「はっきりいうわ、おとなしく過ごしたくない」

20

「おとなしく過ごすんだ」サムは不機嫌になった。

「じゃあ、外で食事をする気はないのね？」

ライラはなに食わぬ顔で尋ねた。

「そういうことをいっていたんじゃないだろう」

さらになにか提案するふりをしようとしたが、サムが怖い顔をしているので、やめておいた。彼を怒らせるのはやめよう。明日の朝にはいなくなるのだ、ありがたい。くそありがたい、と兄たちならいうだろう。キスをしたのをサムが後悔していることで、ライラは傷ついた。たかが一度のキスなのに。それにしても素敵だった、彼の唇は力強く貪欲《どんよく》で、あの舌ときたら……。

でも、よかったと思っているのはわたしだけみたい。

ライラは腕組みをして、まっすぐ前を見つめたまま物思いにふけった。サムはたしかに、女をその気にさせるすべを体得している。

長いあいだ、ふたりは黙っていた。ライラは窓の外を眺め、いまどこを走っているのだろうと考えた。ロサンゼルスの道はややこしくて、いつも迷ってしまう。

「スコットランドが恋しい?」ライラは尋ねた。

サムは不意を突かれたようだった。「ああ、恋しい」

「ふるさとはどんなところなの?」

「ハイランドは美しいところだ」サムはいった。「谷を歩くと、うねるように連なる山に囲まれて、それは壮観だぞ。たいてい、谷には長細い湖がある。とても深いから、まるでオニキスのプールのように見えるんだ。森に入れば、地球上でどこよりも水のきれいな渓流がある。釣りをするといい、とくに早朝は川面《かわも》から靄《もや》が立ちのぼって最高だ」

「素敵なところみたいね。なぜふるさとを離れたの?」

「子どものころに、両親と移住した」

「アメリカに?」

「いや、最初は違う。親父はアメリカとスコットランドの二重国籍を持っている。父方の親族はほとんどスコットランドにいるが、親父はこっちで育った。大学を卒業して、国務省に就職したんだが、エディンバラの領事館に赴任して、そのころお袋に出会った。その後、数年で国務省を辞めて、ケアンマーというハイランドの小さな村に引っ越した。キンケイド氏族がいまでも暮らしているところだ」

「あなたはそこで生まれたの？」

「いや、アメリカで生まれた。両親が旅行でアメリカへ戻ってきたときだ。聞いたところでは、おれは予定より何週間か早く外に出てきたらしい。まもなく三人でケアンマーに帰って、おれは十歳まであっちで育った。それから親父がまた国務省の仕事をするようになって、パリに移った。その後は、アルジェリア、東京、あと六カ国ほど転々とした。ハイスクールを卒業するころにはアメリカにいたから、大学もこっちだった。それからロースクールを出て、FBIだ」

「ご両親はお元気なの？」ライラはいつのまにかまたサムにあれこれ尋ねていた。なぜ彼のことをこんなに知りたいのだろうか。たぶん、会う前から彼にはこちらの情報をささいなことまで知られていたから、対等になりたいのだ。

「ああ」サムが答えた。「何年か前にケアンマーへ帰った。おれもできるだけ会いにいくようにしている」

「またあちらに住みたいと思う？」

「そうしようかと考えてはいる。アメリカは大好きだが、ハイランドがちょっと恋しいのは一生変わらないだろうな」

ハイウェイを出たと同時に、雨が降りはじめた。最初はぽつんぽつんと降っていたのが、いきなり土砂降りになった。大学に着くと、芝生は水浸しで、土のある場所はぬかるんでいた。

雨は降りはじめたときと同じように、急にやんだ。サムは駐車場の隅に空きを見つけ、ライラがぬかるみを踏まずに舗道におりられるよう、バックで車を入れた。

ライラは後部座席に置いてあるリュックに手を伸ばしながら尋ねた。「いまハイキングブーツに履き替える?」

「あとでいいよ」

サムはリュックを持ってやるつもりだったが、ライラは自分で背負った。「もう慣れてるの」

それ以降、サムはライラに一瞥《いちべつ》もくれなかった。通路を歩いている者やベンチに座っている者、窓辺に立っている者たちの様子をうかがうのに忙しかった。狙撃手がひそんでいそうな場所を見落とさないように気をつけながら、ライラにぴったりくっついて歩いた。

「ここは通りたくないな」隠れる場所のない中庭を突っ切りながら、サムはつぶやいた。建物に沿って木が並んでいるものの、あとはさえぎるもののない広場だ。サムは射撃場の的になったような気分だった。「教室に出入りするのに、ほかの道筋を考えたほうがいい」

「心配しないで。あなたは二度とここに来ることはないもの」ライラは皮肉をいったつもりではなかったが、いかにも皮肉っぽく聞こえたので、あわててつけくわえた。「次の護衛が考えてくれるわ」

サムはなにもいわなかった。硬い表情で周囲に目を走らせつづけている。講義棟へ入っても緊張を解かず、自分が先に立ち、ライラを壁沿いに歩かせた。すれ違う学生はだれもがライラの知りあいらしかった。サムは「ハイ、ライラ」という言葉を二十回は聞いた。

マーラー教授の教官室のドアはわずかにあいていた。ライラはノックした。

「入って入って」教授が待ちかねたようにいった。

マーラー教授は書類の束を積んだデスクの前に座っていた。大事な書類らしきものに署名をしているところだった。ライラの背後にサムがいるのを見て、苦々しげに唇を引き結んだ。ふた組の書類の束を脇にどけ、抽斗《ひきだし》をあけた。

「コンテストの申込書に、きみのサインをもらうのを忘れていたよ。今日の消印が押されなければ、子ども向けショートフィルムの出品ができなくなる」

忘れっぽいと有名な教授らしく、マーラーは抽斗のなかを引っかきまわし、三組の書類の束をめくったあげく、ようやく申込書と封筒を見つけた。

「あいかわらず友達がそばについているんだな……火器を携帯して」嫌悪もあらわな声で教授はいった。

サムは黙っていたが、ライラは彼をかばわなければならないような気がした。「そういう決まりなんです」

「そのとおり。ビッグ・ブラザーのＦＢＩにはそういう決まりがある。きみの集中力がそがれなければいいがね。彼が邪魔になるかもしれないと思うのなら、べつの学生にこのチャンスを与えるが」

「邪魔ではありません」ライラはきっぱりといった。「じつは、明日お別れするんです」

マーラーは口元をゆるめ、ライラに申込書を差し出した。「コンテストに出品させたりして、きみには酷なことをしているかもしれないな。あと二週間で作品を出さなければならない——それも、一級の作品を。ほんとうにやりたいのかよく考えるんだ、ライラ。最優秀に選ばれる、もしくはせめて入賞する自信がなければ、出品しないほうがいい。わたしの立場もある」

「先生、出品する前に講評していただけないんですか？」

「そんな時間はない。締切まで二週間、ぎりぎりまで使うべきじゃないか。さあ、申込書を書いて、今日じゅうに投函しなさい」

「わかりました」

ドアから出ていくライラに、教授がいった。「記入漏れのないように。電話番号を書き忘れたとか、くだらない理由で失格にされたくないだろう。ドアを閉めていってくれ」

ライラはサムのしかめっつらを見ていった。「マーラー教授っていい人でしょう?」

「おれならいい人とはいわないね」

ライラは無人の教室の机で申込書を書いた。ふた部屋離れた学生課で切手を買うと、笑顔の事務員が投函しておくといってくれた。

「やあ、ライラ」廊下で大きな箱を抱えた若者とすれ違った。

「ハイ、ジェフ」

そしてまた同じことがはじまった。今回、サムは数を数えてみたところ、建物の出口に着くまでに五人の男子学生がライラに話しかけて引き止めようとした。サムは彼らのなれなれしさが気に入らなかったが、そのわけをはっきりと認めたくはなかった。ライラは愛想よく受け答えしていたが、そのなかのだれかに特別な興味があるわけではなさそうだった。

「どうしていままで男とつきあわなかったんだ?」

「だれがそんなことをいったの?」

「きみの資料は読んだからな。それも詳しい内容の」

「つまり、シドニーに聞いたのね」

遠くで雷がごろごろと鳴った。「まずい。急ごう」

ライラが走らずにすむ程度に、急いで中庭を突っ切った。ライラは脚が長いが、サムの歩幅には追いつけない。

激しい風が吹いていた。黒い雲が押し寄せてきて、空はどんどん暗くなっていく。

車にたどり着き、ライラは助手席の前でサムがロックを解除するのを待った。サムはリモコンのボタンを押そうとして、ドアの前の泥に足跡があることに気づいた。足跡をたどり、助手席のほうへまわった。

「くそっ」サムはつぶやいた。「ライラ、車から離れろ」

サムは片方の膝をつき、車体の下を覗いた。赤い光が点滅しているのを見て、あとずさった。「行こう」

「どこへ?」ライラはサムの奇妙な行動に面食らった。サムはライラの肩を抱き、車から離れながら、携帯電話を取り出してボタンを押した。

「サム、だれに電話をかけているの?」ライラはつまずきながらついていった。

「爆弾処理班」

21

サムが感心したことに、ライラは爆弾処理班に電話をかけたという話を冷静に受け止めた。それはおそらく、自分の車に何者かが爆発物を仕掛けたという事実を完全に呑みこめていなかったからだろう。サムが泥に残った足跡に気づかなければ、いまごろふたりともキャンパスの一部と化していたはずだ。建物にぺしゃりとたたきつけられていたかもしれない。

ライラはそんなふうに思い浮かべてぞっとし、恐ろしい想像を強いて頭から追い出した。

サムは爆弾処理班の作業をライラに見せず――ライラも見たがらなかった――外で警察の聴取を受けさせもしなかった。人混みと混乱のなかに、彼女を残したくなかった。駐車場は閉鎖された。野次馬のなかには、自分の車を出せないといって怒る者もいたし、なぜ大勢の警察官がキャンパスに集まり、バリケードの後ろに立っているのか問いただす者もいた。

サムは騒ぎを逃れ、小さなカフェにライラを連れていった。ライラは椅子に腰かけ、サムに熱い紅茶を持ってきてもらった。カップを取ろうとしたとき、両手が震えていることにはじめて気づいた。サムはライラがやけどする前にカップを取ってテーブルに置き、隣に座ってライラの肩に腕をまわした。

「爆弾ははじめてか?」のんびりと尋ねた。

ライラはばかげた質問に笑った。

「よし。もう大丈夫だ、ライラ。怖がらなくていい。おれがついている」

サムはライラの腕をさすりながら引き寄せた。彼の体はがっちりとして温かかった。

「違うのよ、サム。怖いんじゃないわ。わたしは怒ってるの、心底怒ってるの。答が知りたい。なすすべがないなんて情けなくて」

立ちあがろうとしたが、サムに引き止められた。「何回か深呼吸するんだ」

オマリー刑事が同僚ひとりを連れて現れ、コーヒーを飲みながらライラに事情を尋ねた。ときどき、ふたりはサムの反応を確かめた。

ライラはとくに犯人の動機について知りたかったが、刑事たちは質問をはぐらかし、鋭意捜査中だと答えるばかりだった。

捜査ってなにを? ライラは問い詰めたかった。手がかりはなにもないの? 犯人たちのほうから自首してくるまで、わたしの機嫌を取っているだけ?「もう帰りたいわ、サム」ライラは一時間の事情聴取のあと、音《ね》をあげた。

オマリー刑事が立ちあがった。「また連絡します。そのときはよい知らせができるといいのですが」

サムは刑事たちが立ち去るのを待っていた。「きみがうんざりしているのはわかる」

「いつ帰れるの?」

「新しい車がそろそろ来る」

「ここに乗ってきた車じゃだめなの? 爆弾はもう取りはずしたでしょう?」

「現場を保存しておかなければならない」

「そうよね」ライラはきまりの悪い思いで答えた。犯罪ものの番組を観たことがないわけではない。自分は思ったよりうろたえているようだ。

ほどなくサムの携帯電話が鳴った。

「車が来たぞ」

「先にブーツを取ってこないと」

「すまないが、それは無理だ。ブーツも――」

「現場にあるものね」

「そうだ」

ライラは立ちあがり、サムの腕に手をかけた。「あなたが無事でよかった」

サムはそのとき自分のしたことに驚いた。身を屈めて、ライラにキスをしてしまったのだ。ライラが反応する前にやめたが、彼女の唇の柔らかさと温かさに、もっとほしくなった。おれはなにをしているんだ？

「行くぞ」つっけんどんにいった。「やっぱり公園へ行きたいんだろう？」

「ええ」

「わかった。ただし、尾行されていないことを確認してからだ。少し時間がかかるぞ」

「かまわないわ。だけど、もう一度あのスポーツ用品店に行って、ブーツを買わなきゃ」

「そこまでしなくてもいいだろう」

「いいえ、買わなきゃだめ」ライラはきっぱりといった。「ブーツなしであの坂を登るつもりはないわよ。あなたも肝炎だの脳炎だのナントカ炎だのうつされたくなかったら……」

サムにふっと笑われ、ライラはまくしたてるのをやめた。その素敵な笑顔は女性の心をとろかす――実際にとろかしてきたのだろうと、ライラは思った。

車はつややかな黒で、運転してきたFBIの若手捜査官は、夢のマシンだといった。

「おれに運転させてくださいよ」捜査官は勢いこんでいった。「ウインドウもドアも防弾仕様。ボンネットとトランクの蓋《ふた》も強化してあって、タイヤもフェンダーに保護されて撃たれにくくなっています。タイヤを撃つなら車体の下から狙わなければならないくらいですが、そんなことは不可能ですからね……まあ、轢《ひ》かれた瞬間に撃つことはできるかもしれませんが。戦車並みに頑丈で、しかも八五〇馬力ですから、レースカーよりパワーがありますよ。爆弾だってこいつを壊すことはできませんね」と豪語した。

若い捜査官はライラのために助手席のドアをあけ、礼をいわれてウインクした。

「これに乗っていれば安全間違いなしだ」ドアに寄りかかり、気障《きざ》な口調でいった。

サムが運転席側にまわって乗りこもうとしたとき、ライラの声が聞こえた。「グローブボックスに銃が入ってないかしら、借りたいんだけど」

「それはないけど、おれの名刺をあげよう。エドと呼んでくれ。なにかあったら連絡を……」

エドがドアを閉めたと同時に、ライラがいった。「銃が必要なのよ」

サムはグローブボックスをあけ、銃が入っていないことを確認した。

「どうしてもほしいの」ライラはいいつのった。「どんな銃でもいいから」

「だめだ」

「わかった。自分で手に入れる」

サムは口元を引き締めた。「やめろ」

ライラはにっこりと笑った。「わかったわ」

サムはその笑顔が気に入らなかった。「絶対にやめておけ。撃ちそんじてけがをするのがおちだ」

あら、失礼な。「サム、わたしの資料は読んだんでしょう——ほんとうに資料があるとして」

「ほんとうにあるし、ほんとうに読んだ」

「だったら、わたしがテキサスの農場で生まれ育ったことは知っているはず」いいかえれば、どんな銃でも分解して掃除し、また組み立てることができ、射撃の腕前もかなりのものだということだ。ふたりの兄が射撃を教えてくれたし、農場に帰ったときはかならず練習した。

「いつ銃が必要になるかわからない。兄さんたちがいつもいってたわ」ライラはいった。

「もちろん、ガラガラヘビを退治するためにね」

「このあたりにガラガラヘビはいない」

「いいえ、いる。車に爆弾を仕掛けたやつはヘビ以外のなにものでもないわ」

その点については、サムも反論できなかった。

「シートベルトを締めろ、ライラ」サムはイグニッションキーをまわしながらいった。

車は走る宝石だった。エンジンが低くうなりをあげ、アクセルをほんの少し踏みこんだだけで飛ぶように走った。サムは五本の幹線道路、十二本の陸橋を通り、迷路のような裏道を抜け、尾行されていないことを確認すると、朝とはべつのスポーツ用品店を探して車を駐めた。

さいわい、その店にも同じブランドのブーツがあり、サイズもそろっていた。ライラはふたり分のソックスも選び、カウンターに置いた。ライラが反対するのを無視して、サムが代金を払った。ふたりとも新しいブーツに履き替えて店を出た。ライラは、スカートにハイキングブーツというコーディネートはおかしいと思ったが、あの公園に行くにはしかたがない。

「腹は減ってないか？」サムは車を発進させてから尋ねた。「きみが靴を履き替えているあいだに、店員がこの先にうまいサンドイッチの店があると教えてくれた」

「だめだめ、あの丘を登る前に食事するのはやめておいたほうがいいわ。どこかでミネラルウォーターは買わなければならないけど、食べものはいらない。気持ち悪くなって戻しちゃう」

「おれは大丈夫だ」

四十五分後、サムはビールとウィスキーとワインのミックスを飲んだかのように、吐き気を催していた。ごみの悪臭で目が潤み、ライラが思うにさまざまな国の言語で悪態をつきつづけた。ときどき、サムが「くそっ……すごいな……」とつぶやくのが聞こえた。

ライラは、あらゆる種類の違法廃棄物の汚臭に慣れてしまったとは恥ずかしくていえなかった。丘を登りつめ、ライラは反対側を見おろして庭園を指さした。「きれいでしょう?」

サムはぐずぐずとどまっていたくなかった。「早く行こう。とっととここから出たい」

ふたたびサムはえずき、ライラは笑った。「まだおなかはすいてる?」

「ライラ、さっさとしてくれ」

サムの顔色が悪くなった。「はいはい」

カメラはライラが置いてきた場所にそのまま残っていた。メモリーカードの交換はすぐに終わった。

ふたりはとどこおりなく丘をおりた。

「こんな景色は見たことがないな」

サムはポケットから車のキーを取り出し、トランクをあけた。ふたりとも車に寄りかかって靴を履き替えた。ライラはリュックをあけ、小さな金属のカードケースを取り出し、交換してきたばかりのメモリーカードを差しこむと、リュックの一番上に入れた。リュックのファスナーを閉めたとき、ふとサムの様子が気になった。公園を貫いている道路をじっと見据え、首をかしげて耳を澄ましている。「ライラ、車に乗れ。だれかが来る」

ライラにはなにも聞こえなかったが、黙っていうとおりにした。トランクを閉め、急いで車に乗りこむ。シートベルトを締めようとしたときには、サムは車をバックで発進させていた。

ダークグレーの車が角を曲がり、直線に入るとスピードをあげて向かってきた。

「しっかりつかまれ」サムが命じた。

「あれはたぶん……」トランクにごみをのせて不法投棄にきたのだろうと、ライラはいいかけた。

グレーの車の助手席から銃声がした。

「……わたしたちを殺しにきたみたい」

車はふたりの車をかすめるようにして、反対方向へ走り去った。

サムはすでにＦＢＩに電話をかけ、現在の位置と狙撃者の乗っていた車の特徴を告げていた。

ライラは体をひねって後部ウインドウのむこうを眺めた。グレーの車に、少なくともふたりの男が乗っていたことはわかっている。運転手と、助手席から狙撃してきた男だ。ほかにもいたのだろうか。スモークガラスのため、後部座席は見えなかった。

サムが電話を終えるのを待ち、ライラはいった。「サム、Uターンして。あの車のナンバープレートを確かめるの」

「一刻も早くここを離れるんだ」

「このチャンスを逃す手はないわ。出入口は一カ所だもの、追い詰めれば……」

「だめだ、きみの命を危険にさらすわけにはいかない」

「せめてあの車のタイヤを撃って。わたしがやってもいいわ」

「正気か?」

「ほら、来たわ」

いまにも角を曲がって視界から消えそうだったグレーの車は、突然ぐるりとターンし、尻を振ってふたりのほうへ向かってきた。

「思い出して、わたしたちは戦車に乗ってるのよ」ライラはいった。

サムはライラに携帯電話を放った。「わかった。一度だけだからな。できるだけ公園内に引き止めるようにする」

グレーの車に乗っている者たちは、何度か発砲したが、どれも当たらなかった。

サムは前世でレーシングカーのドライバーだったのかもしれない。スピードをあげた一瞬ののちには、Uターンしてグレーの車へ向かって走っていた。ライラは携帯電話を構えてナンバープレートの写真を撮る準備をした。

サイレンの音が聞こえてきたとたん、グレーの車はばらばらになりそうな勢いでUターンして丘の上へ走り去った。

サムは追いかけなかった。二台のパトカーがライトを点滅させながら公園に入ってくるのが見えた。サムは車を道の脇に寄せ、パトカーが通過するのを待ち、公園出口へ向かった。

「捕まるかどうか、確かめないと――」ライラがいいかけた。

サムは途中でさえぎった。「きみをここから連れ出す。いいか、二度といわないぞ」

22

マイロはまたもや人生最悪の日を過ごしていた。

朝、ライラの学校へ行って、彼女を探してみようと決めたのが、そもそも間違いだった。この二日間ほど彼女の姿を見ていないが、キャンパスへ行けば会えるかもしれないと考えたのだ。目を引かないよう、学生たちに紛れるため、あのきのこ頭のかつらの前髪を切り、肌色をそろえるために、顔だけではなく腕にも日焼け肌用ファンデーションを塗ったので、ボトル半分がなくなった。色はしゃれたブロンズ色だ。なかなか似合うし、赤むけした肌を少しも刺激しない。歯を漂白したのはやりすぎだったかもしれない。それでも、学生は若くてみな白い歯の持ち主だろうから、とりあえず漂白してみた……とにかく、溶けこみたかったのだ。

家を出たときには、十歳若く見られる自信があった。

のちに、マイロはファンデーションのボトルの注意書きを読むべきだったと後悔することになる。時間がたつにつれて、顔も腕もどんどん色が濃くなり、オレンジ色がかってきた。一時間もたたないうちに、クールなブロンズ色は病的なミカン色に変わっていた。

マイロはじろじろ見られていることにも気づかず、キャンパスをうろついた。ある建物のなかに入ると、学生たちが講堂へぞろぞろと入っていくところだったが、マイロはなにをしているのか問いただされるのを恐れ、ついていくのはやめておいた。身分証明書など持っていないが、もし声をかけられたら、いとこを探しにきたともっともらしい嘘をつくつもりだった。

また外に出ると、ライラが通りかかるのを期待し、ベンチに座って待った。何百人もの女子学生たちがマイロの前を通り過ぎていったが、ライラの姿はなかった。ベンチは座り心地が悪いので、マイロはべつの建物に行ってみることにした。あてもなく廊下をさまよい、開いたドアから教室を覗《のぞ》いたが、どこにもライラはいない。飽きてきたので、今日はあきらめようと思ったとき、教室の外の掲示板に目がとまった。そこに彼女の名前を見つけ、胸がどきりとした。〝ライラ・プレスコット、公園〟と書いてあった。その横に、〝(パライソ・パーク)〟と括弧《かっこ》でとじてつけくわえてある。どういう意味だ?

分厚い眼鏡をかけたオタクっぽい風貌の学生が掲示板の前へ来た。マイロに一瞥もくれず、べつの掲示を読んだ。

マイロは掲示板をとんとんとたたいて尋ねた。「これはなんのリストだ?」

学生はマイロに振り向き、目を見ひらいた。「は?」

「これはなんのリストだ?」

学生は、しばらくマイロの顔をじっと見つめ、掲示板に目を戻した。「課題だよ。あれは」と、ある名前を指さした。「ショッピングモールがテーマ。梗概《こうがい》は――」振り返ったが、そこにはだれもいなかった。

マイロは足早に廊下を歩いていた。パライソ・パーク。ライラはそこにいるのだ。公園を散歩し、学校の課題の構想をメモしているのかもしれない。きっとしょっちゅうパライソ・パークに行くのだろう。

ライラはどんな課題に取り組んでいるのだろう。テーマは退屈な感じがする。公園について書きたいやつなんかいるのか? ショッピングモールのほうが簡単そうだ。店やフードコートについて書けばいい。食べもののリストだけで二ページは埋まる。公園のどこがおもしろいんだ?

待てよ。観覧車だのメリーゴーラウンドだのミニトレインだのがある公園かもしれない。だったらありがたい。ミニトレインは楽しい。ライラがそんなところにいるとすれば、おもしろいことになりそうだ。

またレンタカーを借りなければならない。マイロは大きな会社を避け、いまにもつぶれそうなところを選んだ。前回とは異なる偽の身分証明書とクレジットカードを使ったが、受付係にまじまじと顔を見られたということは、怪しまれたのかもしれない。

「おれは二十五歳以上だが」たいていのレンタカー会社では、貸し出しに年齢制限を設けていることはわかっている。受付係がためらっているのは、たぶんこちらが若く見えるからだ。

受付係はうなずき、やっとパソコンに入力しはじめた。「残っている車は二台だけなんですよ。町で大きな会議がありましてね」

マイロは傷だらけで色あせたブルーのポンコツ車で駐車場を出た。最初、エンジンは咳きこむような音をたてたが、充分温まると、バタバタと動きはじめた。カーナビはついていなかったので、ガソリンスタンドに立ち寄って地図を買った。パライソ・パークの位置はわかりにくく、ガソリンスタンドにいた人たちに道順を教えてもらった。

目的地に近づくにつれ、マイロは落ち着かない気分になってきた。公園は治安の悪い地区にあった。不動産業者なら、このあたりは変化している最中なのだという売り文句で顧客を釣るだろう。スラムに変化していることは伏せて。どの角にも無人の建物があり、壁にはペンキでギャングのサインが書かれているし、数少ない営業中の商店は、ドアにもウインドウにも鉄格子がはまっている。マイロはポンコツ車を借りてきてよかったと思った。まともな車だったら、公園に駐めているあいだに分解されて部品をもっていかれるはずだ。そうなったら、帰ることができない。さいわい、こんなオンボロの部品をほしがるやつなどいない。

ようやく公園の入口を見つけ、八百メートルほど長い直線道路を走った。そこから道路は何度かカーブし、大きな丘のふもとに出た。がっかりしたことに、観覧車もミニトレインも見当たらない。丘の周囲をまわってみた。鼻をつく悪臭がしたが、車の窓を閉めてエアコンをつけているので、おそらくエンジンの臭《にお》いだろう。

ライラどころか、人っ子ひとりいないが、待ってみる価値はありそうだ。ライラが現れるかもしれない。Uターンして公園の入口へ引き返し、車を隠すのにちょうどよい場所を探した。木の枝で車を覆い隠そうかと考えたが、手間ひまがかかりすぎる。だが、ほったらかされた四阿《あずまや》は隠れ場所にならない。大きなごみの山の陰に車を駐めることはできるが、なにかとがったものが落ちていて、タイヤがパンクするようなことになっては困る。結局、公園入口のむかいにある、火事で焼けた建物の裏に駐車することにした。

車を隠し、公園に戻って自分の隠れ場所を探した。ライラを監視できるような、見晴らしのよい場所がいい。彼女がひとりきりで現れたら、思いきって話しかけてみたらどうだろうか。今回は心の準備ができている。ヤードセールで目が合って彼女がにっこりとほほえんでくれたとき、ふたりのあいだに強いつながりを感じた。きっと彼女も同じ気持ちのはずだ。

気温が高かったので、進むほどに悪臭はひどくなっていった。マイロは丘のふもと近くまで歩き、道端に立ってひたいの汗をぬぐった。そのとき、車の音が聞こえた。どこに隠れればいい？　どこだ？　丘を登る時間はない。マイロはさっと後ろを向いた。もうすぐ車が最初のカーブを曲がってくるのに、自分の姿は丸見えだ。左側に枯れた藪《やぶ》があったので、あわてたマイロはとりあえずそこへ飛びこんだ。

そこはおそろしくくさかった。腐ったようなにおいのするなにかが顔についた。マイロはシャツの袖でにおいのもとを拭き取り、襟をひたいまで引っぱりあげた。

ライラが車で公園に入ってきたのだろうか。もう一度、彼女の姿を見ることができるなら、なんだって耐えてやる。車が止まり、ドアが開いて閉まる音がした。マイロはごみと枯れ枝にまみれて、溝に伏せた。男の声が聞こえたような気がしたが、見つかっては困るので、顔をあげて確かめることはしなかった。

ふと、銃をグローブボックスに入れてきたことを思い出した。銃なしで愛する女を守れるわけがない。なにを考えていたんだろう。ばか野郎、とマイロは自分をなじった。おればばか野郎だ。

それからしばらく、あたりは静まりかえっていたが、やがて遠くから男の声が聞こえた。車のほうへ向かっていくようだ。男はひとりではない。相手の声は、女ではないだろうか。ふたりは少しのあいだ立ったまま話をし、また車に乗った。ライラが男と車に乗っているのかどうか、マイロは確かめずにいられなかった。すばやく立ちあがって車のほうを見た。マイロから見えるほうに助手席があり、そこに彼女がいた。フロントグラスのむこうをまっすぐ見つめている。マイロの胸は高鳴った。彼女がほんの少し右を向けば、目が合う。

タイヤがきしる甲高い音がして、べつの方角からまた車が近づいてきた。マイロが背伸びをしてそちらを見ようとしたそのとき、数発の銃声が響いた。マイロはまたごみのなかに伏せた。何者かがライラの車を狙っている。チャーリーだ！　チャーリーと相棒のスタックに違いない。ばかなちんぴらめ。邪魔なやつらだ。どうしてライラがパライソ・パークに来ることを知ったんだろう？　おそらく、やつらも彼女の学校に行ったのだ。

銃声はだんだん大きくなり、近づいてきた。一発がそばの腐ったバナナの皮にめりこみ、マイロは縮こまった。ライラにけがをさせたら殺してやる。銃声、キキーッというタイヤの音、エンジンの轟音《ごうおん》。すべてがやんだのは、サイレンがマイロの目の前を通り過ぎたあとだった。

マイロは顔をあげた。だれもいないようなので、ごみの山から飛び出て、車まで道路を走った。震える両手でハンドルをきつく握りしめ、火事で焼けた建物の裏から車を出した。ライラはかろうじて逃げきったようだが、マイロは罪悪感に押しつぶされそうだった。愛する女を危険にさらしてしまった。自分のせいだ。ミスター・メリアムにライラのことを教えるべきではなかった。

涙があふれた。彼女を救う唯一の方法は、逃がしてやることだ。

23

よい知らせは、ライラとサムを射殺しようとした二人組が逮捕されたということだ。悪い知らせは、彼らがアパートメントに侵入した二人組ではなかったということだ。

サムは、逮捕された男たちが勾留《こうりゅう》されている警察署へライラを連れていった。ライラをマジックミラーのある小部屋で待たせ、サムは廊下に出てふたりの捜査官と話をした。新しい車を運転してきたエドが、ライラに気づいて小部屋に入っていった。

「車を見せてもらったが、弾は一発も当たっていなかった。射撃の腕がお粗末すぎたのか、キンケイド捜査官の運転がうまかったのか」エドはかぶりを振って繰り返した。「一発も当たっていないとはね」

サムがライラの背後から近づいて、肩を抱いた。「もうすぐ逮捕された連中が来る。大丈夫か？」

「ええ」ライラは答えた。「ふたりとも、なにかいってる?」

「ああ。弁護士を呼べと」

男たちが取調室に入ってきた。彼らが椅子に座るより早く、ライラはいった。

「アパートメントに侵入したのはこのふたりじゃないわ」

「ほんとうか?」サムは尋ねた。「スキーマスクをかぶっていたといっていたが」

ライラはマジックミラーのむこうをまた見やった。「ええ。でも、この人たちのほうがずっと背が低くてずんぐりしてる。わたしがペッパースプレーで撃退した男は、真っ黒い瞳で、身長は百八十センチ以上あったわ。あなたと同じくらいね。もうひとりのほうも背が高かったけれど、ひょろりとやせていた。このふたりは」ライラは、マジックミラーのほうを向いてテーブルのむこうに座っている男たちのほうへあごをしゃくった。「ずっと背が低いし、瞳の色も違う……だから、ふたりとも別人よ」

「マックスがここへシドニーを連れてくる。シドニーのほうが侵入者たちと長い時間を過ごしているから、声でわかるかもしれない」

「この人たちはだれなの? 身分証明書は持ってた?」

「いや。だが、どちらも警察のデータベースに載っていた。フリン・ギャングのメンバーだ」

「聞いたことがないわ」

「ロサンゼルスを拠点にしているギャングのボス、マイケル・フリンの手下だ」

「そんな連中が、わたしになんの用があったの？　わたしがなにをしたの？」ライラは腕組みをして、マジックミラーに一歩近づいた。「わたしもあっちに行って、自分で尋問したいわ」

「きみに個人的な用があったわけじゃない。仕事だよ」

ライラはマジックミラーから離れ、サムを見た。「仕事？」

「雇われた殺し屋なんだ、ライラ」

「じゃあ、逮捕されてよかった」

サムはうなずいた。だが、ギャングを雇った者が、さらに新たな刺客を送りこんでくるだけだということは伏せておいた。「ライラ、もうすぐ五時だ。おれは腹が減った。なにか食ってこよう」

ライラはシドニーの到着を待ちたかったが、自分のおなかも鳴っていた。サムとふたり、朝食のあとはなにも口に入れていない。爆弾を処理してもらい、銃弾をよけ、警察署で事情聴取に答えているうちに夕方になってしまい、食事のことなど考えるひまもなかった。

ドアがあき、婦人警官の顔が覗いた。「キンケイド捜査官ですか？　お電話です」

「ここにいてくれ。すぐに戻る」

「わたしが夕食を用意するわ」ライラはいった。

「料理ができるのか?」

「あまりしないわ、でも今日はわたしが用意する」

 ライラはサムが出ていくのを待ち、携帯電話を取り出してなじみのレストランに電話をかけた。

「もしもし、ティム、ライラだけど。料理を持ち帰りたいの」

「いつものクレジットカードでいいかい？」ティムがいった。

「ええ」ライラは数種類の料理を注文した。「三十分後に取りにいくわ」

サムが帰ってきた。「行こうか？」

「わたし、有能な婦人警官になれると思うわ、ひとつだけ弱点があるんだけど。容疑者と見たら、片っ端から撃ってしまいそう……犯人だという確信がない相手まで」

サムはドアをあけてやった。「おれだったら、そのことは志望書には書かないな」

今回も尾行されていないことを確認してから、隠れ処《かくが》へ向かった。

「ちょっと寄り道をしたいの」

ライラはサムに道順を教えた。「そこの角よ。脇の駐車場に車を止めて」

それから、電話をかけた。「いま着いたわ」

長くは待たされなかった。コックコートを着た大柄な男が、大きな買い物袋を両手にさげて出てきた。

「トランクの蓋を……あっ、やっぱりだめ」ライラはいった。「くさいブーツが入ってる。後部座席に載せるしかないわね」

車の外に出て、後部座席のドアをあけた。ティムが買い物袋を入れてドアを閉め、ライラの両頰にキスをしてから、足早に店のなかへ戻っていった。

「フランス人か？」サムが尋ねた。

「いいえ」

「でも、両頰にキスをしたじゃないか」

ライラはにっこり笑った。「わたしのことが好きなのよ」

「あんなふうにキスをさせるもんじゃない」

ライラは目をぐるりと上に向けた。「ティムは友達よ」

「カリフォルニアの住民の半分が友達みたいだな」

「ルーニーのクライアントがだれだったのかわかった？」ライラはヤードセールを思い出し、唐突に尋ねた。

「わかった」

「それで?」

「メリアムという男だ。ルーニーはマネーロンダリングをやっていた。警察はしばらく前からメリアムを監視していた」

「メリアムはなにをしているの?」

「債権取立代行業を手広くやってる」

サムはガレージに車を入れながらいった。「うまそうなにおいだ」

ライラは買い物袋を家のなかへ運び、サムはブーツをガレージの壁際に並べて乾かした。それから、ライラのリュックを持っていった。

「夕食を用意するとはこういうことか」サムはにやりと笑いながらいった。

「温めなおすの」ライラはひょいと眉をあげ、袋のなかから料理の入った容器をひとつ取り出した。「つまり、夕食を用意するのよ」

「手伝おうか?」

「いいえ、ひとりで大丈夫」

「おれは電話をかけてくる」

サムは二階へ行った。ライラに聞かれたくないのだ。ガールフレンドにかけるのかもしれない。なぜか、サムにガールフレンドがいるのかと尋ねようとは思わなかった。どのみち、もう関係ない。朝には別れるのだから。よかったじゃないの、とライラは自分にいいきかせた。

テーブルの用意をしていると、シドニーから電話がかかってきて、逮捕された二人組について長々と話した。ライラは公園で撃たれそうになった話をし、質問攻めにあった。

「フリン・ギャングはなぜあなたが公園に行くことを知っていたの？　尾行されたの？」

「いいえ。尾行はされていなかった。サムが確認したわ」

「だったら、どうして知ってたのかしら。もしかしたら、あなたを狙ってたわけじゃないのかも。たまたま通りかかって、撃ってきたのかもしれない」

「たまたまなんかじゃないわ、シドニー。あのふたりは、わたしたちを殺しにきたのよ。わたしたちとすれ違いざまに撃ってきて、弾が全部はずれたら、Uターンして戻ってきたんだから」

「ということは、あなたが公園にいるのを承知のうえで来たわけね。あなたがあの公園を撮影しているのを、だれか知ってるの？」

「だれが知っていてもおかしくないわ。クラスメイトはほとんど知ってるし、ラボの助手も……数えきれない。教室の外の掲示板にテーマが貼ってあるし……あれはだれでも見られる。それに、先週ミアのパーティに行ったでしょう？ あのとき、公園を撮っていることをみんなに話したわ。それからもちろん、市役所の職員、市立図書館の司書、公文書館の――」

「もういい」シドニーはいった。「わかったわ。だれもが知ってたってことね。でも、あなたが何日の何時に公園に現れるのか、だれもが知ってたはずはないわ」

「たしかに。公園の近くで待ち構えてたとか」

「警察は、殺し屋だといっていたんでしょう？」

「でも、腕はたいしたことないわね」ライラはいった。「車にも弾が当たらなかったんだから」

「軽く見ちゃだめ。ふたりともだれに雇われたのか白状していないけど、マックスは時間の問題だといってた」

「そう、よかった」

「わたしはもう少し取り調べを見ていたかったんだけど、マックスにだめだっていわれて。あの人、すごく……きっぱりしてるのよね」

「気に入った？」

「うーん……あんまり。サムはどう？」

「明日の朝早くお別れなの。だから、わたしがさよならディナーを用意した」

「ルイージの店、それともノエル？」

ライラは笑った。「ノエル」

「でも、護衛は必要でしょう」

「朝、新しい人が来てくれる」

「どうしてサムは護衛をやめるの？」

「ほかに予定があったの。普段はこういう仕事をしないのよ。アレックに頼まれたからやってくれてるだけで」

「あなた、なんだか変……無理をしてるみたい。声が張りつめてる」

「疲れてるだけよ。料理が冷めちゃう。明日、また電話するわ」

「気をつけてね」

「あなたも」

ライラは料理をテーブルに並べ、二階へサムを呼びにいった。

ドアをノックする。「サム？」

「なんだ？」

ライラはドアをあけてなかを覗きこんだが、それは間違いだった。サムはシャワーから出てきたばかりで、腰にタオルを巻きつけただけの格好だった。胸も脚も水滴で光っている。

「食事の用意ができたわ」声がかすれた。

よろめきながら階段を駆けおりた。手すりをつかんでなければ、大きなけがをしていたかもしれない。階段を踏むドスンドスンという音は、象が足を踏みはずしたかのようだった。まさに原因と結果だ。半裸のサムを見たから、足元が怪しくなった。見てしまったから、頭のなかからなかなか映像が消えない。サムの姿を見ただけで、喉がからからになってしまう。

人間があんな完璧な体でいいの？

オーブンからロールパンを取り出していると、サムがたくましい上半身にぴったり張りつく白いTシャツに色あせたブルージーンズ、やわらかそうな革のローファーといういでたちでキッチンに入ってきた。

キッチンは狭い。ライラはサムが通れるように、オーブンの扉を閉め、天板を頭上に掲げて冷蔵庫に背中をぴったりとつけた。

「ステーキとチキン、どっち？」

「きみはどっちがいい？」

「チキン」

ふたりは食事をしながら、家族やふるさとの話をした。サムが暮らしていたさまざまな異国の話を聞くと、ライラは自分が平凡で退屈な人生を送っているように感じたが、農場の暮らしや祖母の話、映像作家になりたいという夢について、サムも同じくらい興味深そうに耳を傾けてくれた。

サムは妻の話をしなかったが、ライラは図々しいと思われたくなくて、詮索《せんさく》しなかった。ジジに再婚しないのかと尋ねたときに返ってきた答を思い出す。たったひとつの本物の愛。サムも妻のことをそんなふうに思っていたのかもしれない。

ライラはサラダをつつき、チキンの胸肉をほんの少し食べたが、残りはテーブルのまんなかの大皿に残した。サムは自分の分を食べ終え、チキンもサラダもたいらげた。

「豪華なディナーだった」サムがいった。

「あなたにお礼をいいたくて、お別れのディナーを用意したの。時間があれば、祖母に教わった料理を作りたかったんだけど。家族のなかでは、祖母がいちばんの料理上手なの。祖母の料理を食べてもらえなかったのは残念」

「いつかご馳走になろう」

「祖母がＤＣに行くって決意したらね」

「それか、スコットランドかもしれないな」

ライラは立ちあがり、皿をシンクに運んだ。サムも空の大皿を持ってきた。「それにしても、きみはよくやったな」

ライラは振り返り、シンクに寄りかかった。「なんの話?」

「あの荒れ果てた丘を毎日のぼりおりした。すごいにおいだった……おれだったら、一日に三度はシャワーを浴びるな」

「じつをいうと、わたしも一日に二度シャワーを浴びるの。これから、二度目を浴びるわ。においがずっと髪にこびりついているような気がして」

サムは身を屈めた。「いいにおいだぞ」

ライラは食器洗浄機に皿を入れはじめたが、サムに止められた。「おれがやろう」

それならと、ライラはサムにまかせた。気のせいかもしれないが、丘の話をしたせいで、早くシャワーを浴びて汚れを落としたくてたまらなくなった。

二十分後、洗った髪を乾かすと、気分が晴れた。ただし、見捨てられたような思いはある。サムがいなくなったほうがいいのだと、ライラは自分にいいきかせた。彼がいると、いますべきことに集中できない。どっちにしても、今夜が最後だけれど、サムがなにがしかの感情を抱いてくれているのはわかっている……キスをしたのだから。

コットンのパジャマを着てガウンをはおり、ベッドの枕にもたれてテレビをつけた。

ドアをノックする音がした。「入ってもいいか?」

「どうぞ」

サムがドアをあけて入ってきた。「課題をやってるのかと思ったら」

「今夜は例外」

「公園のドキュメンタリーをコピーしたDVDは持ってるか? それとも、アパートメントに置いてきたのか?」

「いつもリュックに何枚か入れてあるの。メモリーカードも持ってきた。映像の入ったパソコンもね。どうして?」

「見せてくれないか」

「ラボで見たでしょう?」

「ああ、でもちょっと気になることがあって、もう一度よく見たいんだ」

「わかったわ」ライラは立ちあがりかけたが、サムは自分がリュックとパソコンを持ってくるといった。ライラは急に不安になり、作品について弁解したくなった。退屈かもしれないとか、ナレーションが下手すぎたとか、もっとテンポよくすればよかったとか……。

サムがパソコンを持ってきた。「一緒に見るか?」

だが、考える時間はくれなかった。「場所をあけてくれ」そういうと、サムはライラの隣に座った。ローファーを脱ぎ、脚をベッドにあげて伸ばした。

「きっと退屈するわよ」ライラは腰に当てるための枕をサムに渡した。

「そんなことはない」

「それほど長い作品じゃないから」

ライラはサムに寄り、パソコンで動画を開き、サムの膝に載せた。

「いま思うと――」

「緊張しなくてもいい」

「なぜもう一度見たいのか教えて」

「丘に行って、考えたことがあったんだ。きみは、あそこをわがもの顔でごみ捨て場にしていた連中のナンバープレートを撮影していただろう。連中の顔も映っているのかどうか、確かめたい」

「ああ、それなら映ってるわ。ほとんど全員が、撮影中に一度はカメラのほうを向いたもの。そこで一時停止すれば、顔がよくわかるわよ」

「そうか」サムはライラのほうを向いてほほえんだ。こんなにそばにいると、ライラの瞳の緑色の斑点《はんてん》まで見える。エメラルドだ。エメラルドの輝き。

「たいしたものだな」

「カメラのアングルが広いのよ」

「じゃあ、はじめるぞ」

ライラがうなずいたので、サムは再生ボタンをクリックした。

ふたりとも、黙ったままドキュメンタリーを見た。ライラは批評的な視点から見ていた。自分のハスキーな声に、内心げんなりした。それに、どうして二台のカメラで撮影しなかったのだろう？　一台は東に向けて、もう一台は西に向けて。ナレーションが長すぎるところも多々あるのに、気づいていなかった。

サムは、よくできたドキュメンタリーだと感想をいった。

「なぜそんなに緊張しながら見てたんだ？」

「あ、いや、あなたが見てたからよ」

サムは笑った。「人に見せるために撮ったんじゃないのか。とんでもないことが起きていると告発し、人々を動かすために」

「ええ、でも一緒に座って自分の作品を見て、批評を聞くことはないもの」

サムはパソコンを閉じ、ベッドの脇のテーブルに置いた。黙ってなにかを考えていたが、やがて口を開いた。「きみがあの公園をテーマに作品を撮っていることを知っている人間のうち、きみにそのことについて質問した者や、興味を示した者はいたか？」

「いいえ」

「アパートメントに侵入した二人組は、そのことを知り得ただろうか?」

「そうね。アパートにはファイルだのノートだの、大量に置いてあったもの。男たちが公園の名前を見かけたとしても不思議じゃないわ。わたしのノート類まで引っかきまわしていたと、シドニーがいっていたし、公園の昔といまの写真も置いてあったから」

「きみが公園に通っていたときに、尾行していたかもしれないな」

見張られていたと思うと、ライラは背筋が寒くなった。「たしかに、何度かだれかがいるような気がしたわ。でも、気のせいだと思ってた。公園が人の寄りつかない地域にあるから、緊張していたし」

「この動画ファイルをこっちのFBIの支局とDCのおれのオフィスに送ってもいいか」

「それが丘をきれいにすることの役に立つのなら」

「ああ、もちろんだ。しかるべき人に託そう」

ライラはよろこんだ。「よかった」

サムはファイルを送信した。「これでいい」パソコンをライラに返し、靴を履いたが、振り向いて彼女を見おろしたとたん、みぞおちが締めつけられるような気がした。この部屋を出ていきたくなかった。

ドアノブをつかもうとしたとき、ライラに呼ばれた。「サム」

サムは振り返った。「どうした?」いらだたしげに訊き返した。

「あなたにはほんとうに感謝してるって、わかってほしくて」

サムはこともなげに返した。「礼はいい。アレックに頼まれただけだ」

「わかってる、でも――」

「きみだから引き受けたわけじゃない」

「わたしはただ――」

「くそっ、ライラ、もう行ってもいいか」

サムにいきなり腹を立てられて、ライラもむっとした。「どうぞ。わたしのそばにいるのはこりごりみたいだから」

彼はベッドのそばに戻ってきて、ライラを見おろした。

「行って」ライラはもう一度行った。「あなたがいなくなっても、べつにさびしくないし」

「そうか」サムはライラを抱き寄せた。

24

長々と別れの挨拶《あいさつ》をするのが、サムの信条らしい。

サムはライラの顔を両手で挟んで屈むと、唇で唇をしっかりと封じ、舌をこすりあわせた。彼女のすべてを知りたかった。くまなくキスをし、ライラを完全に自分のものにしたかった。舌を何度も絡めあううちに、キスは激しく官能をそそるものになっていった。ライラはサムの首に両腕をまわし、髪に指を突っこんだ。すべてを忘れたかのように、サムにしがみつき、味わい、情熱に身を震わせた。

顔をあげると、サムはライラの顔に視線を走らせ、ふっくらとした唇を親指でゆっくりとなぞった。

「おれがいなくなったら、さびしくなるぞ」サムはライラの首の脇にキスをした。

「絶対にさびしくなんかならない」ライラはあえいだ。それだけいうのが精いっぱいだった。サムに耳たぶをかじられ、なにも考えられない。彼の唇が耳たぶから首のつけねの敏感な部分へと這っていき、溜息《ためいき》が漏れた。

「やわらかい肌だ」サムがささやいた。温かく甘い吐息がライラを震わせる。舌先でくすぐられ、肌が粟立《あわだ》った。

パジャマのなかにサムの両手がすべりこんできて、背中のくぼみからウエストの前へまわった。サムは乳房をなでながら、ふたたびライラの唇をとらえた。体を離したときには、彼もライラと同じくらい息を弾ませていた。ライラはまだ冷静なつもりだったが、ふと目をおろすと、いつのまにかパジャマのボタンをはずされていた。

「胸の鼓動がすごい」サムはライラの胸に手を当てた。「こっちまで感じる」

サムはライラの肌を体全体で感じたくなった。一歩さがってTシャツを脱ぎ、床に投げ捨てると、ジーンズのボタンをはずしはじめた。ライラがその手をどけた。サムの目をじっと見つめながら、ジーンズのなかに指を入れ、ひとつずつボタンをはずした。彼女の指が強すぎる刺激を引き起こす。その念入りでゆっくりとした動きは、サムをじらした。

「時間がかかりすぎだ」サムはぶっきらぼうにいった。

後ろポケットからコンドームを取り出し、ベッドサイドテーブルに放ると、ジーンズを脱いだ。

サムは少しもためらわなかった。ライラは彼の彫刻のような体を見つめながら、これならためらいがなくて当然だと思った。彼はギリシャの兵士のように、胸から脚まで引き締まったたくましい体をしている。強さが、力が伝わってくる。

「きみの番だ」

ライラは恥ずかしくはなかったが、サムも自分の体を気に入ってくれるかどうか気になって不安だった。パジャマの上を脱いでベッドに置き、ウエストの紐《ひも》をほどいた。足元にコットンの生地がたまった。一糸まとわぬ裸になり、生地の外に踏み出すと、サムのほうを向いて反応を待った。頬が熱くなるのを感じた。顔が赤くなっているかもしれない。

サムは欲望に貫かれ、歯を食いしばった。長い溜息をつく。「ああ、ライラ……きれいだ」こみあげる感情に、声が震えた。

手を伸ばし、ライラを抱き寄せた。やわらかな乳房に胸をこすられ、体じゅうを駆け巡る快感に、彼女をほしいと思う気持ちがますます強まった。

ライラはサムの胸に頬をすり寄せた。金色の毛に肌をくすぐられながら、彼の芳香を吸いこむ。背伸びをしてサムのあごにキスをし、首のつけねの脈打つ場所にも唇をつけた。

サムはじっとしていられなかった。ライラのおとがいを持ちあげ、貪欲にキスをしながらベッドに抱きあげ、体全体で覆いかぶさった。彼女をつぶさないように、両腕で上体を支えた。

ライラの目を見つめながらささやいた。「なにをしたいかいってくれ」

「こうしたい」ライラは答えながら、サムと唇をこすりあわせた。「わたしはこれが好き」

ライラはキスを深くし、舌でサムの口のなかを探った。彼の両肩をつかむ。焼けた鋼鉄のような体だ。キスは回を重ねるごとに熱くなっていく。

サムはペースを落とそうとした。ライラがじらそうとしているのなら、じつにうまくいっている。

「おれはこれがいい」サムはライラの乳房へ向かってゆっくりと唇を這わせた。胸の谷間にキスをし、左右の乳房に舌をすべらせた。ライラはそれが気に入ったらしく、しきりに身をよじり、弓なりになった。サムはさらに下へ進み、へそのまわりにキスを落としてなおも進んでいく。やがてライラが声をあげてサムの両肩に爪を立てた。サムは仰向けになってライラを体の上に引っぱりあげ、ほとんど獰猛《どうもう》といってもよいほど激しくキスをした。

「きみがほしい」サムがしわがれた声で告げた。

「まだだめ」ライラは自分がなにをいっているのか、ほとんどわかっていなかった。

自分のほうが先に突っ走ってしまうのはいやだ。ライラはサムの耳たぶに歯を立て、彼の体がこわばるのを感じて頬をゆるめた。サムの引き締まった腹からその下へ、キスと愛撫を繰り返す。いきなり仰向けに押し倒された。サムの動きは荒々しかったが、ライラも負けていない。両脚を広げられ、サムの首にしがみつき、期待に身を震わせた。ライラの脚のあいだにひざまずいたサムは、もう我慢ができなかった。ゆっくりと腰をこすりつけたが、とたんにライラが息を呑むのが聞こえた。サムは彼女の上からどき、ベッドサイドテーブルに手を伸ばした。

息を継いでいるライラにふたたび覆いかぶさり、抱きしめた。なんて抱き心地がいいんだろう。ライラが身をよじり、サムはそれ以上待てなくなった。深く貫く。時間をかけてよろこびを引き出すつもりだったが、ライラがきつく締めつけてくるので、長くはもちそうにない。腰を引いてまた突き入れる。ライラは両脚をサムに巻きつけた。サムの動きは、たががはずれたように激しさと速さを増していく。これほど強烈な情熱を覚えたことはない。いまにも呑みこまれてしまいそうだ。抑制がきかないまま、何度も腰を打ちつけた。

ライラもわれを忘れていた。絶頂にたどりつき、全身でサムを締めつけながら声をあげた。痛いのか？　ライラはサムの背中に爪を立て、のけぞることでその疑問に答えた。のぼりつめたライラの姿が、サムのクライマックスの引き金となった。快楽の大波がサムを襲う。はじめての体験だった。精力を余さず吸い取られ、ライラの上にくずおれた。首のつけねに顔をすりつける。息が切れ、動悸《どうき》はいつまでも鎮まらなかった。

ふたりの体は汗で光り、胸の鼓動は同じリズムを刻んでいた。

しばらくして、サムはようやくライラの上からおりると、黙ったまま起きあがり、バスルームへ行ってしまった。ライラは水音を聞き、シャワーを浴びているのだろうと思ったが、彼はすぐに戻ってきた。

ライラはうつぶせになっていたが、上掛けで体を隠してはいなかった。サムはほっとした。自分がいても、裸でくつろいでくれるのがうれしかった。

サムはライラの肩をたたいた。「ライラ」

ライラは顔をあげた。「なに？」

「成績をつけてやろうか？」

ライラはぽかんと口をあけてなにかいいかけたが、また口を閉じた。「いまなんていった？」

「成績。自分のパフォーマンスはよかったかどうか、知りたいだろう？」

ライラはあきれて言葉が出なかった。上体を起こして肘をつき、サムをにらむ。冗談のつもり？　サムの瞳が、いまにも笑いだしそうに輝いた。わかった、乗ってあげる。

「ええ、お願いします。ぜひ聞きたいわ。わたしはどうだった？　改善の余地はある？」

サムはライラの隣に寝そべり、頭の下に枕を敷いた。「熱意には高い点数をつけよう」

「ありがとう」

「それに、努力している様子もうかがえた」

「そう?」

「間違いない。きみの技術は平均以上だと断言できる」

サムは楽しそうだった。心から愉快そうに、ゆるゆると笑みを浮かべた。

「つまり、改善の余地はあると?」

「そこはおれも協力しよう」

「それはご親切に」ライラはにっこりと笑った。「今度はわたしがあなたに成績をつけるわ」

サムは覚悟を決めるかのように、両手を組みあわせた。「よし、心の準備ができた」

ライラはサムに覆いかぶさった。「ウォーミングアップとしては悪くなかったわ」

25

ライラはへとへとだった。午前二時ごろ、深い眠りに落ち、五時過ぎにまた首筋にキスをされて目を覚ました。

この人、超人だわ。サムが何度手を伸ばしてきたか、もはやわからなくなっている。三度？　四度？　いや、自分をごまかしてはいけない。ライラのほうから手を伸ばしたこともある。それでも……サムは眠らなくても平気なのだろうか？

「サム？」

「んん？」

「なにをしているの？」

「さよならの挨拶できみを起こそうとしている」

「それはもうしたんじゃない？」

ライラはサムの腕のなかで寝返りをうち、あなたは節度がないといってやろうとしたが、彼の体は温かく、眠たげな目とセクシーな口元を見たとたんに気が変わった。文句をいうかわりにキスをした。たぶん、節度がないのはわたしも同じ。

愛の行為は心地よいどころか、たがいを焼きつくすような激しいものだった。サムの手つきは優しかったが、内側は飢えていることが伝わってきた。ライラはどこまでも落ちていくような感覚に襲われた。それは怖くもあったが、同時によろこびももたらした。サムにしがみついていれば安心できる。

サムの絶頂は全身を揺るがし、いっそすがすがしいほどだった。サムは低くかすれた声でライラの名を呼び、彼女の腰を自分にきつく押しつけた。体力が戻ってきてから、体を起こしてライラのひたいにキスをした。無精ひげの生えたあごを、ライラの指先がなでる。やわらかな頬に触れた。「爪が痛くなかったか?」

ライラは目を閉じていて、サムの質問には答えなかった。「おやすみなさい」

一分もたたないうちに、ライラは熟睡していた。

サムはしぶしぶベッドを出て、シャワーを浴びた。後任が何時に来るのかわからないので、準備をしておきたかった。

ひげを剃《そ》り、荷物をまとめ、チノパンツをはいてから、銃のホルスターを装着した。靴とシャツはまだ身につけず、廊下に出ると、ライラの寝顔を見にいった。これが三度目で、われながらばかみたいだ。ライラはこのうえなくきれいだ。どこもかしこも完璧で……とにかくすごい。

ライラは大丈夫だ。アレックが、後任の護衛は――ブリック・ウィンターとかいうやつだ――しっかり仕事をする男だと請けあったのだから。ブリック・ウィンター。煉瓦《ブリック》とは、また妙な名前だ。身許を調べればよかった。アレックは心配ないといっていたが、自分で調べれば、気になるところが見つかったはずだ。それに、ブリックなんて名前の男のいうことをだれが信用する？　ハリウッドならいざ知らず、現実にはありえない。

サムはライラの部屋に入り、床に脱ぎ捨ててきた靴と服を取ってきた。荷物をすべて鞄《かばん》に詰め終えたとき、玄関をノックする音が聞こえた。裸足のまま、銃を固定するストラップをはずし、一階へおりた。覗き穴から相手を確認し、ドアをあけた。

玄関マットに立っている男を見て、サムは思った。こいつは映画スターか。いつもなら男の見てくれなど気にならないが、このブリックという男はまさに名前どおりの外見をしていた。一対一で格闘すれば、かなり手こずりそうだ。でも、負けないけどな。絶対に。

後任の評価は一瞬で固まった。ブリックほど顔立ちのととのった男に、どこかでお目にかかったことはあっただろうか。映画のポスターくらいか。護衛として生計を立てている男にはめずらしい特徴だ。横顔はまるで彫刻のようで、いやになめらかだ。傷跡ひとつない。夜な夜な遅くまで見張りをするせいで、肌が荒れて目の下に隈《くま》ができているはずじゃないのか？　こいつは役者かモデルだ。次のアドベンチャー大作で役をもらうまでのつなぎとして、護衛のアルバイトをしているのだ。

ブリックは手を差し出し、きれいにそろった真っ白な歯をひらめかせてほほえんだ。それでサムの心は決まった。ライラをこんなやつにまかせて安全なわけがない。

サムはブリックと握手をすると、じつは護衛は必要なかったのに手違いで呼んでしまったと告げながら、彼の肩を力強くたたいてくるりとむこうを向かせた。ご足労ありがとうと礼をいい、当惑しているブリックを見送った。

あくびをしながらキッチンに入り、オレンジジュースを注いで一気に飲み干した。ライラとの一夜のせいで脱水状態だ。にんまりとほくそえむ。もう一日ここに残ることができる。ライラを狙っている連中を逮捕することすらできるかもしれない。そうすれば、ＤＣへ帰ったあとも彼女のことを心配せずにすむ。

よし、そうしよう。

ライラのために冷えたミネラルウォーターを二階へ持っていき、ベッドサイドテーブルに置くと、ズボンを脱いでベッドにもぐりこんだ。ライラが背中をこちらに向けていたので、彼女のウエストに腕をかけて引き寄せ、さらに二時間ほど眠った。

ライラが目を覚ましたのは、午前十時前だった。手を伸ばしたが、そこにサムの体はなく、彼が残していった温もりだけは感じた。目を閉じて耳を澄ます。家のなかで物音はしない。サムは行ってしまったのだ。わかっていたことだ。朝になったら出ていくと、サムはあらかじめ告げていた。だから、素敵なお別れの挨拶をしたのだ。

最初にさびしさと闘い、それから深い悲しみに落ち、次に胸の痛みと後悔を味わい、最後に憤慨した。置いていくなんてあんまりじゃない？　たしかに、サムには仕事がある、でもひとことといってくれてもよかったはず……って、なにを？　また会おう、とか？　そんな言葉は嘘になる。仕事が終わったら二度と会うことはないと、サムは最初からはっきりさせていた。

長々とシャワーを浴びても、気分は晴れなかった。髪を乾かし終えたころには、前に進もうと心が決まった。こんなふうに簡単に捨てることができるのなら、サムにとって自分は一夜の相手にすぎなかったのだ。

「あんな人、いなくなってよかったのよ」ぶつぶつとつぶやく。リップグロスを塗り、鏡のなかの自分を見つめてつけくわえた。「せいせいした」

残念ながら、それはライラ自身にも見え透《す》いた嘘だった。

そろそろ一階へおりて、新しい護衛と対面しなければならない。パソコンをリュックに入れ、携帯電話を充電器からはずし、階段をおりた。リュックをソファの脇に置いて、キッチンへ向かう。

「こんにちは」

キッチンに入り、ぴたりと足を止めた。サムがカウンターに寄りかかり、パックからじかに牛乳を飲んでいた。ライラはぽかんと口をあけた。「いたの」

サムの目つきに、ゆうべの記憶がどっとよみがえってきた。胸が高鳴っている。彼に飛びつき、いてくれてうれしいといいたかったが、弱みは見せたくなかった。

牛乳パックに手を伸ばし、慎重にひと口飲んだ。「朝のうちに出ていくんじゃなかったの」

「問題があって交代しなかった」サムは肩をすくめた。牛乳パックを取り戻してカウンターに置くと、ライラを抱き寄せてキスをした。

電話が鳴った。

サムは体を引いた。「おれのか、きみのか？」

「わたしのよ」ライラは溜息をついた。

居間へ行き、リュックから携帯電話を取り出して発信者を確かめた。「うう、やめてよ」とうめく。

「どうした？」キッチンからサムが尋ねた。

「ヘンリー神父から。また祖母がやらかしたんだわ」

サムが見ていると、ライラは最初こそいらだっていたが、神父の話を聞いているうちに、不安そうな顔つきに変わった。話が終わると、ライラは電話をリュックに入れていった。

「サンディエゴまで行かなければならなくなったわ」

「いつだ？」

「いますぐ」

「わかった。理由を聞かせてくれ。どうしたんだ？」

ライラは髪をかきあげた。「荷物をまとめてくるわ」

サムは前を通り過ぎようとする彼女を引き止めた。「理由をいってくれないか」穏やかに繰り返した。

「聖水のことだと思ったの」

「なんだって？」

「教会の聖水。ジジは——祖母のことだけど——ときどき聖水を盗むのよ」

「なるほど」と答えたものの、正直なところさっぱりわからない。

「だけど、今度は聖水のことじゃなかった。まあ、ペチュニアのためにほんの少しもらってたみたいなんだけど」

なんの話だ？　車に乗ってから、もっと詳しい話を聞くしかない。ライラはうろたえて、順序だった説明ができないようだ。サムはまず、基本的な事実を聞くことにした。

「聖水じゃなかったら、なにが問題なんだ？」

「神父はジジとランチをとっていたの。ジジの料理が大好きだから、ジジのほうからランチに招待したの」

「うん」

「神父がポーチのブランコに座ってアイスティーを飲んでいたら、家の前をやけにゆっくりと車が通り過ぎた。そして、助手席に乗っている男が、ジジの家をじっと見ていた。しばらくして、その車がまた通り過ぎた。神父はナンバーを確かめようとしたけれど、泥汚れで見えなかった。神父は、なにか目的があるんじゃないかという気がして、念のために家のなかに入って、窓から様子をうかがったの。そうしたら、案の定その車がまた来た。今度はひとりが降りてきて、ジジの郵便箱のなかを覗いた。神父は急いで外に出て、郵便箱を覗くとはなにごとだ、プライバシーの侵害だとどなりつけてやったそうなの。男はプレスコットという家を探していただけだとどなり返してきたそうよ。おれたちをなめたらひどい目にあうって、このうちの女にいっとけって。神父が警察を呼ぶぞと叫んだら、男たちは車で逃げたらしいわ」

「ほんとうに警察を呼んだのか?」

「いいえ、わたしに電話をかけてきた。なにかあったら、まずわたしに電話をかけるっていう約束なの」

なぜそんな約束をさせたのか不可解だったが、サムはライラがもう少し落ち着いてから尋ねることにした。ライラの両手は震えていた。

「どこに行くにも、おれがついていくことは承知済みじゃないのか」

「アレックがべつの護衛をつけてくれるはずだったのに」

「明日までだ。おれは明日までいる。明後日からべつの護衛がつく」

「祖母の家にもついてくるの?」

「そのとおりだ」

「延長になって怒ってない?」

「そんなことはない」アレックは鼻で笑った。「ちょっと予定が変更になっただけじゃないか」

ライラは二階へ階段を駆けのぼった。ジジの家に着替えは充分置いてあるので、荷物はたいして必要ない。

リビングへ戻ると、サムが自分の鞄を持って待っていた。急いでキッチンへいき、チョコバー数本を鞄のファスナーつきサイドポケットに突っこんだ。最後に息を継ぎ、「準備完了。行きましょう」

道路は混んでいて、サンディエゴまで永遠に着かないのではと思われた。車が進むにつれて、早くジジのもとへ行かなければというあせりがつのった。ロサンゼルスを出て一時間ほどたったとき、携帯電話が鳴った。発信者がジジだったので、ライラはすかさず応答した。

「ライラ、ジジよ」

「大丈夫なの？」

「なんにも問題ないわよ。ヘンリー神父は教会に帰らなければならなかったから、ハーラン・フィッシュウォーターが来てくれて、ここでお仕事をしているわ。ヘンリー神父にいわれて、あなたが帰ってくるまでいてくれるんですって。そこまでしてくれなくてもいいんだけどねえ。自分の面倒は自分で見られるわ」

「ジジ、もうすぐそっちに着くから。約束して、わたしが着くまでハーランを帰さないって」

「はいはい、約束するわ。でも、急がなくていいからね。なんにも心配することはないのよ。ほんとうに、わたしは大丈夫だから」

電話が切れ、ライラはぐったりとシートにもたれた。ジジがとても冷静でいることに安心はしたが、やはり心配なものは心配だ。

ライラはサムに目をやった。「ジジが、急がなくていいって。自分の面倒は自分で見られるっていうの」

「気丈な人だな」

「ええ」

しばらく考えてから言葉を継いだ。「サム、ヘンリー神父にどなった男は、自分たちをなめたらひどい目にあうところのうちの女に伝えろっていったのよね。それはつまり、わたしのことだわ。わたしのアパートメントに侵入した二人組は、なにかを探していた。それをわたしがジジの家に持っていったと考えているのかもしれない」

「それはありうるな」

「どうやら彼らは、なにか価値のあるものを探している」ライラはつづけた。「他人はともかく、彼らにとって価値のあるもの」

「きみは、だれかに狙われるような価値のあるものは持っていないといっていなかったか」

ライラは、不意に頭のなかで電球がともったかのように、さっと体を起こした。「持ってたわ」とつぶやく。「本よ」

「ヤードセールでもらった本か？」

「そう、とても価値のあるものばかりだった。どのくらいの値がつくのかはわからないけれど、古典的なもののサイン入り初版本は何千ドルもするわ。いまわかった。連中は本を取り戻したいのよ」

「でも、なぜおばあさんの家にあると思われたんだろう？」

「ヤードセールのあと、サンディエゴに行ったから」事実に気づき、ライラは一瞬黙った。

「ああ。わたし、尾行されてたんだ」

26

「家族のことを教えてくれないか」サムはほかの車のあいだを縫うように運転しながら尋ねた。

「例の資料にはなかったの？　ちなみに、資料っていつ作られたの？」

「アパートメントの侵入事件が起きたとき」

「そう」

サムは笑った。「なんだかがっかりしたようだな」

「そっちの車線に入ったほうがいいわよ」

ジジの家のある通りに入る曲がり角に近づき、ライラはようやく落ち着きはじめた。もうすぐ、ジジの元気な姿をこの目で確かめることができる。

「家族のことは話したわ。兄がふたり、祖母がわたしたちを育ててくれた……ほかになにが知りたいの?」

「ご両親はいつ、正式に〝あの人たち〟になったのか」

「あの人たちが、祖母が自力で生活できなくなったと認定してもらおうとしたとき。祖父がひとり息子に残した充分過ぎるほどの信託財産を使い果たして、あの人たちはつつましく暮らさなければならなくなった。贅沢《ぜいたく》を我慢しなければならないっていうわけ」

「農場は?」

「祖父が亡くなる前に、わたしたち兄妹が譲り受けた」

「じゃあ、親父さんはどんな仕事をしているんだ?」

「なにも。ゴルフをして、人と会って。社交大好きな人種なのよ」

「親なんだから、なんだかんだいっても愛情はあるだろう」サムはさらりといったが、疑念が言外ににじんでいた。

「祖母に害を与えなければね……よりによって、お金がめあてだもの」

「お兄さんたちはどう思ってるんだ?」

ライラはほほえんだ。「兄たちもジジに育てられたのよ。ジジをどこかに収容させるわけがないわ。ふたりが味方してくれてよかった。あの信号を右よ」と指示する。「あなたはひとり息子だから、ご両親とは仲がいいんでしょうね」

「いいよ」

「子どものころ、さびしくなかった?」

「ときどきは。きみはどうなんだ? 女の子ひとりだし……」

「兄たちと仲がよかったもの。小さいころは、追いかけまわしていらいらさせたものだけど」つかのまテキサスの農場がなつかしくなり、窓の外へ視線を向けた。

「妻のベスには、男きょうだいも女きょうだいもいた」

サムが妻の名前を口にしたのははじめてだった。ライラは、彼が悲しげな目をしているのではないかと振り向いたが、思い出にほほえみながら運転をつづけていた。

「奥さまのごきょうだいとも仲がよかったの?」

「女きょうだいはすぐに気に入ってくれた。男きょうだいは少し時間がかかったな。まだ若かったから。たぶん、結婚には若すぎたかもしれない。でも、三年間一緒に暮らした」

ライラは膝の上で両手を重ねた。「年齢は関係ないわ。奥さまが愛する人だったんだもの」

サムは笑った。「ロマンティックだな、ライラ」

たしかにそうだが、悪いことではないと思う。理想の愛を求めてなにが悪いの?

「きみのお兄さんが……」サムがいった。

「なに?」

「そろそろ電話をかけてくる」

「なぜ?」

「いまごろ二名のFBI捜査官がテキサスの農場にお邪魔している。きみが送った段ボール箱をもらいに」

「お願いだから、オウエンとクーパーには侵入事件のことは内緒にするっていって」

「そうはいかないかもな」

「そうはいかないかもな?」ライラは大声をあげた。「ふたりのことを知らないからそんなことをいうのよ。ふたりとも逆上するわ」

「心配する理由があるからじゃないのか」

「ジジを農場に呼ぶかもしれない。それは悪くないわね。ジジといえば……あらかじめ、あなたにいっておきたいことがあるの」

「なんだ?」

「民主党支持者になって。ほんとうにそうかどうかはどうでもいいの。とにかく、祖母といるときは筋金入りの民主党支持者でいたほうがいいってこと」

「なぜ?」サムは一瞬、道路から目をそらしてライラを見た。

「いろいろ面倒くさいから」

「セックスの話はしない」

「ほかには？」

サムは笑いすぎて涙をにじませた。「車をぶつけちまう。おれがおばあさんにセックスの話をすると思うか？」

「とにかくしないで。ジジはお堅い人じゃないけど、とにかくだめ。ある晩、ジジはわたしの寝室に入ってきて――」

「男と一緒だったのか」

「そんなわけないでしょ！」ライラは叫んだ。「ジジの家にいたんだから」

「だったら、なにがあったんだ？」

「わたしがなにかを着て眠るのが嫌いだっていうことがばれちゃった」

「おお、ジジとおれの共通点だ。おれもそのことは知ってる。これで話題ができた」

ライラはからかいを聞き流した。「その晩から、ジジはことあるごとに昔風のパジャマを買ってくるの」

サムは真顔になった。「きみのことは、ジジにも話さなければならない」

「わかってる。わたしもそうするつもり。わたしたち、隠しごとはしないの。ただ、ジジを心配させたくないし、危険に巻きこみたくない」

「きみのせいじゃないんだ」

サムはライラの目が不安そうになっていくことに気づいた。「まあ、深刻な話をすませたら、お天気の話でもするさ。ほかには?」

「料理。ジジの料理はすごいのよ。明日までに三キロ太るわよ」

「ジジとなんの話をすればいいのかは心得てる」サムがにやりと笑っていった。

「なんの話をするの?」ライラは警戒して尋ねた。

「長いお別れの話」サムは手を伸ばし、ライラの膝をなであげた。「すごく長いお別れの話なんかどうだろう?」

ライラはぴしゃりとサムの手を払いのけた。「長いお別れといえば……いつ新しい人と交代するの?」

「アレックと相談してから話す」話を変えるために、サムはあわてて尋ねた。「そろそろじゃないのか?」

「すぐそこ。突き当たりがジジの家よ。裏手に車を駐められるわ」

ジジが勝手口をあけ、ポーチに立ってふたりを出迎えた。車から近づいてくるふたりに、さっそく話しかけた。「いつだってあなたに会えるのはうれしいけどね、ライラ、わたしひとりじゃ自分の面倒も見られないと思われてるのが悔しいのよ。なにもかもほったらかして、ここまで車を運転してくることはなかったのに。わたしは完璧に自分の面倒を見られるわ」

ライラはジジの頰にキスをした。「わかってる。でも、わたしのほうでもちょっと事件があって、そのことを話したかったの」

ライラはふたりの荷物を持ってきたサムをジジに紹介した。「FBI捜査官のサム・キンケイドよ。サム、こちらがジジ」

サムは鞄を置き、ジジと握手をした。「お目にかかれてよかった」

「FBI捜査官? その訛《なま》り。スコットランド系?」

サムはほほえんだ。「ええ、そうです」

「あら、お行儀を忘れてたわ。どうぞ、入って」

ジジは脇へどき、ドアを押さえた。「キンケイド捜査官、今夜は泊まっていくの?」

「ええ」

ジジはまばたきひとつしなかった。「ライラ、捜査官をお客さま用の寝室へご案内してあげて」

「サムと呼んでください」

「わかったわ。ひとつ訊きたいことがあるの」

ライラは、ジジにはひとつどころか百個もの質問があるはずだが、夕食後まで待つつもりだろうと考えた。サムは根掘り葉掘り生い立ちを訊かれるに違いない。

「なんでしょう?」

「いまは勤務中なの?」

サムはうなずいた。「はい」

「ライラが仕事?」

「そういうことです」

「アイスティーを淹《い》れるわ」

ライラはサムを二階へ連れていった。またどこかをリフォームしているらしく、金槌《かなづち》でたたく音がした。ライラは、淡いブルーで統一された寝室に入った。クイーンサイズのベッドはサムには狭すぎるかもしれないが、マットレスの弾力はちょうどよい。バスルームは共同であることを、サムに説明した。

古い家の床板をきしませながら、サムは廊下を通ってライラの寝室へ鞄を運んだ。寝室の壁は淡い黄色だった。寝具とカーテンは白で、ドレッサーの上のトレイには香水瓶が並び、女らしい部屋だ。サムは鞄を椅子に置き、ライラのあとから部屋を出た。ライラが急に振り向いたので、ふたりはぶつかりそうになり、サムはあわてて彼女の腕をつかんだ。ふたりともそのまま離れなかった。ライラが顔をあげたとたん、サムは我慢できなくなった。両手で彼女の顔を挟み、そっとキスをした。

ライラも思わずキスを返した。彼に両腕をまわしたとたん、ジジの声がした。「ライラ、二階は暑すぎないかしら」

サムが体を離した。「もっと暑くなりそうだ」

「いいえ、大丈夫。ほら、家のなかを案内するわ」

ジジの家は、ライラいわく〝直列つなぎ〟だった。玄関をあけるとリビング、リビングの奥がダイニング、ダイニングの奥がキッチンだ。ジジはキッチンの奥にある小さな部屋を寝室にしている。

「ジジの部屋はこの廊下の突き当たりで、そのむかいがバスルーム」ライラは指をさした。

金槌の音がどんどん大きくなっていく。

エプロン姿のジジが、布巾《ふきん》で両手を拭きながら出てきた。「アイスティーをどうぞ」

大工のハーランが地下室からあがってきて、ライラに挨拶し、サムに紹介された。

「アイスティーはいかが、ハーラン？」

「遠慮するよ。子どもを迎えにいかなければならないんだ。時間がぎりぎりなんだよ」

「そう」ジジがいった。「じゃあ、また明日の朝に」

「明日は遅くなるよ。新しい棚の材料を取りにいかなくちゃ」

サムはハーランを玄関へ送っていき、ポーチでしばらくしゃべっていた。

「キンケイド捜査官は色男ねえ」ジジが開いたドアのむこうを眺めながらいった。「そう思わない？」

「思うわ」

「わたしは夕食後まで待つ気はありませんからね、ライラ。なにかあったのなら、いまからぜひ聞かせてもらうわ」

ライラはサムが戻ってくるのを待った。ジジはふたりとテーブルを挟んで座った。

「どこからはじめればいい？」ライラはサムに尋ねた。

「ヤードセールだな」

ライラがここ数日間のできごとを語るあいだ、ジジは黙ってじっと耳を傾けていた。話が終わると、両手をテーブルの上に重ねて、しばらく考えこんだ。

「あなたもシドニーも無事で、ほんとうによかった」また少し考えてから言葉を継いだ。

「それで、今日ここに現れた二人組は、あなたが段ボール箱に詰めて農場へ送ったものを探しているっていうのね？」

「その可能性が高いんです」サムが答えた。「ロサンゼルスの警察に伝えて、捜査員を向かわせました。こちらの警察も警戒にあたることになっています」

「サムはアレック・ブキャナンの親友なの。しばらくわたしの護衛をしてくれているの」

ジジはサムの手を軽くたたいた。「よかった、ライラは信頼できる人に守られているようね」

ジジが冷静そのものなので、ライラはほっとした。「ポーチでアイスティーを飲まない？ ここは少し狭苦しいわ」

「お先にどうぞ。わたしは空気を入れ換えるから」ジジがいった。

サムはライラと並んでブランコに座り、腕を背もたれにかけた。ときどき、ライラの首筋をなでた。

ジジが現れた。「こんな庭を見せなきゃならないなんて、ほんとうに残念。ひどいありさまでしょう。どうしてなにも育たないのかしら。二年前からよ！ 以前はきれいな庭だったのよ、そうでしょう、ライラ？ 聖水も効き目がないし」

サムはブランコから立ちあがり、ジジと一緒に階段をおりた。屈んで植物の葉を一枚摘み、目の前に掲げてしげしげと眺めた。それから片方の膝をついて、地面を少し掘った。

「なにかまいていますか？」

「もちろん、聖水だけど……」ジジはだれでもそうするものだといわんばかりに答えた。

「聖水のほかには?」

「去年はいろいろな肥料や殺菌剤を試してみたわ。でも今年は聖水だけよ」

サムはジジの腕を取り、ポーチへ戻った。

「わたしの緑の親指はどうなっちゃったの?」ジジが尋ねた。

ライラはジジに同情した。「来年はたぶん……」

サムは、この賢いふたりがわかっていないことにあきれた。

「毒だよ」

ジジは腰をおろし、サムのほうを向いた。「サム、悪いけど、いまなんていった?」

「毒です」

ジジは打ちあげ花火のようにさっと立ちあがった。「だれかがわたしの花に毒をまいてるの?」

「実際には、花ではなく土にまいているんです」

ライラはサムをつついた。「それ、ほんとうなの?」

「おいおい、見てみろ。だれかが土に除草剤をまいてるから」

「ライラ」ジジは憤慨して息が荒くなっている。

「はい、ジジ」ライラは生まれてこの方、ジジのこの目つきをほんの二回くらいしか見たことがないが、この先どうなるのかはわかっていた。

「わたしの38口径を取ってきてちょうだい」

27

なだめ役のライラがいなければ、ジジは銃を取ってきて庭を突っ切り、隣人宅へ乱入していただろうと、サムは思った。ほんとうに引き金を引いたかどうかはともかく、ためらいもなく銃を脅しの道具にしたに違いない。

「ミセス・キャストマンが花を枯らした張本人だって、どうして決めつけるの?」ライラが尋ねた。

ジジはいらいらと歩きまわっていたが、つかのま足を止めて答えた。「決まってるわ! ほかにこんなひどい人がいる? うちの庭を見てやけに気の毒そうにするけど、なにかおかしいって思ってたのよ」

そして、隣人の甘ったるい声をまねた。『んまああ、今年はおたくのペチュニア、こんなになっちゃってほんっとうにお気の毒だわあ。たぶん園芸店から悪い苗を売りつけられたのよ。あんなに苦労してらしたのに、成果が見られないなんてざーんねんねえ。ぜーったい来年はうまくいくわよ』間違いないわ、あの女が教会から水の入った瓶をこれ見よがしに運び出していたのは、わたしをかつぐためだったんだわ。隣の庭に行って、植えてある花を一本残らず引っこ抜いてやろうかしら」

階段を一段おりたジジを、サムはあわてて追いかけた。するりとジジの腕を取り、軽く手をたたく。「いやいや、ジジ、べつの方法を考えてみませんか。ミセス・キャストマンに罪を認めさせたいでしょう?」

ジジは立ち止まって考えた。「そうね、あの人と同じやり方であの人の庭をめちゃくちゃにしたら、絶対に自分がやったとは認めないでしょうね」涙を浮かべて、しおれて枯れた花を眺めた。「隣の庭を荒らしても、あの子たちは生き返らないんだし」

「そうですよ」サムはいった。

ジジは胸を張り、復讐心に燃えた瞳をサムに向けた。「わたしたちになにができる?」

「ちょっとした工作が必要ですね」

「FBIの工作みたいな?」

「そのとおりです」サムはジジをポーチの上へ連れ戻した。

ジジはFBI捜査官を味方につけて、このうえなく心強そうだった。三人は日暮れまで話しあい、水平線に日が沈むのを眺めた。

サムもライラも、とくに空腹ではなかったが、しばらくしてジジにダイニングへ呼ばれ、焼きたてのパンとチャウダーを目の前に置かれると、がぜん食欲がわいてきた。

「長い一日だったわ」ジジがいった。「わたしは休ませてもらうわね」

ライラは食器を片付け、伸びをしながらあくびをした。「わたしもそろそろ休むわ」サムの頬にキスをし、二階へあがった。

サムの携帯電話にメールが届いた。アレックから、なぜ護衛を追い返したのかと尋ねられたのは、これで三度目だった。サムはこれ以上先延ばしできないと思い、ポーチに出てアレックに電話をかけた。

「どういうことだ、サム？」アレックは、電話に出るなり問いただした。

「電話をくれたか？」

「ブリックのどこが気に入らないんだ？」

「あれはだめだ」

「どこがだめなんだ？」アレックはいらだちもあらわに声を荒らげた。

「ライラをまかせる気にはなれなかった」

「ははあ」アレックは心惹《ひ》かれる事実を発見したかのように、語尾を伸ばした。

「なんだ?」サムはむっとした。アレックにあれこれ憶測される前にいった。「いまライラとサンディエゴにいる。いつロサンゼルスに戻るかは、まだわからない」

「車の下に爆発物を仕掛けられたという話は聞いた」アレックの声はまじめなものに戻った。「それに公園で狙撃されたそうだな。犯人は逮捕されたと聞いたが」

「だが、黙秘している」

「保釈されることはないさ」

だれがなんのためにライラを狙っているのか、ふたりはそれぞれに仮説を立てた。しばらくして、アレックが尋ねた。「仕事があるんじゃないのか? 講演をして、DCに帰らなければならないんだろう?」

「そうなんだが、あと一日二日はこっちにいられる。後任が必要になったら連絡する。たぶん明後日あたりだな」

「ブリックにまかせれば――」

「絶対にだめだ」サムはすかさずいった。「信頼できるとは思えない」

「なにをいってるんだ? 特殊部隊出身だぞ」

「もう切るぞ、アレック。また連絡する」

アレックはまだしゃべっていたが、サムは電話を切った。

すべてのドアに鍵がかかっているのを確認してから、二階へ寝る支度に行った。

バスルームを出たと同時に、ライラが寝室のドアをあけて出てきた。「タオルの場所を教えるのを忘れてた」

「自分で探したよ」

「そう、おやすみなさい」

ライラは部屋のなかに戻ってドアを閉めようとしたが、サムはまっすぐ近づいてきた。彼はチノパンツをはいているだけで上半身は裸だったが、きちんと服を着ていようが素っ裸だろうが関係ない。どちらにしても、ライラは彼の姿を見つめると息ができなくなる。サムはライラを部屋のなかへ追い詰め、静かにドアを閉めた。

ライラはかぶりを振った。「ジジの家ではだめよ」

「静かにすればいい」

サムはライラを抱き寄せると、首筋へ手をすべらせ、髪をそっと拳《こぶし》にからめとった。おたがいに手を添えて顔をあげさせ、唇をふさぐ。舌と舌がこすれあう。

ライラの抵抗は弱まりかけたが、まだ拒否するだけの気力は残っていた。「だめ、ここじゃ……」

「わかった、やめよう」

首に甘く歯を立てられ、つま先まで震えが走った。両の手のひらでサムの胸を押したが、キスはさらに強引になり、興奮を煽《あお》る。いつのまにかパジャマを脱がされていた。自分で脱いだのかもしれないが、サムも手を貸したかもしれない。

何度も唇がはすかいに合わさる。やわらかな乳房と胸板がこすれあい、サムはうめき声をあげた。愛撫する手がおりていき、ライラはサムの髪を引っぱり、じらすのはやめてほしいと懇願した。

「ベッドへ連れていって」きっぱりと告げた。

サムは二度、のぼりつめたライラの口をキスでふさがなければならなかった。サム自身の達し方も強烈で、全身でライラを抱きしめた。彼女の名前を叫びたかったが、首に顔をうずめてうなるだけにとどめた。

長いあいだ、ふたりは抱きあっていた。やがてサムはライラのひたいに優しくキスをし、おやすみとささやいて部屋を出ていった。

ライラはバスルームの水音を聞いた。胸の奥深くで、さびしさを感じた。サムが客用寝室に戻らなければならないのはわかっているが、ほんとうは同じベッドで眠りたかった。

ふと、それは愛情が欠乏している女の抱く感情ではないかと思った。よくないわ、と自分にいいきかせる。絶対によくない。さびしさにくよくよしながら眠りにつきたくなかったので、前向きなことを考えるようにした。溜息が出てしまうほど素敵なサムの笑顔や、周囲を警戒しているときの真剣な様子、そして危険に直面しても冷静そのものだったところ。うとうとと眠りかけたとき、サムがベッドにすべりこんできた。ライラは薄く目をあけた。ベッドサイドテーブルにサムの銃が置いてある。朝までここにいてくれるのだ。彼の腕が巻きついてくるのを感じながら、ライラは微笑を浮かべて眠りについた。

ドンドンという音で、ライラは目を覚ました。家が揺れているように感じ、一瞬、地震かと思った。さっと起きあがり、サムを探したが、部屋のなかにはいなかった。頭がはっきりしてくるにつれて、ドンドンという音が一定のリズムを刻んでいることに気づいた。音は一階から聞こえてくる。

やれやれ。ジジときたら、今度はハーランになにをさせているんだろう？　靴屋を開業できそうなほど、何段も棚をつけてもらったのに。あれ以上、増やせるとは思えないのだけれど。

ジジとふたりきりなら、ローブをはおって下へおりていくところだが、男がふたりもいるのに、きちんと服を着ないでおりていこうものなら、ジジは心臓発作を起こすだろう。ライラはぶつぶつ文句をいいながらシャワーを浴びにいき、白いブラウスを着て紺のスカートをはいた。階段をおりようとしたとき、サムが下からのぼってきた。満面に笑みを浮かべている。

とっさに怪しみ、ライラは尋ねた。「どうしたの?」

サムはかぶりを振った。「見にきてくれ」

ドンドンという音のするほうへ向かうと、ハーランがジジの寝室の壁に大きな穴をあけていた。透明なビニールシートを吊り、埃《ほこり》や石膏《せっこう》ボードの破片が舞い散らないようにしていた。ライラに気づくと、ハーランはマスクを取って手を振り、すぐに作業に戻った。

ライラはつかのまぽかんと突っ立っていたが、くるりと向きを変えてキッチンへ行った。オレンジジュースをグラスに注いでいると、ジジが入ってきた。

「おはよう。今日はお寝坊さんね。もう九時よ」

サムがドア枠にもたれて立っていた。ライラは椅子を引いて腰をおろしたが、ゆっくりと座っていることはできなかった。

「ハーランにまた棚を作ってもらっているの?」

「違うわよ。わたしの避難室《パニックルーム》」

ライラはさっと立ちあがり、その勢いでグラスを倒しそうになった。「なんですって? なにルーム?」

「パニックルーム。知ってるでしょう」

ライラはどすんと椅子に座りこみ、サムの顔を見あげた。

サムは胸の前で腕を組んだ。「昨日あんな話をしたものの、これはちょっとやりすぎじゃないかといったんだが……」

そうかしら？

ライラはテーブルのむこうで孫の感想を待ち構えているジジを見やった。「とってもいい考えだと思うわ」

ジジはうなずいた。「ほらね、サム。この子は賛成してくれたわ」にこにこしながら、ハーランの仕事ぶりを見にいった。

サムは椅子を引いてまたがり、背もたれに両手を重ねた。その両手にあごをのせ、ぼそりといった。「パニックルームだとさ」

「ええ、そうよ。いい考えじゃない？　たしかにこの家は狭いけど、ジジの寝室は充分な広さがあるし、クローゼットも余分についてる。パニックルームにちょうどいいじゃない。ジジも安心できるし」

サムはうなじをこすり、笑いだした。「どうやら、おれは隣の年老いたご婦人を脅して、ジジの花を枯らしたことを白状させなければならないみたいだ。いま思えば、パニックルームを造ると聞いてなんであんなに驚いたんだか。聖水の話を聞いたあとじゃ、なんてことのない話なのに」

ジジが戸口から顔を覗かせた。「ライラ、サム、トーストは食べる？」

「ありがとう、でもいいわ」

「サム、ライラにあのことは話した？」

「話そうとしていたところです」

ジジが廊下に消えてから、サムはライラに向きなおった。

「まだあるの？」ライラは尋ねた。「ハーランがほかになにか造るの？」

「きみのお兄さんたちがジジに電話をかけてきた。帰ってこいとのことだ。農場へ帰ってこいということだろう。お兄さんたちはアパートメントの侵入事件のことを……というか、なにもかも知ってしまったようだ」

「どうして？　だれがしゃべったの？」

ライラが怒りだす前に、サムはいった。「ＦＢＩ捜査官が例の段ボール箱を取りにいくという話はしただろう？」

「それで、兄さんたちにしゃべっちゃったの？」

「箱をもらうためにはしかたがない。勝手にきみのものを持ち出すわけにはいかないだろう」

「わたしから連絡しておけばよかった」

「またここに電話をかけてくるそうだ」

「兄さんたちのことはなんとかするわ」そう請けあったものの、ライラは兄たちと長時間やりあわなければならないのを覚悟した。ふたりとも、妹がおとなになって、なんでも自分で判断できるということをまだ呑みこめていないのだ。

「まだあるんだ」サムがそういったと同時に、ジジが空のコーヒーカップを持って戻ってきた。ふたりは気まずそうに視線を交わした。

おやおや。「なにがあったの？」

ジジが答えた。「あなたのお父さんとお母さんにも、事件のことがばれてしまったの」

ライラはがっくりと肩を落とした。「どうして？」

「FBIの方がちょうど農場にいらしたときに、クリストファーから電話がかかってきて、家政婦さんがしゃべっちゃったのよ。今日の午後、ジュディスとこっちへ来るわ」

ジジとサムはライラの反応を待った。ライラはなにもいわなかったが、じわじわと顔が赤くなり、あごに力が入った。ゆっくりと椅子を引いて立ちあがる。キッチンから出ていこうとするライラに、サムは尋ねた。「どこへ行くんだ？」

ライラは振り向きもせずに答えた。「ハーランに、一刻も早くパニックルームを完成させてって、いいにいくの」

28

ミセス・イーディス・キャストマンは、トランプの家よろしく簡単に崩れた。彼女は庭で花の手入れをしていたので、サムはドアをノックしてFBI捜査官であると名乗らずにすんだ。うまい具合に、銃は紺のスウェットシャツの下に隠れていたので、のんびりとキャストマン家の庭へ入っていった。まず花をほめてから、自分もガーデニングを少々たしなんでいるのだが、あなたほどの腕前がないので、なにか秘訣《ひけつ》を教えていただけないかと請うた。

ミセス・キャストマンは怪しむようにサムを見た。「あなた、外国の人?」

「はい」

「アメリカ人から仕事を奪いに来たんじゃないでしょうね?」

「違いますよ」

ミセス・キャストマンは眼鏡をはずし、エプロンでレンズを拭いた。鼻の両脇からあごまで深いしわが走り、口角は一度たりともあがったことがないように見えた。サムにはひと目で彼女の人となりがわかった。満たされていない女性だ。

彼女は、花を育てることが自分の誇りであり、よろこびだ、なぜなら花はよけいなことをしゃべらないからだといった。

サムはそれ以上、詳しい話を聞きたくなくて、わかったふりをしてうなずいた。

「だれもがわたしのように花を育てられるわけじゃないのよ」ミセス・キャストマンは得意げにいった。「お隣の枯れた花壇を見てごらんなさい。きれいに咲いたためしがないのよ」

「ひどいありさまですね」

「花が悪いんじゃないわ」ミセス・キャストマンはくすくす笑い、声をひそめた。「隣の人は、わたしが花に聖水をあげていると思いこんで、自分もそうしてるのよ」

この人は満たされていないだけではないようだと、サムは思った。他人が困っているのを見て楽しむ、意地の悪い女なのだ。

「あっ、あれを見てください！」サムは紫色の花を指さした。彼女の注意を庭に引き戻したかった。「あんなにすばらしい咲きっぷりのものは見たことがない。きっと、あなたのお世話がすばらしいんですね。うちの庭がここの半分でも美しくなるのなら、なんでも差し出すのになあ」

「あなた、お国に帰るんでしょう？」

「はい」

「それなら、わたしが花を育てるのになにを使っているのか教えてあげるわ。このあたりに住むんだったら教えないところだけど。上手になられたら困るもの」

サムとミセス・キャストマンが裏庭へ入っていくと、ジジの家の裏でハーランが石膏ボードをトラックの荷台に載せているところだった。たまたまそこで作業していたわけではない。あらかじめ、サムが自分以外の証人としてハーランに家の裏にいてほしいと頼んでおいたのだ。

「あの男、いつも隣に入り浸っているのよ」ミセス・キャストマンが声をひそめていい、ハーランのほうへあごをしゃくった。「なにをやってるのかわかってるけど、わたしは口をつぐんでるわ。さいわい、ここにはいつまでもいる予定ではないの。秋にペンシルヴァニアへ帰るのよ。この家も、若い夫婦に売ったわ。夫婦がこの家を見にきたとき、隣でなにをやってるのかはいわなかったけど」

ミセス・キャストマンが引っ越すと知ったら、ジジはよろこぶだろう。小さな裏庭へついていき、ミセス・キャストマンがガレージの扉をあけるのを待った。日差しの入るガレージで、彼女は持っていたじょうろをベンチに置いた。よどんだ空気のなか、土と肥料のにおいがこもっていた。ガーデニングの道具が古いテーブルの上に散らかっている。コンクリートの床には固形肥料の袋が置いてあり、壁の棚に液肥や殺菌剤の瓶が並んでいた。「わたしはね、特別に配合した肥料を使うのよ」ミセス・キャストマンは一本の瓶に手を伸ばした。「秘密の配合なの」彼女のよこしまな笑みを見て、サムは古いマッドサイエンティストの映画を思い出した。

ミセス・キャストマンがバケツに数種類の液体をそそいでいるあいだ、サムは脇にどいた。除草剤のラベルのついた黒い瓶が、よく見える場所にあった。

その瓶を取り、ミセス・キャストマンのほうへ差し出すと、静かに尋ねた。「この除草剤を隣の花にかけましたか、それとも土にまいただけですか?」

ミセス・キャストマンはさっと喉を手で押さえた。「なんですって? なんの話?」

彼女が瓶に手を伸ばした。サムはさっと瓶を引き、注意書きを読みあげた。「注意。本品が土に吸収されたら、その土壌ではその後一年間、植物が育たないことがあります」驚愕《きょうがく》の表情を浮かべているミセス・キャストマンに目を戻す。「つまり、年に一度、ミセス・プレスコットの庭にこれをまかなければならなかったんですね」

「わたしのものを勝手にいじる権利はないわ!」

「たまたま目に入るところにありましたのでね」サムは返した。「それに、あなたがここへ招き入れてくれた。そうだろう、ハーラン？」

ちょうどそのとき、ハーランがガレージの脇から戸口に姿を現した。

「で、でも……」ミセス・キャストマンが口ごもりながらいった。「わたしじゃない……」

「いえいえ、あなたでしょう、ミセス・キャストマン。もうお気づきでしょうが、証人もいるかもしれませんよ」サムは自分がすでに真実を知っているということをにおわせ、FBIのバッジを取り出した。「あなたには黙秘する権利が……」

「ちょっと待って。黙秘権ってどういうこと？　あなたは警官なの？」

「FBIです」

ミセス・キャストマンは、ひいっと息を呑んだ。視線があちこちに泳ぎ、必死に頭を働かせているのが見て取れた。「わたしは法律に違反することなんかなにもしてないわ。わたしがやったなんて、あの女がいってるんでしょう？　あの女に呼ばれたの？　もっとほかにやるべきことがあるでしょう、かわいそうな年寄りの女を逮捕するより――」

「いくつ法律違反をしたのか教えてあげましょうか？　不法侵入、器物損壊、それに――」

「もういい、もういいわ。わたしはそんなつもりはなかったのよ」

「そんなつもりはなく、なにをしたんですか？」彼女がやったことを認めるのを期待して訊《き》き返した。

「隣の花がしおれているのを見て……どっちみち枯れるんだから……刑務所には行きたくない！」ミセス・キャストマンは叫んだ。「どうすれば許してもらえるの？」

サムは考えるふりをした。「あなたを連行しないわけにはいきません。お隣の庭はめちゃくちゃになります。汚染された土を除去しなければならないので。それから、新しい土を入れて、花の苗を購入する費用もかかりますし――」

「わたしが払います」ミセス・キャストマンはあわてていった。「正しいことをやるわ。全部、土を入れ替えてもらうから」

サムはうなずいた。「わかりました。でもいっておきますが、あと一度でも隣の庭に足を踏み入れたら、今度こそ刑務所行きですよ」

ミセス・キャストマンが園芸店に電話をかけにそそくさと家へ入るのを見送り、サムはジジの裏庭に戻った。ハーランが勝手口の脇で待っていた。

「ありがとう、ハーラン」

「おれはなにもしちゃいないよ」

「ミセス・キャストマンは、自分がしたことを認めたのをきみに聞かれたとわかっている。もし彼女がまたなにかやったら、警察を呼んでくれ」

「ひねくれたばあさんだな」ハーランがいった。

サムは否定しなかった。

ジジの寝室へ戻っていくハーランに、サムは声をかけた。「もしライラの家族に、なにを造っているのか訊かれたら……」

「クローゼットと答えるよ」

サムはほほえんだ。「ライラにいわれて――」

「違うよ。おれも会ったことがあるんだ」

ライラはリビングのソファに座り、足をオットマンにのせていた。膝の上にパソコンを置き、ぶつぶつとつぶやきながら、すさまじい勢いでキーを打っている。

「大丈夫か？」サムは尋ねた。

ライラはモニターから顔をあげた。「子ども向けフィルムの脚本を書いているの。概要は一ダースほど作ったんだけど、どれも満足がいかなくて。なにを目指したいのか、自分でもよくわからないの」

「きみならきっとすごいものを思いつくさ」サムは確信をこめて励ました。

「ありがとう」ライラはサムの信頼に感謝したようだった。

ジジが地下室から洗濯したハンドタオルを抱えてあがってきた。リネンの棚までリビングを突っ切る途中で、サムの姿を認めた。

「ミセス・キャストマンに話をしてくれた？」

「しましたよ」

「白状した？」

「ええ」

「よかった」ジジはうなずいた。「お隣へ行って、安心させてあげることにするわ」タオルをソファのアームにかけ、意気揚々《ようよう》と玄関へ歩いていく。

サムはジジが外に出てしまう前に急いでつかまえた。「お怒りなのはわかりますが……怒るのは当然です。自宅の庭を荒らされて、苦労を台無しにされたんですから。でも、ミセス・キャストマンは土も花も弁償するといってます」

「それくらいはしてもらわないと」ジジは険しい口調でいった。

「もちろんです」サムはなだめた。頑固なジジと意地悪なミセス・キャストマンがいま顔を合わせたら、また大戦争が勃発《ぼっぱつ》するのは目に見えている。「ほんとうは証拠がほしいんですよね？　あなたは、ほんとうはガーデニングの名人だとみんなに知ってほしいんでしょう？」サムはジジに考えさせるため、いったん言葉を切った。「ミセス・キャストマンは、この家の庭を造りなおすために人を雇うことになるんですよ」

ジジの瞳に明かりがともった。「そのとおりよ。なぜあの人がうちの花壇を造りなおすのか、だれもが知るところとなる。たぶんハットフィールド園芸店を使うわ。町で一軒しかない園芸店だし、あの店の人たちはおしゃべりが好きだからね」ジジはにっこりと笑い、サムの頬をぽんぽんとたたいた。「ありがとう、サム」

ジジはタオルを抱えあげ、軽やかな足取りで廊下を歩いていった。

サムがジジを説得するさまを眺めていたライラは、すっかり感心していた。あのジジにいうことを聞かせるなんて。

サムは振り返り、ライラが笑みを浮かべて自分を見ていることに気づいた。「どうした？」

「ありがとう」

彼はほほえみ返した。「おれはジジが好きだよ」

29

クリストファーとジュディスのプレスコット夫妻はどうにも好感の持てない人たちだったが、そもそもサムは、感じのよい夫婦だろうとは思っていなかった。ステージに登場する役者よろしく、颯爽《さっそう》と家に入ってきたが、娘に挨拶もしなかった。サムはキッチンの入口に立ち、家族の再会を眺めた。ライラの両親について短くまとめるとすれば、上品ぶっていて、わざとらしく、見栄っ張りな感じの人たちとなるだろう。

ライラの母親は美人だった。顔には小じわひとつないが、サムの見たところ、皮膚科医と美容整形外科医のおかげらしい。父親は背が高くすらりとして、ゴルフ焼けしている。ふたりとも髪に金色の筋が混じっている——ひとりは美容院の染髪料、ひとりは日焼けによるものだ。

ライラは両親に似ていなかった。骨格も美しさも、年を取ってもきれいな祖母から受け継いだものだ。

ライラの父親は、ようやく娘に目をやった。「ライラ」

「お父さん」

「おばあちゃんはどこにいるんだ？」

「二階。電話中。終わったらおりてくるわ」

「こちらはどなた？」母親が尋ねた。「礼儀を思い出して、紹介してちょうだい」

ライラはサムのほうへ歩いていき、横に立って彼を両親に紹介した。以前は、父親は背が高いと思っていたが、握手をするためにサムと向かいあうと、ほとんど子どものように見えた。

「ＦＢＩか」父親がいった。「ライラを守るためにここまで一緒に来たわけだ。じつにストレスの多い仕事だな」

母親がミネラルウォーターを探しにキッチンへ行った。「ペリエはないの？」だれも答えない。アイスティーをグラスについでリビングへ戻った。「あなた、飲みものはいかが？」

「母さんの家に酒がないことは知っているだろう」

「ええ。アイスティーはどうかって訊いたつもりよ」

「いや、いまはいい。母さんはなにをぐずぐずしているんだ？ライラ、ちょっと見てきてくれ。わたしたちが来たのを知らないのかもしれない」

「知っていますよ」ジジがいいながらリビングに入ってきた。

「客を待たせるとは母さんらしくないね」クリストファーがジジの頰にキスをしながらいった。

「あなたは客じゃないわ、クリストファー。息子よ。こんにちは、ジュディス」

ジュディスもジジの頰にキスをした。

過去にいろいろあったにせよ、ジジが息子夫婦に会えてよろこんでいることは、サムにもわかった。ジジは安楽椅子に座り、息子夫婦のあわただしい毎日の話に耳を傾けていた。ときどき、ライラの両親は礼儀正しくサムを会話に誘い、意見を求めたり、生い立ちについて尋ねたりしたものの、たいていは自分たちのことを語るのに夢中だった。どこまでも自分たち中心のふたりが社交的で友人も多いということが、サムには驚きだった。ふたりは一度たりともライラに興味を示さず、元気にやっているのかと尋ねもしなかった。

「ラホヤの新しい家に引っ越しは終わったの?」ジジが尋ねた。

「まだです。でも、来週には引っ越しのトラックが来ます。経済的な問題ですわ、お義母《かあ》さま」ジュディスが悩ましげにいった。「わたしたち、ニューヨークの家を売らなければならなかったんです」

「あのペントハウスを？」

「ええ」ジュディスはうなだれた。

ライラはソファのサムの隣に座り、彼に体をあずけた。大声で笑いたくてたまらなかった。ペントハウスを売ったくらいで、家族が死んだような口ぶりじゃないの。

「いまどこに住んでいるの？」ジジは息子に尋ねた。

「ヒューストンのアパートメントだ」

「お義母さまをお迎えにきたんです」ジュディスがいった。

「そうなんだ」クリストファーがいった。「荷物をまとめてくれないか。明日の朝一番に出発しよう」

「わたしたち、今夜はコロナード・ホテルに泊まりますから」

「どこだろうが、わたしはあなたたちとは行きません。クリストファー、このことは裁判所で決着したはずよ。あなたたちにはわたしの生活を奪うことはできないわ」

「ぼくたちがこんなに心配しているのに、わからないのか？」

「なにが心配なの？」

「母さんさ」クリストファーは、誠意あふれる口調でいった。「ライラが悪いといいたいんじゃないよ」

ライラは溜息をつき、つぶやいた。「ほら来た。でも、でも……」

「でも、ライラが母さんを危険に巻きこんだわけだから」

「ライラが自分勝手だといってるわけじゃないんです」ジュディスが口を挟んだ。ライラのほうを一瞥《いちべつ》もせずにつづけた。「あの子は自分勝手なところなんてみじんもありませんからね」

「で、でも……」ライラはまたつぶやいた。

「でも、考えが足りないんです」ジュディスが締めくくった。

「ここへ何者かが脅迫にきたなんて……」クリストファーは、日焼けした顔を心配そうにゆがめ、かぶりを振った。「耐えられないよ、母さん」

「心配はいらないわ」ジジがいい、つつましく膝に両手を重ねた。「今夜はFBIの方が泊まってくださるし、明日から農場に行くの。さっき電話してたのはクーパーよ。キンケイド捜査官が犯人を捕まえるまで、農場にいればいいって。もちろん、捜査官が犯人を逮捕してくださるわ」にっこりとサムを見やる。「それに、お友達にも会いたいと思っていたところなのよ。この家は無人にはならないわ。毎日、ハーランが仕事に来てくれるの。いまね――」

ライラは口走った。「棚がたくさんある素敵なクローゼットを造ってもらってるのよ」

ジジはライラをにらんだ。「ちょっと、ライラ――」

「ジジ、今夜はスパゲティ・ディナーでしょう、そろそろ準備したほうがいいんじゃないかしら」

「あら、もうこんな時間。いつハーランがお迎えに来てもおかしくないわ」ジジはさっと立ちあがり、やはり立とうとした息子の肩をたたいた。

「出かけるのか?」クリストファーが尋ねた。

「修理屋と?」ジュディスが割りこんだ。

「工務店の店主よ」ジジは答えた。「もうすぐ、一家そろって迎えにきてくれるわ、セント・アグネスでご馳走してくれるの。早く着替えなきゃ。あなたたち、もっとまめに顔を見せなさいよ」

「脅迫者がうろついてるのに、外出なんかしないほうがいいだろう?」

「わたしに対する脅迫じゃないもの。それに、ハーランの家族と、何十人もの教会のお友達とご一緒するのよ。なにも心配いらないわ」

「でも、母さん……」

「じゃあまたね。コロナード・ホテルの滞在を楽しんで」

クリストファーが立ちあがった。「実の息子とたった一時間でも一緒にいられないのか?」

ライラの背中がこわばった。どの口でそんなことがいえるのだろう。お父さんこそ、おばあちゃんをほったらかしているくせに。反撃しようと身を乗り出したが、サムに腕を押さえられた。

「ライラ、あなたも教会のディナーに行くの?」ジュディスが尋ねた。「よかったら、ミスター・キンケイドと一緒に、ホテルのディナーに来てもいいわよ」

「この子をジジから離すべきだと思うんだ」クリストファーがいった。「この子のせいで危険に巻きこまれたんだから」

「わたしは、お父さんとも距離を置くべきだと思う」ライラがいった。

「クリス、この子のいうとおりよ」ジュディスがいった。「危険かもしれないわ。こちらのミスター・キンケイドのような護衛がわたしたちにはいないんですもの」

クリストファーがサムに向きなおった。「きみにもわかるだろう。母は年を取る一方で、ぼくたちは心配している。ぼくたちと一緒に暮らしたほうがいいと、母を説得したいんだ」

サムは肩をすくめた。「とても気丈な方だとお見受けしましたが」

両親が出ていくころには、ライラは叫びだしたくてたまらなくなっていた。ドアを閉めようとしたとき、母親がいった。「わたしたちはあきらめないわよ。ほんとうにジジのことが心配だし、ジジにとっても、わたしたちと一緒に暮らしたほうがずっと幸せなの。どうしてあなたがいつまでもわたしたちに反抗するのか知らないけど。わたしたちはただ、ジジの面倒を見たいだけなのに」

「違うわ」ライラは怒りをこめていった。「お母さんたちは、ジジに面倒を見てもらいたいんでしょう」

30

ライラは両親のふるまいが恥ずかしく、情けなかった。両親の人となりを変えることはできないし、そのことは受け入れているが、上っ面だけでジジが心配だなどといってのける両親を、サムには見られたくなかった。両親の偽善と強欲さには、胸が悪くなる。

子どもは両親を愛するものとされている。だからこそ、ライラは恥ずかしかった。どんどんお金を引き出そうと小細工ばかりしてきた両親を、どうしても愛することはできない。そして、両親もライラを愛していないことはたしかだ。両親が立ち去ったあと、ライラはサムの顔を見るのがつらかったが、顔をあげて彼の前を通り、キッチンへチョコレートを取りにいった。

サムはライラが気まずい思いをしているのを見て取り、両親とはべつの話題を振ってみた。「お兄さんたちとは話したのか?」

ライラはぎくりとした。「えっ？　ああ、クーパーと話したわ。兄さんたちの言葉を借りれば、〝ほとぼりが冷めるまで〟わたしも農場に来ればいいって」

「きみのことを心配しているんだな」

「ええ。でも、丁重に断ったわ」

サムはほほえんだ。「そうか。おれもきみに知らせたいことがある」

ライラの手を取り、ソファへ引っぱって隣に座らせた。開いた窓からさわやかな海風が吹きこみ、カーテンをはためかせた。さっきまで室内にたちこめていた緊張感がほどけていくのを感じるのは、心地よかった。

「どうぞ、話して」

「テキサスできみの段ボール箱を回収してきた捜査官から連絡があった。本もDVDもCDも残らずもらってきたそうだ。だが、めぼしいものはなかったらしい」

「本は高価なものばかりよ」

「ああ、そうだな。本はこれから鑑定することになっている」

「あの男たちが本をほしがっているのなら、なんとかして返す方法を考えれば……」

サムはかぶりを振った。「彼らの目当ては本じゃない。考えてみてくれ。殺人を犯す価値があるほどの本なのか？　違う、彼らはべつのものを探しているんだ」

ライラはしばし考え、がっかりしつつ答えた。「そうね。本には数千ドルの価値があるかもしれないけれど、そのために人殺しはしないわね。そうすると、基本的な疑問に立ち戻らなきゃ。彼らはなにが目的なのか?」

「わかるまであきらめないぞ」

サムはライラの頭をそっと自分の肩にあずけさせた。ふたりはそのまましばらくじっとしていた。

「ジジはいつまで農場にいるんだろう?」

「わからない。今夜は九時か九時半ごろ帰ってくるはずよ。ハーランと奥さんは、子どもを寝かしつけたいでしょうから」

「子どもは何人いるんだ?」

「五人」

「つまり、ジジはハーランに仕事を頼んで、彼を助けているわけだ」

ライラは体を起こしてサムの顔を見た。「わかった? ハーランはしばらく仕事にあぶれていたの。建築会社でがんばっていたんだけど、会社が倒産してしまった。たぶん、もう少しすれば職が見つかるだろうけど。それまでは……」

「パニックルームを造るんだな」

「ええ、やっぱりいい考えだと思うわ」

またサムの肩に頭をのせ、ライラは尋ねた。「サム、あなたはいつまでここにいるの？後任の人が来るのはいつ？」

「ロサンゼルスに戻ってからだ」サムはいった。「ジジを空港へ送ってから、おれたちもロサンゼルスに戻る」

「ジジが無事に飛行機に乗るのを見届けてからね」

「二階へ行こう」

「あら、だめよ。やめたほうがいいわ」

サムはライラを膝の上に抱きあげて両腕で包みこみ、熱いキスをした。ライラは抵抗できなかった。サムは素敵な味がする。

「二階へ行こう」サムはもう一度いい、またキスをした。

二階へ行くべきではない理由ならいくらでもあったが、結局ライラは折れた。

恥ずかしがらないでほしいというサムの望みどおりに、ライラはすべてをさらけ出した。

サムは、裸のライラも、のぼりつめたあとに全身をからめてくるところも好きだった。キスを重ねるごとに瞳が潤み、唇が赤く腫《は》れぼったくなっていくところも。ただ、終わったあとにベッドを出ていかなければならないことだけがいやだった。

ライラが服を着て一階におりたとほぼ同時に、ジジが帰宅した。

「お食事はすばらしかったわ、ほんとうに」ジジはそういいながら家に入ってきた。「ヘンリー神父もご満悦だった」

「それはよかったわ」

ジジはライラに近づき、眉をひそめた。「その顔はどうしたの？　赤くすりむけているように見えるけど」

ライラは頬に触れた。「そう？」

なぜそんなふうに見えるのかはわかっていた。サムの無精ひげのせいだ。悪さをした張本人は、ジジの真後ろでにやりと笑った。

「ライラ、明日あなたがロサンゼルスへ帰る前に小切手を持っていかせるって、ヘンリー神父に約束したわよ」

「はい。いくらお渡しすればいいの？」

「十万ドルでいいわ」

ライラはためらいなくうなずいた。いっさいの質問はなしだ。

「ハーランにも……」ジジはつづけた。

「農場へ行くから、前払いするんでしょう？」

ジジはうなずき、ハーランに払う金額を告げた。「それだけあれば、いまお願いしている仕事に必要な材料を買えるはずよ。三週間で仕上げなければならないの。フルタイムの仕事がはじまるから」

ライラは顔を輝かせた。「仕事が決まったの?」

「自分で会社を立ちあげることになったの。最初の仕事は、教区立学校の増築。ひどく手狭なのよ。明日、神父に会いにいったときに見せてもらいなさい」

ライラはサムに向きなおった。「セント・アグネスの教会も学校も古くてぼろぼろなの」

「お金のない教区だからね」ジジがつけくわえた。「みんな苦労しているわ」ライラの頬にキスをし、サムにも身を屈めるように手招きした。「わたしは休ませてもらうわね」

「ジジ、客用寝室で眠ってくれませんか」サムがいった。「ぼくはリビングのソファで休みますから」

ライラはいい考えだと思った。「ハーランは作業している場所にシートをかけてくれているけど、やっぱり埃は封じこめられないもの。寝室で眠るのはやめておいたほうがいいわ」

「でもサム、ソファじゃ寝心地がよくないでしょう」

「大丈夫ですよ。ぼくはどこでも眠れます」

「シーツを替えておいたわ」ライラはジジにいったが、嘘だった。サムは客用寝室で眠ったことがないので、シーツはまっさらだ。さいわい、ジジの家のシーツはすべて白一色だった。

ライラはジジが二階へ行くのを待ち、サムのそばへ行ってささやいた。「もうおふざけはだめよ」

「わかった」サムはライラを抱き寄せてキスをした。

「なにをしているの？」

「おふざけだ」

「わたしがいったのと反対のことをするのね。じゃあ、本心とは逆のことをいえばいいんだわ」

「いいね。なにかいってみてくれ」

サムの瞳が輝くのを見て、ライラの胸は高鳴った。「わかった。サム、いちゃいちゃしましょう」

「よしきた」サムはまたライラにキスをした。ただし、今度は長く激しかった。

体を離したとき、ライラは震えていた。「ジジの寝室のむかいにある戸棚に毛布が入ってる」彼を残していくのはいやだったが、気力を振り絞った。

そのあと、ライラはベッドのなかで眠れずに悶々《もんもん》としながら、サムが大切な存在になっていることをはじめて認めた。ずっと気持ちを封じこめていたが、もはや無視できないほどはっきりしている。彼を大切に思うのは当然だ。命を懸けて守ってくれるのだから。

ライラは寝心地を少しでもよくすべく、頭の下の枕をたたいてふくらませた。頭のなかをからっぽにしようとしたが、うまくいかなかった。いつのまにかサムのことを考えてしまう。

どんなときでも冷静なサムのおかげで、自分も落ち着いていられる。彼が少しも力まず、自信を持ってリードしてくれるので、うろたえようがないのだ。車の下に爆発物を発見し、爆弾処理班を呼んだと、平然と答えたこともあった。彼が動じないのに、ひとりで取り乱してもしかたがない。サムはなにごともなかったかのように、その場から連れ出してくれた。公園で撃たれたときも、彼は頼りがいがあった。

それに、さりげない冗談で笑わせてくれる。体の面では、地上でいちばんセクシーな男だと思う。これほど惹かれた人はサムのほかにいない。きらめくあの瞳で見つめられただけでとろけてしまう。

まだ眠れない。サムのことを考えるのをやめなければ。頭をからっぽにして、リラックスしようとした。だが、せいぜい一分もすれば、思いはまたサムへ戻っていく。これ以上、眠れない理由から目をそらすことはできない。眠れないのは、サムを愛しているからだ。

ばか。ほんとうにばかだ。ライラは自分に腹が立ってしかたがなかった。わかっていたはずなのに。サムは二度と結婚する気はないだろう。妻の名を口にするまでに時間がかかったことからもわかる。そう、彼との結婚などありえない。

結婚しない男と一緒に暮らすことはできない。そんなことをすれば、ジジを苦しめてしまう。そもそも、一緒に暮らそうとサムにいわれてもいない。ずっと一緒にいられる保証もないのにDCまで男を追いかけていくなんて、自分を大事にする女なら絶対にしないことだ。それにしても、普通こんなことを考えるのは、相手と知りあって一年はたってからではないだろうか。これでは早すぎる。

なんにせよ、なぜこんなことで悩むのだろう。悩んでも意味がないのに。サムを愛しているからなんなの？　鮫《さめ》よろしくジジを狙っている両親を寄せつけないようにするのは、自分の役目だ。一度は裁判沙汰《ざた》にもなった。隙を見せればまたやるだろう。兄たちは味方になってくれるが、いちばんの責任は自分にある。ジジが生きているかぎり、わたしが彼女を守り、面倒を見ていくのだ。

ライラは毛布をあごまで引っぱりあげ、息を吐いた。頭のなかで決着はついた。サムはいい人だけれど、結婚を前提とした関係に興味がないし、こっちもそうだ。そんなふうに結論づけると、ようやく浅い眠りについた。

翌朝、三人は荷物をまとめると、パニックルームの作業をしているハーランを残して空港へ向かった。サムとライラは、傾斜のついた通路の先へ消えていくジジを保安検査場から見送った。

空港を出て、セント・アグネスへ小切手を持っていった。黒いカソック姿のヘンリー神父が、校庭で休み時間中の子どもたちを見守っていた。神父が子どもたちに好かれていることはひと目でわかった。背中で両手を握りあわせて立っている神父に、子どもたちが次から次へと「神父さま、見て見て」とせがんだ。

ライラは、ぴょんぴょん飛び跳ねてなにかのゲームをしている一年生のグループに目をとめた。サムとヘンリー神父を置いて、一年生たちがなにをしているのか確かめに校庭を歩いていった。子どもたちは、自分たちが考案したゲームについてわれ先にと説明したがった。それぞれが矛盾したことをいうので、ルールの説明が終わるころには、子どもたち自身もよくわかっていないのだろうと、ライラは思った。すると、子どもたちは実際にやってみせはじめた。地面に描いた印《しるし》のまわりを走ったり跳ねたりして、子どもたちは新しいルールをいくつかつけくわえた。だが、なによりもライラを感心させたのは、子どもたちが一からゲームを作るのを心から楽しんでいることだった。

不意に、ショートフィルムの題材とタイトルが決まった。『遊びの技術』だ。子どもを何時間も座らせておくガジェットや電子ゲームは、ここにはない。テレビも。モーターで動くおもちゃも。高価なものはなにもない。あるのはただ、子どもたちの想像力だけだ。それなのにこれだけ楽しめていることは、大きなメッセージになる。

ライラはふたりの女の子と手をつなぎ、おしゃべりをしながらヘンリー神父のもとへ戻った。

サムは、子どもたちがライラの気を惹こうと張りあっている様子を眺めていた。ライラはひとりひとりの話に、こんなすごいことははじめて聞いたといわんばかりに反応した。その顔はよろこびにあふれていた。温かかった。子どもたちも、そんな彼女を好きにならずにはいられないようだった。

そしてサムも。

31

マイロはミスター・メリアムに激怒していた。ライラが何者かに殺されかけたのだ。だれに襲われたのかはわかりきっている。メリアムの操り人形、チャーリー・ブロディとルー・スタックだ。憤然とミスター・メリアムのオフィスに入り、つかつかとデスクへ近づいて辞意を表明しようとしたそのとき、メリアムが百ドル札の詰まった封筒を差し出した。

「なんですか、これは?」マイロは気勢をそがれて尋ねた。

「近ごろバタバタしていたからな、きみに今月分を払うのを忘れていた……ルーニーの件で手こずらせたたな」

「ああ。ありがとうございます」マイロも金をもらっていないことなどほとんど忘れていた。「まあ、大変なときでしたからね」いいながら、封筒を上着のポケットに突っこんだ。

ミスター・メリアムはいつも現金で報酬を払うので、マイロが彼に雇われていることを示す記録はない。以前のマイロは、ミスター・メリアムが自分のことを従業員名簿に載せられるような一人前の社員として認めていないからだ、恥ずべき仕事をさせているると考えているからだ、と思いこんでいた。だがその後、メリアムがマイロのためにそうしてくれているのだとわかった。現金で報酬をもらえば、税金の申告をする必要がない。ほんとうにこまやかな気遣いではないか。社長はじつに思慮深い人なのだ……いや、思慮深い人だったのに。

「なにか進展は?」ミスター・メリアムが尋ねた。

「まだなにも」

ミスター・メリアムは落胆をあらわにした。「あのDVDが外に漏れたら、わたしは破滅だ。チャーリーとスタックには、ルーニーのオフィスを徹底的に探させた。チャーリーの話では、その自社ビルはそこらじゅうがらくただらけだったそうだ。いまのところ、手がかりもない。どうやらあのビルも燃やしてしまわなければならないらしい。ところで、ヤードセールに来ていた娘はどうなった? DVDも本も、他人の手に渡っていないというのは確実なのか? だれかが持ち出した可能性もあるだろう。わたしはもう終わりだ、マイロ、破滅だ」

「そんなことはありませんよ」マイロはミスター・メリアムが少し気の毒になった。「おれがルーニーの家に着いたとき、バブズはヤードセールをはじめたばかりで——いや、持ってけドロボー祭りっていうべきですかね——客たちは金目のものを狙ってました。まあ、しまいにはがらくたをつかまされたやつもいたかもしれませんが、あの古本の山にはだれひとり見向きもしなかった——薄型のテレビやらなんやらが、どんどん運び出されてくるんですからね」

「では、DVDはルーニーの家で燃えてしまったか、娘が持っていって、まだ中身を見ていないか、そのどちらかだろう。もし娘が持っているのなら、わたしはもはや刑務所のなかにいるも同然だ。そろそろこの部屋も片付けに取りかかったほうがよさそうだな」

「また火事を起こすんですか?」マイロは尋ねた。「そりゃまずいんじゃないですかね。火事が三度ですよ。ルーニーの家、ルーニーの会社のビル、ここ。社長、いくらなんでも三度も火事があったら、警察も怪しむんじゃないですか?」

「違う違う、ここは燃やさない。いくつか始末しなければならないものがあるだけだ。ほとんどは形を残さずに処分できるものばかりだが、金庫が一台あってね。もともとよそのオフィスにあったんだが、不幸な事故が起きた。持ち主が二十階の窓から転落したんだよ。部屋に開いたままの金庫が残されていて、わたしはちょうど金庫が必要だったので、ちょっといただいてきたというわけだ。あいにく、そのときは金庫に持ち主の名前が彫りこんであったとは知らなくてね。そいつを捨てる場所を見つけなければならないんだ」

「どうやって運ぶんですか？」

「ルーニーのオフィスにあったものほど大きくないからね。力持ちがふたりもいれば運べる」

「その金庫が盗まれるのを心配しているんですか？」

メリアムは鼻で笑った。「これでもわたしは有名なのだよ、マイロ、きみのおかげでね。わたしになめたまねをしようものなら、きみかチャーリーかスタックに狙われることになると、だれでも知っている」

メリアムがほめ言葉のつもりでそういったのだとマイロもわかっていたが、どこの馬の骨とも知れない新入りふたりとひとまとめにされるのは屈辱だった。

「パライソ・パークに捨てればいいですよ。チャーリーとスタックに聞いていませんかね」

マイロはいやみをいった。

ミスター・メリアムはかぶりを振った。「パライソ・パークとは？」

マイロは社長の顔をじっと見た。いぶかしげな表情をしている。パライソ・パークの襲撃について、社長が知らないわけがないのだが。

ミスター・メリアムがなにかいうのを待ったが、彼はマイロがおかしくなったのではないかといわんばかりに、ぽかんと見返すばかりだ。どうやら、演技ではないようだ。ほんとうに知らないらしい。では、チャーリーとスタックは、ライラをパライソ・パークまで尾行し、狙撃したことを社長に報告していないのだ。ライラが死ねば本とDVDのありかを聞き出すことができなくなる。そうなれば、ミスター・メリアムは激怒する。いますぐふたりの裏切りを社長に密告してもいいが、よくよく考えなければならない。チャーリーとスタックが勝手にライラを射殺しようとしたことを社長に暴露すれば、自分もパライソ・パークにいたことがばれてしまう。なぜそんなところへ行ったのか、どう説明すればいい？

とはいえ、すでにパライソ・パークの名前を持ち出したからには、せいぜい利用したほうがいいだろう。マイロは、そこがごみ捨て場になっていることを話した。「チャーリーとスタックに、金庫を埋めさせればいいですよ……どこか奥のほうに」

ミスター・メリアムは椅子の上で体を揺らし、ソーセージ大の指で机を小刻みにたたいた。

「ふむ。いずれ行政の連中が清掃にくるんじゃないのか？」

「いや、それはなさそうですが、仮にやってくるとしましょう。どこが問題なんです？　金庫についた指紋を拭き取れば、万一見つかっても大丈夫じゃありませんか？」

「そのとおりだな」メリアムがうなずいた。「では、娘はどうする？　そこが未解決のままでは困る」

「その点はおれがなんとかします」マイロはいった。「しかし社長、ちょっといわせていただきたい。おれは……がっかりしました……そう、がっかりしましたよ、おれを信用して仕事をまかせてくれなかったことに。チャーリーとスタックを使ったのがショックでした。あいつらをアパートメントに侵入させたり、ほかにもいろいろやらせたでしょう。おれは自分なりにちゃんと仕事をしてきたつもりですが……」あらかじめ考えてあった演説を、つっかえながらも終わらせた。

ミスター・メリアムは、まったく話がわかっていないようだった。「いったいなんの話だ？」

ほんとうにおれをばかにしているのか？　マイロはふたたび怒りがわきあがるのを感じた。もう一度、いまいったことを繰り返そうとしたとき、メリアムの電話が鳴った。

「ちょっと電話に出させてくれ」

マイロはうなずいた。待ってやろう。

ミスター・メリアムは電話に出て「ちょっと待て」といい、マイロを見やった。「私用の電話だ」

マイロは、メリアムの電話の相手を知りたくて、わざとのろのろと部屋を出ていこうとした。背後から、メリアムがいった。「きみひとりでは大変だと思うぞ、マイロ。チャーリーの報告を聞いて、きみにもまた連絡する」

社長の屈辱的な言葉に、マイロは答えることもしなかった。なぜ社長はおれひとりじゃだめだと思うんだ？　チャーリーとスタックは、どんなずるい手を使って社長の心の奥深くにもぐりこんだんだ？　車に乗り、ハンドルを拳で何度もたたいているうちに、涙が出てきた。

マイロの美しいボンド・ガール、ライラと別れなければならないのはわかっていたつもりだったが、いまのメリアムとの会話で決定的になった。このまま関係を持てば、チャーリーとスタックの知るところとなる。メリアムが貴重なDVDはライラの手元にあると考えているかぎり、彼女は安全ではない。ライラを守るのはマイロしだいなのだ。

ライラのためなら自分の将来を犠牲にしてもいいくらいだが、なんとか切り抜ける道があるかもしれない。計画を立てなければ。

そのとき、ひらめいた。シンプルで、すばらしい方法がある。嘘をつくのだ。

その日の午後、ミスター・メリアムからマイロに電話がかかってきた。

「チャーリーとスタックが、いまオフィスにいる。ふたりが手伝えば――」

「見つけました！」マイロは、ミスター・メリアムがそれ以上ひとこともつづけられないように、いきなり叫んだ。

「なんだ？　どうした？」

「見つけたんですよ……本とDVDとCDの入った箱を」

「ちょっと待て。チャーリー、スタック、マイロが発見した。きみたちの支援は必要なくなった。ああ、マイロが見つけたんだよ」ミスター・メリアムは有頂天で繰り返した。

メリアムが再度チャーリーとスタックに同じことを伝えるのを聞きながら、ふたりとも信じていないのだろうとマイロは思った。あの間抜けどもは、おれに自力で探しものを見つけられる頭があることを知らなかったのか？

「よくやった」ミスター・メリアムがマイロにいった。「きみのことはいつも頼りにしているよ」

マイロは電話を耳に当てたまま憤慨していた。とうとうチャーリーとスタックが社長のオフィスに入り浸るようになったのだ。次はなんだ？　一緒にランチか？　嫉妬《しっと》せずにはいられなかった。社長のオフィスでランチをとるのは、この自分のはずなのに。あのばか二人組ではない。だが、言葉を呑みこみ、ミスター・メリアムに正直な気持ちをいうのはやめておいた。ライラのほうが大事であり、ライラのために嘘をついたのだ。社長の機嫌を損ねたら、計画を台無しにしかねない。

「お探しのＤＶＤが本のなかに挟みこまれていないか、一冊一冊めくって調べてみましたし、ほかのＤＶＤの中身も見てみましたが、ラベルに書いてあるとおり映画しか入っていませんでした。おそらく、お探しのものはルーニーの家と一緒に燃えてしまったんじゃないでしょうか」

「そうだといいんだが。箱はどこにあった？」

その質問は想定していなかった。「どこにあったか、ですって？」訊き返して時間を稼いだ。「彼女のおばあさんの家のガレージですよ」チャーリーとスタックがガレージを探したかもしれないので、急いでつけくわえた。「おれの探し方は徹底していますからね。だれにでも見つかるような場所にあったわけじゃありません」

「すばらしい仕事だった」ミスター・メリアムがいった。「明日の朝、オフィスに持ってきてくれ。今夜は先約があるんだ。そうでなければ、いますぐ持ってきてもらうところだが」

「なにを持っていくんですか？」

「本とＤＶＤだよ」ミスター・メリアムは低く笑った。「それ以外になにがあるんだ？」

マイロは無理やり笑い声をあげた。「冗談ですよ。では、明日の朝に」

電話を切り、頭をかきむしった。さて、何十冊もの古本とＤＶＤをどこで手に入れよう？

32

ふたたび車に乗りこんだライラは、上機嫌だった。やっとショートフィルムの題材が決まったのだ。それに、ヘンリー神父の協力で、一年生の保護者が撮影許可書に署名してくれることになっているので、来週ないし再来週には撮影をはじめられる。それまでに台本を書き終えていれば、一次締切に間に合うだろう。

「あそこの子どもたちがすごく楽しそうだったの、気づいた？」ライラはサムに尋ねた。

「ヘンリー神父が小切手をもらってうれしそうだったのは気づいた。あのドレスみたいな格好で宙返りをするんじゃないかと思ったよ」

ライラは笑った。「カソックっていうのよ」ヘンリー神父が宙返りするところを思い浮かべ、また笑った。

「きみもあの子たちと一緒に楽しんでいたじゃないか。あれはなにをしてたんだ？」

「あの子たちが考え出したゲームよ。たしかに、わたしも楽しかったわ」

「いつまでにフィルムを完成させればいい？」

「応募規約をもう一度読んで確認したの。梗概《こうがい》は五日の消印有効。金曜日ね。それで上位五人に選ばれたら、さらに一週間以内に、完成したフィルムを送るの」

サムは高速道路へ車を入れた。「上位五人に入ったかどうか、結果はいつわかるんだ？」

「六週間以内。それまでに、撮影は終わらせておかなくちゃ」

「とりあえず、今回は有害な煙を吸わずにすみそうだな」

「そうね。それに、もっと楽しい撮影になるわ。マーラー先生がこんなチャンスをくれたなんて信じられない。わたしはあの人のお気に入りじゃなかったもの」

数キロ進んだあと、ライラは尋ねた。「ゆうべ、家の前を通りかかった車はなかった？」

「なかった」

「見張ってたの？」

一瞬の微笑。「ああ」

「あの人たち、なぜもう一度来なかったのかしら？」ライラは、ディナーに招待した客が連絡もよこさずに現れなかったかのように尋ねた。

「あの近所は、車も人もわりあい多いからじゃないか」サムは手を伸ばし、ライラの手を軽くたたいた。「心配するな。あの連中は姿を消したりしない。また現れる」

「それって慰めにならないわ」ライラが脚を組んだ。サムはついちらりと目をやってしまった。ほんとうに長い脚だな。彼女とつながり、あの脚が巻きついてきたときの感触といったら……。サムは咳払いした。精神科医の説では、男はどのくらいの頻度でセックスのことを考えるんだったか？　十秒ごと？　十二秒ごと？　ライラと出会って以来、四六時中考えているが。

「いまわかっていることを見なおしてみよう」サムはいった。「少なくとも四人の男がきみを殺そうとしたことがわかっている。そのうちふたりは保釈なしで勾留《こうりゅう》されている。それから、きみのアパートメントに侵入したふたり。彼らがジジの家の前を車でうろついていた二人組だった可能性もある。ただし、これは推測にすぎない」

「事実だといいんだけど。そうでなければ、わたしは六人の男に狙われていることになるわ」ライラは弱々しい笑みを浮かべてサムを見あげた。「だれかがわたしのために、やっきになって殺し屋を雇っているとは思わないのね？」

サムは笑い、車線を変更した。「思わないな」

ライラはまた真顔になった。「わたしがいったいなにをしたのかしら」

「個人的なことではないと断言してもいい。拘留中のふたりはマイケル・フリンの手下だからな。

フリンはアイルランド系の移民で、ロサンゼルスの犯罪組織の首領だ。マネーロンダリングに売春の元締めに収賄《しゅうわい》など、手広くやっているが、いまのところは麻薬の取引には関与していないと見られている。いままでは、告発されても法律の隙間を抜けて逃げ切っている。

オマリー刑事の話では、フリンは進んで事情聴取に応じるだろうとのことだ」

「そのときは、わたしも呼んでほしいわ。そういうことはできるの?」

「できるさ。ただし、マジックミラー越しに聴取を見聞きすることはできるが、彼に声をかけたり、姿を見せることはできない」

「尋問するのは問題外ね」

「それはおれの仕事だよ」

「彼がなにかしゃべると思う?」

「いや」

「わざわざ事情聴取をする意味がないじゃない」

「オマリー刑事はフリンに情報を流すつもりなんだ。そのあとどうするか、彼を泳がせる。フリンの同業者の名前はほとんどわかっているから、手がかりがつかめるかもしれない」サムは警察署に電話をかけ、フリンの事情聴取の際に立ち会う手配をした。

電話のあと、ライラは話を変えた。「まだアパートメントに帰ってはいけないの？　護衛がいれば――」

「だめだ」

「どうして？」

「夜は爆破される心配なくぐっすり眠りたいじゃないか。それに、ほかにも住んでいる人たちがいる。おれたちの居場所は知られないほうがいい」

たしかにそのとおりだ。ライラとしても、他人を巻き添えにしたくない。「わかったわ」

「アパートメントに取りにいきたいものがあるのか？」

「いいえ。ジジの家から、着替えは持ってきたから」

「学校に戻る必要もないな？」

「今日はいいけど……」そのつづきがサムに反対されることはわかっていた。「公園のメモリーカードを交換しにいかなくちゃ」

「だめに決まってるだろう」サムはいった。「またあそこに行くなんて、とんでもない」

「サム……」

「きみが好奇心旺盛《おうせい》なのは知っているし、あの花壇を造ったのがだれか突き止めたい気持ちもわかるが――」

「ただの好奇心じゃないわ。わたしは将来をかけてるの。もしかしたら、ショートフィルムを作れるかもしれない。あと一週間だけ撮影させて」

「だめだ」

「一週間だけでいいの、一週間たったらカメラを片付けて、二度とあそこへは行かないから」

「だめだ」サムはさらに語気を強めて繰り返した。

「新しい撮影機材を買って、いま公園に置いてあるのと交換するのもだめ？　メモリー容量がもっと多くて、バッテリーも長持ちするものを買えばいいのよ。二週間、撮影できれば、いまほど頻繁に行き来しなくていいもの」

「あのごみだらけの坂を登っていかなくてもいいように、最初からそういうものを使えばよかったじゃないか」

「あのカメラを使いたかったのよ。とても鮮明な画像が撮れるから。でも、あと二回ほどあそこへ行くのを許してくれるのなら、カメラを替えてもいいわ」

「考えておくよ」

ライラは納得できず、座席の上で体を揺らした。「サム、悪いけど上からものをいわせてもらうわ。護衛の仕事は、対象を守ることよね。予定を決めることじゃない。わたしはあなたがついてきてもこなくても、公園に行くわ」

サムは笑い声こそあげなかったが、道路を見据えたままおもしろそうな顔をした。「やれやれ、かわいいもんだ」

「なにが?」ライラは身構えた。

「きみが。それで上からものをいったつもりか」

たしかにこけおどしに終わったけれど、そんなにおもしろがらなくてもいいでしょう?

ライラは窓の外の景色を眺めながら、捜査に協力できることはないか、頭のなかでメモを作った。ロサンゼルスに入ると、ルーニー家のヤードセールのことばかり思い出された。自分を殺そうとしている者は、あのヤードセールとなんらかの関係があるような気がしてならなかった。たぶん、殺し屋を雇ったフリンという男は、わたしが彼のものを持っていると信じている。ライラがもう一度サムにそういうと、彼はかぶりを振った。

「きみが農場に送った段ボール箱には、事件に関係のありそうなものは入っていなかった、そうだろう?」

「でも犯人たちは、探しているものが入っていると思いこんでいるのかもしれない」

サムは運転席と助手席のあいだのアームレストに肘をついた。ライラは彼の手を取り、前腕の傷痕をなぞった。「これ、アレックを助けるために窓を破ったときにけがをしたの?」

「いや、ラグビーで負傷した」

ライラは冗談かと思ったが、サムは反対の腕をあげた。「窓を破ったときの傷はこっちだ」

「こっちのほうがひどいわね」アレックの右腕に触れた。「もうラグビーはしないの?」

「いや、やるよ。ストレス発散になる」

「あなたはそんなに……穏やかで、のんびりしているのに、ああいう荒っぽいスポーツをするんだ。ラグビー選手って勇ましい感じがするでしょう。あの人たちって……」サムに失礼なことを口走ってしまう前に、口をつぐんだ。

「なんだ?」サムは訊き返しながら、警察署の駐車場に車を入れた。

「野蛮だわ」ライラは答えた。「グラウンドではね」と補足する。

サムは笑った。「ああ、まあそうだな」

サムは車を駐め、ライラのあとを追って警察署の建物に入った。

「オマリー刑事は二階にいます」サムを知っている警官が声をかけてきた。

二階は広々とした部屋になっていて、机が三列に並んでいた。刑事たちがパソコンを前に座っている。一般市民と向かいあって座り、供述書を取っている者、手錠をかけられた容疑者を椅子に座らせようとしている者もいた。人相のよくない男ふたりが、後ろ手に手錠をかけられ、壁を背に座っている。彼らはライラの知らない言葉でしゃべっていた。

「そのふたりを取調室へ連れていけ」刑事がだれにいうともなく大声でいった。「ロシア語通訳者を呼んだから」

サムは、刑事のことをあざ笑っている男たちの言葉に耳を傾けていたが、そのうちひとりがいったことに、ふっと笑った。ライラが歩調をゆるめて広い部屋のなかを見渡そうとしたので、彼女の手を取って引っぱった。オマリー刑事が突き当たりのガラス張りの部屋にいた。サムたちに気づくと、オマリーは急いで出てきた。ライラに挨拶し、サムに向きなおる、「十五分後にフリンが到着する予定だ。早かったな」

「よかった。ライラに学校の監視カメラの映像を見せてくれないか」

「もちろん。いますぐ見せよう」

オマリーはパソコンの前へ行き、監視カメラのファイルを開いた。駐車場がモニターに映った。人々と車がいつものように出入りしている。変わったことはなにひとつない。オマリーは、モニターの右上部を指さした。「こいつだ」

ライラは身を乗り出した。画像は鮮明ではないが、サムの車のまわりをうろついている黒っぽい人影が見えた。レインコートのフードを目深にかぶっている。やがて車の脇にしゃがみこみ、すぐに立ちあがると、さりげない足取りで駐車場を出ていった。

オマリーは、男が消えたところまで巻き戻した。「爆発物が仕掛けられた瞬間だ」

ライラはかぶりを振った。「顔が見えなかったわ。これじゃあだれだかわからない」

警察官がドアから顔を覗《のぞ》かせた。「フリンがあがってきます」

オマリーはパソコンの電源を切り、オフィスへふたりを案内した。

ロシア語通訳者を呼んだ刑事の前を通りかかったとき、サムは足を止めてデスクの名札を確認して話しかけた。「ミューレン刑事、あの連中がしゃべってるのはロシア語じゃありませんよ」

ミューレンは顔をあげもしなかった。「わかるやつを呼んだ。ありがとよ」

サムはもう少し大事な情報を持っていたが、あえて話さなかった。遅かれ早かれ、ミューレンが頼ってくるのはわかっている。

オマリーは取調室へ、ライラはサムと一緒に観察室へ入り、覗き窓の前に立った。見ていると、ふたりの男が入ってきた。背の高いほうはオマリーに名刺を渡し、ミスター・フリンの弁護士だと自己紹介した。それから、クライアントと並んで腰をおろした。

マイケル・フリンは、一風変わった外見の男だった。頭の毛より耳の穴から突き出た毛のほうが多い。ライラはなぜかフリンを老人だろうと思っていたが、実際にはまだ五十代に見える。

「ライラ、彼に見覚えはあるか？」サムが尋ねた。

ライラはかぶりを振った。「ないわ。ほんとうに、記憶にないの」

フリンの小指にはまった大きな指輪と、きれいにマニキュアされた爪が目についた。スーツはおそらくイタリア製、それも特別仕立てだ。〝犯罪は儲《もう》かる〟とキャッチコピーのついたポスターのモデルになれそうだ。

「アイルランド系ね」

「そうだ」

ドアをノックする音がして、先ほどサムの助言をはねつけた刑事が入ってきた。「捜査官、ちょっといいかな」

サムは向きなおった。「ええ」

「さっきの無礼を詫《わ》びたい」警官は手を差し出し、サムと握手をして自己紹介した。「ミューレン刑事だ。ビル・ミューレン。あんたのことは知ってるよ。もう三人から話を聞いてる。そいつらにいわれたよ、おれは……」ライラが聞いていることに気づき、口を閉じた。

サムは握手をしたが、黙っていた。

「今日は運の悪い日でね」ミューレンがいった。「さっきの連中に手こずっている。ロシア語じゃないなら、何語をしゃべってるんだ?」

「チェコ語だ」サムはいった。

「ロシア語みたいに聞こえたんだがな。ロシア語をしゃべれるやつなら通訳できるだろうか?」

「どうかな。似ているところはあるが、異なる言語だからな」

「ちなみに、あんたはチェコ語をしゃべれるのか?」

「ああ」

「やっと運が上向いてきたぞ。あんたはFBIでどんな仕事をしてるんだ?」

「言語のスペシャリストだ」

ミューレンは笑いだした。「じつに運のいい日だ」

「もっとよくしてやろうか。あのふたりは、あなたが鍵を持っていることは知っているが、どこの鍵かは突き止められないと考えている」

「そんなことをいってやがったのか——」

「二十三番埠頭《ふとう》、七番ロッカー。それが手がかりだ」

ミューレンは両手をこすりあわせた。「あんたのいうとおりだ。あんたに会ってから今日はどんどん運がついてくる」ドアをあけ、言葉を継いだ。「こっちが終わったら、事情聴取を手伝ってくれる気はあるか?」

サムはうなずいた。

「ゆっくりしてってくれ。あのふたりは待たせておけばいい」

フリンからは、なにも聞き出せていなかった。なにを訊かれても弁護士に相談して返事をする。質問をはぐらかし、答になっていない。

「刑事さんに今日のお天気はどうかって訊かれても弁護士に相談しそうね」ライラはいった。

オマリーはいまのところ礼儀正しく自制していた。フリンの前に、二枚の写真を置く。

「このふたりは、あなたの部下ですね？」

「違います」

「会ったことはありますか？」

「記憶にありませんね」

「わたしたちを撃とうとした男たちのことね？」ライラはサムに尋ねた。

「そうだ」

のらりくらりとした応答が十分ほどつづき、ライラはうんざりした。サムにミューレン刑事の手伝いにいったらどうかといおうとしたとき、にわかに取調室の会話が興味深いものになった。

オマリーは礼儀をかなぐり捨て、威圧的になった。そして、尋ねなければならないことをいつも忘れてしまうので、これから週に三、四日は署へ来てもらわなければならないと告げた。長い時間を署内で過ごしてもらうのでそのつもりで。まあ一カ月ないし二カ月くらいで決着するだろうがね。

今度はフリンも弁護士に相談しなかった。にやにや笑いは消え、おまえはアイルランド系の面汚《つらよご》しだ、ハラスメントで訴えてやると、オマリーにどなりはじめた。弁護士に腕を押さえられたが、その手を振り払った。

「ライラ・プレスコットという女性を知っているか？」オマリーはびくともせずに尋ねた。

フリンの目がほんのわずか険しくなったが、サムもオマリーも気づいた。「知っているんだな」

「そんな名前は聞いたこともない」

「あんたの部下ふたりが」オマリーは写真をとんとんとたたきながらいった。「その女性を殺そうとした。一緒にいたFBI捜査官もな。何年もぶちこまれることになるだろうな」

弁護士が立ちあがった。「失礼する」

「いずれ、あんたとこのふたりとの関係は明らかになる。そのときこそ、あんたもこいつらもおしまいだ」オマリーは警告した。

フリンは弁護士を手荒く押した。「帰るぞ」

「また明日会おう。たぶん明後日も。連絡するから、スケジュールは空けておいてくれ」オマリーがいった。

「訴えてやる……」

「どうぞご勝手に」

フリンと弁護士がいなくなってから、オマリーは観察室のドアをあけた。

「ライラという名前を聞いて、やつが顔色を変えたのがわかったか?」オマリーはにこやかにいった。

「なにがそんなにうれしいんですか?」ライラは尋ねた。

「フリンもだれかに金をもらったか、もしくはただで頼みごとを引き受けたか、そのどっちかのはずなんだ。きみと直接つながりがあるとは考えられないのでね。いまわかっているかぎりでは、きみはフリンの部下のだれとも接点がない」

「頼みごとを引き受けた?」

「そうだったら、われわれとしても助かる。しっかり圧力をかければ、フリンを吐かせることができるかもしれない。フリンは数人の部下を使っているようだ。ふたりは勾留中だが、まだ捕まっていないのがあとふたりはいるはずだ。ということは、人件費がかかるわりに、費用対効果は高くないようだな」

「これでおとなしくなるかしら?」

「いや、われわれはフリンが仕事の依頼人のもとへ連れていってくれるのを期待しているんだよ」

33

隠《かく》れ処《が》に戻ってきて、ライラはほっとした。一時避難所としてはとても快適だ。すべてが新品だし、自宅アパートメントと違って広いので、なにかにつま先をぶつけることもない。ライラはシャワーを浴び、シルクのパジャマとローブを着て一階におり、食卓で台本を書きはじめた。やりたいことが見つかったいま、アイデアがどんどん湧いてくる。応募規定では、作品の長さは十分以内となっている。ごく短い時間のようだが、駆けだしの映像作家にとっては十時間にもひとしい。一秒一秒が大切だ。

午後十一時、ライラはパソコンの電源を切った。サムが裏庭から入ってきて、キッチンでなにかしている。

「外でなにをしていたの？」ライラは尋ねた。

「ちょっと確認を」

「そのパジャマもいいが……」

肩越しに誘うような視線を送る。「一緒に来る?」

タオルを腰に巻いてライラの部屋をノックした。

ひとことも言葉を発さず、シーツを持ちあげる。ローブもパジャマも脱いでいた。サムはライラを抱き寄せ、よろこびの吐息を漏らした。

下半身へゆっくりと手をすべらせた。

そのまわりに円を描く。「わたしはしてる。どんな空想か知りたい?」


「なんの確認?」

「庭の」サムはライラの格好を見て、眉をあげた。「そのパジャマもいいが……」

「なに?」

「脱いだほうが好きだな」

「もう寝るわ」ライラはサムに背を向け、思わせぶりな足取りで階段へ向かった。肩越しに誘うような視線を送る。「一緒に来る?」

サムは家じゅうの戸締まりを確認して二階へあがった。急いでシャワーを浴び、タオルを腰に巻いてライラの部屋をノックした。

「どなた?」

ドアをあけてなかに入る。ライラは肘枕をしてドアのほうを向いて寝そべっていた。ひとことも言葉を発さず、シーツを持ちあげる。ローブもパジャマも脱いでいた。サムはライラを抱き寄せ、よろこびの吐息を漏らした。

ライラは主導権を握りたかった。サムを押し倒し、腰にまたがる。目を見つめたまま、下半身へゆっくりと手をすべらせた。

「最近、なにか空想してる?」ライラの声は官能をそそるささやき声だった。指先がへそのまわりに円を描く。「わたしはしてる。どんな空想か知りたい?」

サムはごくりと唾《つば》を呑みこんだ。ライラはそれを同意と受け取り、サムの体のあちこちにキスをしはじめた。舌がじらすように刺激し、指先がサムの自制心を取り払っていく。ライラの愛撫に、サムは経験したことのない快楽を味わった。ふたり同時に絶頂に達し、ライラはサムの上でくずおれた。うとうとと眠りに落ちていくライラの髪をなで、サムは鼓動を鎮めようとした。

心が揺れていた。ライラは愛情にあふれ、すべてを差し出してくれる。サムの前で臆《おく》したりしない。ベスも愛情深い妻だったが、決して自分からサムを誘わなかった。ベスとはこんなふうにつながったことはなかった。ライラとベスは、大きく違う。

ライラがベッドでみなぎる情熱を見せてくれるのは、憎からず思ってくれているからにほかならない。ひょっとしたら、愛してくれているのかもしれない。でも、自分は彼女になにをしてあげられるのだろう? ライラには、人生をともにする伴侶《はんりょ》になれる男がふさわしい。だが、自分は二度と結婚しないと誓っている。ベスを失った痛みは、まだ癒えていない。このうえライラまで失ったら、耐えられないのではないか。

けれど、自分から別れを切り出すことなどできない。

答が見つからないまま、サムは眠りについた。

翌朝、ライラは起きてすぐに台本に取りかかった。サムは電話をかけたり、パソコンで調べものをして時間をつぶした。捜査に進展がないことにいらだち、うろうろと歩きまわりながら推理してみた。オマリーはフリンの電話を盗聴している。フリンが怒りにまかせてだれかに電話をかければ、ライラが狙われる理由がわかるかもしれないと期待しているのだ。

ライラはパソコンを閉じて伸びをした。全身が凝り固まっていた。「もう何カ月も運動していないような気がするわ。わたしたちがここにいることはだれも知らないでしょう。ちょっとそのへんを走らない?」

サムもいい考えだと思った。「外は暑いが、つきあってやるよ」

平日は八キロ、週末は十五キロほど走るのが、サムの習慣だった。ところがライラは、せいぜい五キロも走れば満足してしまう。それでも、彼にペースを合わせてもらうつもりはなく、なんとか遅れないように並んで走った。隠れ処に帰ってきたころには、ライラは汗まみれであえいでいた。

「大丈夫か?」サムはライラの赤い顔を見て尋ねた。シャツの裾でひたいの汗をぬぐう。

「大丈夫」ライラは息を切らして答えた。「外がすごく暑くて」

濡れた服が体に張りついている。サムはライラの頭のてっぺんからつま先まで眺めた。

「すごく熱いのはきみだ。二階へ連れていって、冷ましてやるよ」ライラの手を取り、階段へ引っぱっていった。

シャワーを冷水にして流し、まず自分の服を脱いでから、ライラを脱がせた。ふたりはシャワーで体の熱を冷ました。

そのあと、ライラはキッチンの流しでリンゴを切りながら尋ねた。「今日の午後はなにをするか決めているの、サム？」

サムはライラの背後に立ち、うなじにキスをした。「きみに合わせるよ」ライラのむこうへ手を伸ばし、リンゴをひと切れ取って口に放りこんだ。

「一緒に出かけてくれる？　新しいカメラやほかの機材を買いたいの。一ヵ月間は撮影できるものを買うつもりだけど、公園に置いておくのはせいぜい二週間くらい」

「公園に戻るのは二週間後、そのときは護衛と一緒に行く。それだけは約束してくれ」

そのときは護衛と一緒に行く。その言葉が、サムとまもなく別れるのだということを思い出させた。「約束するわ」

またごみの山を歩かなければならないので、ライラは二階へ行ってショートパンツからジーンズに着替えた。ビーチサンダルをはき、靴下の替えを持ち、ガレージへブーツを取りにいった。

カメラ店に長居はしなかった。買う機種は決まっていたので、ライラは店に入ってすぐ店員に在庫を尋ねた。予備電源を二個買い、サムに急げといわれる前に車へ戻った。新しいカメラの使い方は店員が教えてくれたし、説明書もついていたので、パライソ・パークへ向かうあいだに準備は終わってしまった。現場に着いてからは、古いカメラをしまい、新しいものに交換して電源を入れるだけでいい。

「一、二、三、あら簡単」子どものころ、ライラが宿題をするときにぐずると、ジジがよくそう唱えていた。

「なんだって？」サムが尋ねた。

「なんでもない。銃は一丁しか持ってないの？」

サムは答えず、かわりに講演会の日程が決まったと告げた。

「ロサンゼルス、それともサンディエゴ？」

「まずロサンゼルス。その翌朝、車でサンディエゴに行って、講演をやって、夜のうちに飛行機でDCに帰る」

ライラは胸を象に踏まれたような気がした。さいわい、サムのほうを見ていなかったので、振り向く前に表情を取り繕うことができた。

「新しい護衛と交代するの？」

「ああ」

「いつ?」

「わからない。明日の朝じゃないかな」

「そう」

いつかDCに来てくれといわれていたら、泣きだしていたかもしれない。

サムが行ってしまったら、それっきりにしなければならないのはわかっていた。ときどき会うだけとか、べつの女と一緒にいる彼にいずれ遭遇することになるなんて、考えられない。サムに腹は立たなかった。彼を愛するようになったのは、そんなふうに仕向けられたからではないし、ベッドをともにしたのはライラの意思だ。

彼のことは忘れなければ。絶対に。仕事に打ちこめば、そのうちすべて忘れられる。なんて、ありえない。

むらむらと怒りが湧いてきた。だれでもない、わたしが悪いんだ。サムには後腐れなく行ってほしい。でも、さよならなんていうものですか。それはあまりにも酷じゃないの。

34

マイロは困っていた。かびくさい古本の山など、どこへ行けば手に入るのだろう？　古いDVDだのCDだのは問題ない。長年のあいだにあちこちの店で万引きしたものを箱に放りこめばいい。でも、古本は？

そのとき、ひらめいた。図書館だ。必要なだけ本を抜いて買い物袋に入れ、追いかけてくる司書を振りきって車へ走ればいい。

八歳のとき以来、図書館には入ったことがなかったので、そのあいだにさまざまな変化があったことについてはまったく知らなかった。出入口に探知機が設置され、一冊でも無断で持ち出そうとすれば警報が鳴ることも知らなかった。二本の金属のバーのあいだを通ったときに耳をつんざくようなビーッ、ビーッという音が響き、いっせいに人々が走ってきたと同時に、そうだったのかと合点した。

それに、司書を甘く見てもいた。テレビで放映する古い映画に出てくるような司書とはまったく違う。髪をひっつめに結い、野暮ったい厚底の黒い紐靴《ひもぐつ》を履いた女たちではなかった。マイロを追いかけてきたふたりは、どちらも結構いい女だった。本が詰まった買い物袋を二個抱えて逃げているときでなければ、ふたりのどちらか、もしくはどちらもデートに誘ってみたかもしれない。

なんてこった、司書たちはよほど本が好きらしく、一冊でも奪われるくらいなら取っ組み合いも辞さないらしい。彼女たちに捕まってたたきのめされてはたまらないので、マイロはA列からD列、E列からG列へと通路を駆け抜けた。だが、自己啓発本の通路で息切れしてペースが落ち、たちまち追いつかれそうになった。あえぎながらとうとう買い物袋を捨て、出口目指して全力疾走し、また警報が鳴らないように金属のバーを飛び越えた。

さあどうする？　運よく、すばらしいアイデアがまたひらめいた。新しい本を買って、家のなかで何度も放り投げれば、古いがらくた本のように見えるかもしれない。ショッピングモールのむかいに大きな書店があるので、そこへ車を走らせ、インフォメーションカウンターの店員に、古く見えそうな本はないかと尋ねた。

若い店員は、「はい？」と三度聞きなおしたあげく、ようやくマイロの意図を理解した。それから「ありません」と答えた。それでも、一応は役に立ってくれた。古典の棚へ案内してくれたのだ。たしかに、そのなかにはライラがヤードセールから持ち去ったような黒っぽい表紙の本があった。店員はカートを持ってきて、本を探すお手伝いをしますといった。

「いや、おれはただ古そうに見える本がほしいだけだ」マイロはいい、棚から本を適当に引き抜きはじめた。

店員が行ってしまうと、マイロは棚に目を走らせ、黒っぽい表紙やエンボス加工の表紙の本をどんどんカートに積んでいった。図書館で痛い目にあったことだし、書店の出口の壁にも探知機パネルが仕込んであるかもしれないので、本を万引きするのはやめておいた。本を泥棒から守らなくてはならないとは、まったく世も末だな。

段ボール箱二個に本を詰め、現金で代金を払い、古い本がもっと必要だとレジの店員に告げた。店員は奥から空き箱を二個持ってきて、ノール・ストリートと八十九番街の角にあるメアリー・アンの新古書店に行ってみるといいと教えてくれた。本など買ったことがなかったマイロにとって、はじめて知ることだった。こんな大金を払う前に、安い古本を売っている店を教えてくれればいいじゃないか。

メアリー・アンの店には、まさにマイロが求めているような本があった。今度もいちいち題名を確かめたりしなかった。とにかく古い表紙がついてさえいればいい。カウンターに本の山を積み、いらいらと足で床をたたきながら精算が終わるのを待った。縁なし眼鏡をかけ、だらしなく髪を伸ばしたオタクっぽい店員は、のんびりと商品のバーコードを読み取りながら、うれしそうに題名を読みあげた。

「どれどれ、なんて本かなあ?」本をひっくり返し、題名を読みあげた。「『トイレット・トレーニングの基本』」バーコードに読み取り機を当てる。「よし」次の本を取る。「『チャタレー夫人の恋人』。よし」また次の本を取る。「『更年期の苦しみ』。よし」不思議そうにマイロを見る。「幅広い選択ですね。自分用ですか?」

マイロはオタク店員の傍若無人《ぼうじゃくぶじん》さが気に入らなかった。「おれは趣味が広いんでね」と、むきになっていってやった。「とにかく早くしてくれ」

マイロは本がぎっしり詰まった袋二個を持って店を出ると、車に載せてある空き箱に移しかえた。トランクを閉めると、ミスター・メリアムに報告する準備はととのった。頼るべきは探していいた本とCDを取り戻したマイロなのだということを、社長も思い知るはずだ。社長に浴びせられる賞賛の言葉がいくつも思い浮かび、いますぐ電話をかけてこれからオフィスへ行くといいたかったが、オフィスにも社長の携帯電話にもマイロから電話をかけることは固く禁じられている。栄光のときはしばしおあずけだ。

ミスター・メリアムは、マイロに聞いた公園を自分の目で見たかった。どうやら、犯罪の証拠となるものを埋めるのにうってつけの場所らしい。たとえば金庫とか。

オフィスに金庫を置いておくのは心配だった。人目につかないよう隠してあるとはいえ、いつか警察に踏みこまれ、見つかるかもしれない。なるべく早く金庫を処分しなければならず、考えれば考えるほど不安がつのっていく。とりあえず、防水シートと化学雑巾とゴム手袋を、チャーリーとスタックに買いにいかせた。

「それから、革の手袋を三組、忘れるな」

買い物から帰ってくると、チャーリーが防水シートを床に広げ、スタックがドアに鍵をかけた。三人がかりで金庫をシートの中央へ運び、ゴム手袋をはめたチャーリーとスタックが表面を化学雑巾で拭いた。

チャーリーが裏口にヴァンをつけ、スタックとふたりで黒い革手袋をはめて金庫を運びおろし、豚のようにうなりながらヴァンに載せた。

パライソ・パークはミスター・メリアムの理想の場所だった。よろこびのあまり、悪臭も気にならなかった。

「だれかがごみを捨てに来るかもしれないから、あの丘の裏手へ車をまわせ。こっち側のほうがごみが多そうだ。わざわざむこうまで行くやつは少ないんだろう」しばらくして、メリアムはいった。「あれはなんだ。このごみ溜《た》めのまんなかで花が育っている。あの辺に車を駐めろ。花のむこうに山があるだろう、その陰に金庫を捨てる」

三人はヴァンから降り、あたりを見まわしながら革手袋をはめた。

「いいか」ミスター・メリアムはいった。「服を金庫にこすりつけるな。繊維が残る。われわれにつながる手がかりは残したくない」

三人で金庫を抱え、老人のようによたよたとした足取りで花を踏み荒らしながら花壇を突っ切った。しみだらけの破れたマットレスがてっぺんに載っているごみの山のそばにたどり着いた。

「よし、ここでいい。足元に気をつけろ」

金庫を地面におろし、マットレスをのせた。

ミスター・メリアムは意気揚々とヴァンへ戻り、手袋をはずした。青空を見あげ、日差しを顔に浴びながら、安堵《あんど》に頰をゆるめた。ちらりと振り返り、金庫がごみの山のなかに隠れているのを確かめた。あれならだれにも気づかれない。

なによりも、あの金庫を自分に結びつける者はだれもいないはずだ。

35

サムと公園へ向かっている途中、ライラはアパートメントの管理人から電話を受けた。悪い知らせだという。

「あなたの車が荒らされたんです。窓が後ろも含めて全部割られました。そこらじゅうガラスが散乱してますよ。ハンマーでやったみたいですね。ドアもへこんでます」

ライラは礼をいって通話を終わらせると、電話を膝に落とした。「Uターンして」

サムはライラの険しい表情に気づいた。「どうした？」

ライラは電話の内容を話した。「レッカー車を呼ばなきゃいけないみたい」

「まずは警察に通報して、保険会社に提出する証拠写真を撮るんだ。ただ、オマリーが真っ先に見たがるだろうから、知らせないとな」

ライラはアパートメントに着くまでむっつりと黙りこんでいた。駐車場に入り、サムはライラのSUVから離れた場所に駐め、車のなかで待つようにいった。めちゃくちゃになったSUVが目に入ったとたん、熱い涙があふれた。怒りが沸き返っていた。「ほんとうに、卑怯《ひきょう》な連中には我慢ならなくなってきたわ」

ライラはいらいらと床を踏み鳴らしながら、車のむこうへまわるサムを見ていたが、彼はしゃがんで車体の下を覗きこんだ。さわったとたんに車が爆発したらどうするの？ ばらばらに吹き飛ばされてしまう。

ライラは車から跳びすさった。「サム、爆弾処理班にまかせたほうがいいわ」

「車に戻れ、ライラ」

「いやよ。あなたが吹っ飛ばされたら、めちゃくちゃに怒るわよ」

サムは指で触れたり指紋を消さないように注意しながら、車の外側を調べ終えた。運転席の窓のなかへ慎重に腕を伸ばし、ドアをあけた。割れたガラスを払い、なかを覗きこむ。運転手席の下にピンクのサングラスケースが落ちていて、座席とアームレストの隙間に一枚のCDが挟まっていた。助手席の下から一枚のDVD、荷物置き場から薄い詩集が見つかった。サムはそれらを持ち出し、ライラに見せた。

「ああ、このサングラスはわたしの。ずっと探してたの。これはなにかしら」まず詩集を見て、それからDVDとCDを見た。どれも見覚えがあった。「ヤードセールでもらったものよ。カーブを曲がった勢いで、ばらばらに散らかってしまったの。あのとき座席の下に落ちたんだわ。農場に送るために、箱に詰めたときは気づかなかった」CDには、ライラの知らない歌手の名前が書いてあった。DVDを掲げてタイトルを読む。「『アフリカの女王』。見たことないわ。でもハンフリー・ボガートは好きなのよね。今夜、観る?」

「いいね」サムはいった。「車を壊したのは、きみがヤードセールで手に入れたものを探している連中とは違うだろうな。車のキーは持っているか? レッカー車を呼ぶから、キーをアパートメントの管理人にあずけよう」

電話をかけるべきところへかけたあと、ふたりはやっと公園へ行く準備ができた。あいにくラッシュアワーに当たってしまった。ロサンゼルスのラッシュアワーは雄牛の群れのなかを走るようなものだ。流れに遅れれば追突されてしまう。四〇五号線の制限速度は時速一〇五キロだが、ほとんどのドライバーは推薦速度くらいにしか考えていない。ライラはいつも車間距離を詰めてくる車や車線変更を繰り返す車に緊張し、高速道路を出るころには、両手がハンドルにくっついてしまう。だが、サムは平気な顔をしていた。いや、思えばサムはどんなときも平気な顔をしている。ラグビーのグラウンドで相手チームの選手を次々とノックダウンする彼が思い浮かんだ。普段のサムとは正反対の姿に、ライラはほほえんだ。

公園に着き、カメラを交換するライラを、サムは銃に手をかけたまま見守った。ふたりのほかに、人の姿はなかった。それどころか、気味が悪いほど静まりかえり、ときおりごみの山を吹き抜ける風が紙くずを舞いあがらせ、山から山へと飛ばしていく。公園から離れると、サムは緊張を解いた。

午後七時頃、ふたりはライラ行きつけのピザ屋でピザを二枚買い、隠れ拠に帰ってきた。一枚買えば一枚無料の日で、ダイエットコークの大瓶も二本買った。食べるものはたっぷりある。ライラはピザの箱を食卓に置き、サラダをこしらえようかと考えたが、気が変わった。

「食べながら映画を観ない?」

「いいよ」

ふたりはピザをリビングのコーヒーテーブルへ運んだ。サムはソファにゆったりと座り、ライラが『アフリカの女王』のDVDをプレイヤーにセットするのを待ったが、ライラはノートパソコンを持ってサムの隣に座り、最新のメモリーカードを挿入した。

「これに何千枚もの画像が入ってる。車か人が写りこんでいるものが出てくるまではスライドショーをさっさと流して、なにか写っていたらペースを落とすわ。人っ子ひとり写っていなかったメモリーカードも二枚ある。これをざっと見てから映画にしてもいい?」

「もちろん」サムはソファの背に腕をかけて待った。

ライラはよく見えるようにモニターを傾け、スライドショーをどんどん進めていった。やがて、一台のヴァンが写っていたので、ライラはすかさず画面を一時停止し、少し前に巻き戻した。

「庭の手入れをしにきた人じゃないか?」サムがいった。

「ごみを満載して捨てにきたほうに賭《か》けるわ。どっちかすぐにわかる」

ライラはピザを二切れ取り、一切れをサムに渡した。ふたりともコーヒーテーブルに脚をのせてソファに背中をあずけた。肩が触れあった。ライラはサムと一緒にいるとくつろげた。ぴったりと身を寄せあって座っていると、もう何年もこんなふうに夜を過ごしているカップルのように、このうえなくしっくりした。

永遠にこうしていられるわけではない。そのことを忘れないよう、ライラはあえて雰囲気を壊した。

「明日の朝、出ていくんでしょう?」

「ああ」サムは答えた。「アレックに、交代をよこすよう頼んでおいた。朝早く来るそうだ」

深呼吸しなさい、とライラは自分にいいきかせた。「そう」

ふたたびスライドショーを進めた。ヴァンから三人の男が出てくるところが写っていた。男たちはそろって手袋をはめたが、汚染された場所であることを考えると、それ自体は不審な行為ではない。ひとりはスーツにコートという格好で、三十度を越す気温のなかでは不自然だ。そのあと、男たちが緊張した面もちであたりを見まわしている画像が数枚つづいた。

「不安そうね」ライラはいった。「ごみを捨てるのをやめるかもしれないわ」

その後、金庫が出てきた。男たちは重たそうに金庫をヴァンから離れたところへ運んでいく。彼らが花を踏み荒らしながら庭園を横切る様子がモニターに映ったとたん、ライラはさっと背筋を伸ばした。「花をよけようって気はないわけ?」憤慨した声をあげた。

「不法投棄をするような輩《やから》だぞ」サムがいった。「花がつぶれようが気にしないさ」

そのとおりだが、ライラの腹立ちはおさまらなかった。「こんな連中、逮捕しなきゃ」

見ていると、男たちは金庫を古いマットレスで隠した。次の数枚で、三人はヴァンのほうへ引き返し、コート姿の男が立ち止まって天を仰いだ。カメラはその顔を正面からとらえていた。その後、三人がヴァンに乗りこみ、走り去った。

「巻き戻してくれ」サムがいった。「ナンバーを書きとめたい」

ライラは男たちが逮捕されるかもしれないと思い、よろこんで画像を巻き戻した。

サムはペンを取ってきて、ピザの箱にナンバーを書きとめた。「画像をコピーしてもいいか? 市警にメールしたい」

「もちろんどうぞ」

スライドショーを最後まで見てから、サムはメモリーカードを抜き取り、自分のパソコンに挿入した。ライラは次のカードを入れて全体の内容を確認したが、おもしろそうなものはなにも写っていなかった。庭園の世話をしている人は、なぜ一度も姿を現さないのだろうか。いまどこにいるのだろう?

ライラはメモリーカードをケースにしまった。サムは自分のパソコンで作業をしているので、ライラも台本のつづきに取り組むことにした。これまでのところ、順調だと思う。冒頭のナレーションを書き足し、充分な長さになるよう、撮影したい場面のリストを作った。それから、時計を見て驚いた。二時間半も作業に没頭していたのだ。サムもあいかわらず食卓でモニターを見つめている。彼の邪魔をしたくなかったので、パソコンをリュックにしまって部屋の隅に置いた。『アフリカの女王』のDVDがテレビの上で待っているが、もう夜遅いし、最後まで居眠りせずに観る自信はなかった。そんなわけで、ライラはおやすみもいわずに、こっそりと二階へあがった。顔を洗って歯を磨き、ローブをはおって寝室に入った。

今夜はサムとベッドをともにしないと決めていたが、ドアはあけたままにしておいた。無意識のうちに望んでいることが行動に現れたのかもしれない。

倒れこむようにベッドに入った。ここ数日の騒動から来る不安と緊張が、じわじわと気力をむしばみ、いらだちがつのっていた。ただでさえ、将来がかかった大事なときなのに。サムのことで悩みを増やしたくない。彼とこんな関係になったのは間違いだった。唯一の救いは、明日になれば彼がいなくなってしまうことだ。

ベッドサイドテーブルで充電していた携帯電話が振動し、メールの着信を知らせた。シドニーかもしれない。メールは二通届いていた。一通は母親で、もう一通は父親だ。母親は、サンディエゴのジジの家を売ることにしたと書いていた。今週末に鑑定してもらうという。父親からのメールもほとんど同じ内容だったが、さらに補足されていた。家は八十万ドルで売れると見こんでいるが、その金は夫婦の口座であずかるという。ジジは農場に引っ越すか、ラホヤの自分たちの家に来ればいい、とメールには書いてあった。どうやら両親は新しい弁護士を雇い、またジジの財産を狙いはじめたのだ。

ライラは短い返信を送った。〝あれはジジの家ではありませんので〟

あくびをして腹ばいになった。あの人たち、いまのメールを読んでどうするかしら。せいぜい怒ればいいわ。

36

サムはベッドで熟睡しているライラの隣に入った。サムが入ってきたのを感じ取ったのか、彼女は体をすり寄せてきた。サムはライラの肩にキスをし、腰に腕をまわして眠りについた。

午前六時、玄関をノックする音がした。よろめきながらジーンズをはき、銃をつかんだ。静かにドアを閉め、階段をおりた。

新しい護衛が身分証明書を掲げていた。サムはドアをあけ、相手をひと目見てうめいた。

「だめだこりゃ」

アレックがよこしたのは、おそろしくセクシーな男だった。ストリッパーがどうやってライラを銃弾から守るんだ？　ライラのまわりで腰をくねらせて踊るのか？　ストリッパー氏はボタンダウンのシャツにプレスのきいた紺のパンツというでたちで、札束を突き出して下着をちょうだいと金切り声でねだる女たちに囲まれ、ステージに立っているかのようだった。このパンツは絶対に面ファスナーでつないであるステージ衣装だ、とサムは思った。実績のあるやつだろうが、護衛の経験が長かろうが、そんなことは関係ない。筋骨たくましい色男にライラのそばをうろつかれては困る。だめだ、こいつも失格。

サムはとりあえず丁寧な口調で、この時間の分は確実に手当が支払われるよう手配するから、どうかダンスフロアにお帰りいただきたいと、男を追い返した。

ドアを閉め、キッチンへ行ってオレンジジュースをがぶ飲みし、また二階へあがってジーンズを脱ぎ、ベッドに入った。たちまちまた眠ってしまった。

ライラは八時に目を覚ました。片方の目をあけ、目の前の時計を観る。寝返りをうって両目をあけると、そこにサムの姿があった。もういや！　人間には限界がある。二度、サムとの別れを覚悟して、二度とも彼は出ていかなかった。彼をつついて、これはどういうことかと問い詰めてやろうとしたが、サムは裸で、自分も裸だ……ということは、彼を起こせばどうなるかは目に見えている。というわけで、ライラはローブをはおって一階へおりた。サムがおりてくるのを待って――きちんと服を着てくれていればいいけれど――寝室へ戻って服を着るつもりだった。

シリアルをボウルに二杯食べ、パソコンを持ってリビングのソファに座った。ゆうべ書いたものを見なおすと、完璧とは思えなかった。何度か書きなおし、ようやく満足のいくものができた。午後になれば、これではだめだと思うかもしれないが、ひとまずよしとしよう。

サムは、ライラがパソコンのキーをたたいているところにおりてきた。新しい護衛は使えないやつだったので、安全だと確信できるまではおれがついていると説明するつもりだったが——嘘ではない——ライラはなにも尋ねなかった。にっこりとサムに笑いかけ、また作業に戻っただけだった。

「ライラ、暑くなる前にひとっ走りしてこないか？」サムは尋ねた。

「シリアルを二杯も食べちゃったの」

「いつ？」ライラのほうへ近づく。

ライラはモニターの時計を観た。「一時間ほど前」

「じゃあもう走れるだろう」

ライラは、走れば気分転換になるかもしれないと考えた。急いで二階へ行き、タンクトップとショートパンツに着替え、後ろポケットに携帯電話を入れてランニングシューズの紐を結んだ。

サムは玄関で待っていた。ライラが髪をポニーテールにまとめるのを眺める。彼女の欠点はどこだろう？　体は完璧、笑顔も完璧……すべて完璧。

ジョギングはまさにライラが必要としているものだった。体を酷使すれば、疲れてよけいなことをくよくよ考えずにすむ。ジョギングの効果はしばらくつづいた。六キロほど走ると、ようやく頭がすっきりした。シャワーを浴びると、体もほぐれていく。ライラはすっかり元気を取り戻し、シャワーを出た。

廊下のむこうに目をやると、サムがまだ汗ばんだ姿でベッドに座っていた。ライラは自分の部屋のドアを閉め、急いで服を着た。シャワーの水音が聞こえるのを確認し、急いで一階におりる。認めるのもばかばかしいが、自分はサムを避けている。距離を置きたいのだ。

携帯電話が鳴った。かけてきたのはオマリー刑事だった。「キンケイド捜査官は？」挨拶もそこそこにいった。「連絡を取りたいんだが、留守電になっているんだ」

「いまおりてくるわ」ライラはいった。「サム、オマリー刑事から電話よ」

サムは電話を受け取り、ソファに座っているライラの隣に腰をおろした。しばらくオマリーの話に耳を傾けたあと、口火を切った。「なあ、協力したいのはやまやまだが、おれがメールした確認事項のリストはどうなったんだ――」

「待ってくれ」オマリーが電話のむこうでさえぎった。「こっちはあっぷあっぷしてるんだぞ。あんたにはＦＢＩのお仲間がついてるじゃないか」

サムはぶっきらぼうに答えた。「わかった。何人かそっちへ行ってもらうから、引き継ぎをしてくれ。いますぐ支局に電話する」

「サム、それはあんたの権限じゃない」

「いや、たったいま引き継いだ」サムは通話を終え、悪態をつきながらコーヒーテーブルに携帯電話を置いた。

ライラはサムの怒った声に驚いた。「どうしたの?」

「もう待ちくたびれた。あいつら、やる気がないんだ」

ライラはサムの手に触れた。「警察署がごったがえしていたの、気づかなかった? ここはロサンゼルスよ。警察官は激務のわりに充分なお給料ももらっていない。捜査しなければならない事件は山ほどあるし、わたしにはFBI捜査官が護衛についてるんだもの、優先事項とはいえないわ」

「知ったことか」サムはぴしゃりといった。「車の下に爆発物を仕掛けられた。それだけでも最優先すべきじゃないか。うちの者に報告書のコピーを取りにいかせる。これ以上待ってられるか」

「積極的に捜査できないから不満がたまっているのね。わたしのお守りをしてるだけだもの」

サムは黙りこんだ。

「オマリー刑事にメールしたリストってなに？」ライラは尋ねた。

「調べてほしい連中の名前をメールしたんだ」

「だけど、調べてくれなかった？」

「そういうこと」

「FBIの人に頼めなかったの？」

「ゆうべ連絡した。トラップ捜査官が調べている」

ライラは体を起こした。「だったら、オマリー刑事にそういえばよかったのに」

「やるといったこともやらないやつだ」

「ゆうべ、画像をだれに送ったの？」

「トラップに」

「オマリー刑事には？」

「送っていない」

ライラのいうとおり、自分は不満がたまっていたのだと、サムは気づいた。ライラのおかげで、いつのまにか気持ちが落ち着いていた。サムはしばらくのあいだ、子ども向けフィルムの作業に没頭しているライラを眺めた。ときおり、ライラはふっと笑みを浮かべた。サムは彼女にそのことを教えた。

「こんなに楽しいなんて、想像もしていなかったわ」ライラはいった。「たとえ上位五人に選ばれなくても、こういう仕事をもっとやってみたいような気がする」

「進むべき道が決まったたな」


その日の午後、トラップ捜査官がサムに電話をかけてきた。「ちょっと早めのクリスマス・プレゼントをくれたようだな、キンケイド」

「どういうことだ?」

「きみが送ってくれた写真を見て、例の公園へ行って金庫を押収した。きみはたぶん知らないだろうが、一年ほど前にこの近辺でちょっとした事件があってね。ある会社が強盗に入られて、社長が窓から転落した。社内から消えたもののなかで、唯一価値があったのは、社長室の金庫だった。今日、公園でその金庫が見つかったんだ。あの写真のおかげだ。社長の名前が、削って消すことができないくらい深く刻みこまれていた。ヴァンのナンバープレートを調べたところ、チャールズ・ブロディという男が所有していることがわかった」

「ほかのふたりの身許《みもと》はわかったのか?」

「ああ。チャーリーくんの人間関係を探ればいいだけだからな。ひとりはフランク・メリアム。スーツを着ていたやつだ。もうひとりはルー・スタック」

「メリアム」サムはつぶやいた。「聞いたことがあるぞ。ルーニーという男と知りあいのはずだ」

「そのとおり。他殺か自殺か、とにかく死んだ男だ。そのルーニーは、メリアムのお仲間だった。それぞれ会社を経営しているが、協力してせっせと悪事を働いていたんだ。だが、逮捕するに足る証拠がつかめなかった」

「いつ引っぱるんだ？」

「いま令状を待っているところだ。写真は千もの言葉を語るっていうだろう？ 写真に写っていた三人は、金庫を素手でさわらないように手袋をはめるという念の入れようだ。しかも金庫を捨てたあと、メリアムは真正面からカメラのほうを向いてくれた」トラップはうれしそうだった。「じつにすばらしい」いまにも喉を鳴らさんばかりだ。「やっとメリアムをしょっぴける」

「一見解決したようだが、まだ足りないピースがあるぞ」サムはいましめた。

「どういう意味だ？」

「メリアムはどうしてパライソ・パークのことを知ったのか？ ピースを全部集めれば、ぴったりはまるはずだ。メリアムとルーニーは知りあいだった。ルーニーの妻がヤードセールを開く。ライラがそこから本とＤＶＤとＣＤを持ち出す。それから、フリンのこともある。

やつはこの件にどう関係しているのか？」

「本もＤＶＤもＣＤも、内容は全部確認してあるんだろう」

全部ではない。サムはそのことにいま気づいた。「あとでかけなおす」

サムは部屋のなかを見まわした。「ライラ、きみの車のなかで見つけたＤＶＤとＣＤはどこだ？」

ライラはサムの口調に、彼が急いでいるのを感じ取った。「テレビの上」パソコンを閉じて立ちあがる。「いま観る？　それとも夕食のあとにする？」

サムはＤＶＤとＣＤを手に取った。ＣＤのケースをあけてラベルを確かめ、ＤＶＤのケースをあけた。ラベルがない。これだ。

「いますぐ観よう」

「わかった。ポップコーンとか飲みものはほしい？」

「おれの読みが正しければ、これは『アフリカの女王』じゃない」

サムがＤＶＤをプレイヤーに挿入するあいだ、ライラは腕組みをして、テレビの前に立っていた。それから、サムと一緒にソファへ戻り、並んで座った。

画面に大柄な男が映った。ウィスキーのグラスを手にしている。画面の端に、べつの男の後頭部が映っている。その男が、なにか話していた。

「昨日、公園に来た男だわ」ライラが目をみはった。

「フランク・メリアム。ビル・ルーニーの仕事仲間だ」

「でも、どうして……」ライラはわけがわからないといいたげだった。

「まあ聞こう」サムはいい、身を乗り出して膝に肘をついた。

「あいつをどうやって窓から突き落としたんだ?」むこうを向いている男がメリアムに尋ねた。

　メリアムは低く笑った。「見ものだったぞ、ルーニー。完全に不意を突いてやった。もっと搾り取れたんだが、そこだけは残念だ」ウィスキーを含み、胸ポケットから葉巻を取り出した。「あいつみずから金庫をあけてくれたよ。中身を全部出したら、ちょうどいい大きさでね」と肩をすくめる。「もっとよく調べるべきだった。それはまあいいとして、チャーリーとスタックが地下室から台車を持ってきて、金庫を車に運んだんだ。おそろしく重くてね、タイヤがパンクするんじゃないかと思ったよ」

「それで、肝心の――」ルーニーがいいかけた。

「バーニーか? なんのことはない。二十階に戻って、窓をあけて外に突き飛ばした。突き飛ばされた瞬間に、すべてを悟ったらしい」

「タニーはどうした?」ルーニーはさらに話をつづけた。

ライラはすっかり聞き入っていた。ルーニーはウィスキーのおかわりを繰り返しながら、さまざまな〝事故〟の話をメリアムから聞き出した。

「罪の意識がまったくないのね」ライラはいった。

「やつにとっては仕事だからな」

メリアムは、法外な利子で金を貸した人々から金をむしり取った話をした。

テレビのスクリーンが暗くなり、サムはDVDを取り出した。「これをトラップに持っていく」

「念のためにコピーを作っておいたほうがいいわ」

「支局でやるよ」

「これがすべての原因だったのね。このDVDを探してたんだわ。わたしのいったとおりだったでしょう、ヤードセールは関係があるって」

「ルーニーは最初からメリアムを脅迫するつもりでこれを録画したんだ。メリアムはあわてただろう。このDVDが流出したら、一生刑務所暮らしだからな」

ライラは心からほっとしてサムを見あげた。「信じられないわ。やっと終わったのね」

37

目覚めたときにサムが隣にいないと、妙な感じだった。ライラはむかいの寝室を覗いてみたが、やはりサムの姿はなく、どこへ行ってしまったのか、ヒントすら見つからなかった。

これでよかったのだ。彼を見送るほうが、もっとつらかったはずだ。

新しい護衛のヴィクは、四十代後半の男だった。がっしりとした体格で、濃い口ひげを生やしていた。礼儀正しいが無口で、仕事に対する姿勢はとても真摯《しんし》だった。全力で守ってくれることがわかるし、ショートフィルムの作業をするあいだは放っておいてくれることもありがたかった。

午後、オマリー刑事から電話がかかってきた。「夕方のニュースを見てくれ。きみが撮影した写真に写っていた男が逮捕された。スーツ姿の男はフランク・メリアムだ。彼の部下ふたりは、司法取引に応じて、すでに自白をはじめている」

「マイケル・フリンは？」ライラは尋ねた。「逮捕されたんですか？」

「まだだが、時間の問題だ。メリアムが司法取引に応じれば、フリンに仕事を依頼したことをしゃべるだろう」

「うまくいくかしら？」

「もちろんうまくいくさ。メリアムの証言でフリンを逮捕できれば……まさに一発逆転だ。メリアムもすぐにはしゃべらないかもしれないが、もうすぐ地区検事が到着して、フリンと弁護士に面会することになっている」

しばらく話をしたあと、オマリーがいった。「キンケイド捜査官が怒るのも無理はない。何人か怪しい人物を調べてくれと頼まれたのに、おれはちゃんと調べなかった。調べていれば、もっと早くメリアムを逮捕できたかもしれない」

「捕まったんだから、ご自分を責めないで」

「もう大丈夫だ、ライラ。あとはこちらで処理するから、きみもすぐに元の生活に戻れるぞ」

その夜、地元局のニュース番組では、メリアムと部下二名が、バーニー・ジャウォースキを殺害した容疑で逮捕されたと報じられた。警察は詳細を発表していないが、メリアムに余罪があると見て、さらに追及するという。ライラは、もっと詳しいことを知りたくて、チャンネルを何度も変えてみたが、どの局も同じ映像を流していた。手錠をかけられたメリアムが警察署に入っていくところだ。彼はうなだれ、コメントを求めてマイクを差し出すレポーターに返事もしなかった。

トラップ捜査官がＦＢＩを代表してマイクの前に立った。ＦＢＩとロサンゼルス市警が協力してメリアムを逮捕できたと語った。とりわけオマリー刑事の仕事を名指しで評価し、容疑者を全員逮捕するまで協力をつづけると断言した。

ライラはインタビューに注意深く耳を傾けると同時に、捜査官の背後に並んでいる人々の顔を真剣に見てもいた。サムはいるだろうか？　姿は見えない。でも、捜査に協力しているかもしれない。それとも、もう次の仕事に移ってしまったのだろうか？　ＤＶＤをトラップ捜査官に渡して、通常の職務に戻ったかもしれない。もしそうなら、カリフォルニアで残る二度の講演会をすませしだい、ＤＣに帰ってしまう。ライラはテレビを消し、パソコンを取った。なにかに集中すれば、サムを頭から追い出すことができるはずだ。彼のことを考えても、いいことはひとつもない。

ライラがアパートメントに帰ってもよいといわれたのは、それから二日後だった。おそらくトラップ捜査官と市警の刑事たちは事件の処理に忙しく、ライラに手を取られたくなかったのだろう。ライラもじっくりと課題に取り組むことができた。子どもの心理について調べ、遊びと想像力の発達に関する文献を読んでいるうちに、撮影に取りかかるのが待ちきれなくなった。調べるべきことをすべて調べ、具体的な撮影計画が固まったので、パソコンに打ちこんだものをまとめて印刷し、締切前に投函した。

ヴィクはライラをアパートメントまで送ったあと、次の任務へ向かった。ライラは車がないので、アパートメントに閉じこめられたような気分だった。いつ車の修理が終わるかディーラーに電話をかけたが、思いがけずよくない答が返ってきた。店長が告げたおおよその修理費用は、とんでもなく高額だった。ライラは友人に電話をかけ、SUVのディーラーまで車で連れていってもらい、それまでの修理費用を支払った。それからBMWのディーラーへ行き、ポンコツ車を下取りに出して新車を買った。

アパートメントに帰ってきた最初の晩、ライラはひとりで過ごさなければならなかった。シドニーは東海岸の実家に帰っていて、ロサンゼルスには明日戻ってくることになっていた。ライラは荷物を解き、キッチンへ食べるものを探しにいった。冷蔵庫にはミルクとチーズ、ビール二瓶しか入っていなかった。ミルクの賞味期限は数日前に切れていたので、シンクに捨て、パックをごみ箱に放りこんだ。チーズとビールを取り出し、戸棚にクラッカーを見つけ、全部リビングへ持っていった。床にあぐらをかいてソファに背中をあずけ、わびしい食事をとった。

静寂のせいで落ち着かなかった。アパートメントでひとりの時間を過ごしたことなど何百回もあるが、これほどむなしい気分になったのははじめてだった。いつもだれかに守られていた。だからさびしいのだ。だれかがいつもそばにいることに慣れきってしまった。いいえ、だれかではない……サムだ。

涙があふれた。サムを思って泣き、彼に恋をしてしまった自分のばかさ加減に泣いた。機能不全の家族にも、もっとどうでもいいことにも泣けた。たとえば、もうすぐ学校を卒業するのに、どこで仕事をもらえるのかさっぱりわからないこととか。さんざん涙を流してしまうと、くたびれはてて溜息《ためいき》が出た。指で目をぬぐい、楽しいことを考えてみた。ミセス・キャストマンに喧嘩《けんか》を売ろうとしたジジをなだめるサムの姿が思い浮かび、思わず顔がほころんだ。ジジもサムを気に入っていたから、きっとさびしがるだろう。そしてわたしも。そう思ったとたん、また新たな涙が湧きあがった。


翌日の夕方、一年生の保護者全員から撮影同意書が集まったと、ヘンリー神父からライラに電話があった。

「では、近いうちにそちらへうかがいますね」ライラはいった。「ありがとうございます」

その一時間後にシドニーが帰ってきた。疲れている様子だったが、課題をすべて期限までに提出できたとうれしそうに話した。ふたりはそれからしばらく語りあった。

シドニーは、ライラがことあるごとにサムの名前を口にすることに気づいた。ライラがつらい状況にあるとわかるまでに、時間はかからなかった。「忙しくしているほうがいいわ」シドニーは助言した。「切り抜けるにはそれが一番」

ライラもそう思い、一泊用の鞄《かばん》に荷物を詰め、カメラの機材を新しいBMWに積みこみ、サンディエゴのジジの家へ向かった。ライラ自身、あの家はジジのものだと思っているが、じっさいの所有者はライラだった。ジジがカリフォルニアに住むことを決めたときに、ライラがお金を出して購入したのだ。学校を卒業したあともサンディエゴに残るなら、自分の家にもなると考えてのことだった。

よく晴れた日で、サンディエゴまで気持ちよくドライブすることができた。ライラはガレージに車を入れ、家の正面へまわった。とたんに、〝売家〟の看板が目に飛びこんできた。

不動産屋が男女二人組と一緒に玄関から出てきた。

ライラはかっとした。ポーチの階段をつかつかとのぼり、不動産屋になにをしているのかと問いただした。

しゃれた身なりのその女性は、連れの男女を気まずそうに見やってから、ライラに向きなおると、白い歯をひらめかせてにこやかにいった。「このお宅を売りに出すということで、所有者のプレスコットご夫妻の同意は得ておりますが」

「その人たちは所有者じゃないんだけど」

「所有者だとおっしゃっていました」不動産屋は喧嘩腰になった。

「いいえ、わたしが所有者よ。証明する書類も持ってるわ。さっさとわたしの家の敷地から出ていかないと警察を呼ぶわよ。それから、その看板も持っていってね」

「ちょっと待って、お嬢さん」不動産屋は声をとがらせた。「このお宅を買いたいっておっしゃるご夫婦が三組もいらっしゃるのよ、こっちだって……」

ライラは携帯電話を取り出し、警察署長に電話をかけるといった。「もしもし、ポール、ええ元気です。じつはうちに不動産屋が勝手に侵入して、勝手に家を売りに出そうとしてるんです」しばらく耳を傾ける。「ありがとうございます」不動産屋に向きなおった。「すぐ来てくれるそうよ」

不動産屋も、せっかくの高額取引をみすみす逃すつもりはないようだった。ライラがはったりをいっているという望みにすがりついていた……が、実際にパトカーが家の前に止まった。「ほんとうに通報したのね」不動産屋はあきれたようにいった。

「ええ、したわ」

「ほんとうにこの家の所有者なの？」

「そうよ」

家を見にきた夫婦はがっかりしているようだった。

「売却をお考えになったら、ぜひうちへ……」不動産屋はブリーフケースのサイドポケットから名刺を取り出してライラに渡した。

不動産屋と客が通りへ出ていこうとしたとき、パトカーから巡査がライラに呼びかけた。

「訴えるかい？」

「いいえ」ライラは答えた。「もうお帰りになるみたいだし」

不動産屋はほっとした様子で振り返った。「ミスター・プレスコットが鍵を全部取り替えたわよ。鍵を渡しましょうか？」

「いいえ、結構よ。また取り替えるから」ライラは答えた。

ライラは錠前師を呼んだ。ポーチのブランコに座って待つこと一時間、すべての鍵の交換が終わった。だが、海からのそよ風も午後の日差しもライラの怒りを鎮めてはくれなかった。家に入って寝室に鞄を置き、すぐに出かけた。雑用に専念すれば、少しは気分が落ち着くかもしれない。それなのに、帰ってきたときも腹の虫が治まらないままだった。食料品をしまっているうちに、ついに怒りが爆発した。もはやチョコレートも効き目がない。

「よくもわたしの家を売ろうとしたわね！」ライラはどなった。聞いてくれる相手はいないし、大声をあげても少しもすっきりしない。まだむかむかして、だれかに話さずにはいられなかった。携帯電話を取り、農場に電話をかけた。

オウエンが応答した。「おう。どうした？」

長兄のオウエンは、妹がもう子どもではないことをなかなか呑みこめないようだった。両親の最新の暴挙について愚痴をこぼそうものなら、さらに子ども扱いされるのはわかりきっているが、いまはそんなことなどどうでもよかった。ライラは怒りに震える声で一部始終を話した。オウエンはあまり同情してくれなかった。声をあげて笑ったのだ。

「笑わないでよ」ライラはぴしゃりといった。「不動産屋が客を連れてきて、わたしの家のなかを勝手に見せたのよ」

「わかってるよ、でもライラ、父さんと母さんだって自分のものじゃないものを売ることはできないだろう」

「あの人たちだってわかってるはずだわ。だったらなぜこんなことをするの？」

オウエンは溜息をついた。「ジジにプレッシャーをかければ、最終的に財産が自分たちの自由なると思ってるんだ。きっといまごろ新しい弁護士を雇って画策してるよ」

「あの人たち、全財産を自分たちのものにしたいんだわ」

「そうだよ。ちょっと待ってくれ」それから、大声でいった。「クープ、父さんと母さんがライラの家を売ろうとしてるそうだ」

クーパーの笑い声が聞こえた。「なにがおかしいのよ」

「いや、おかしいよ」

「あの人たちがいままでいくらお金を使ったか知ってるの？　もらったものを全部使い果たしたうえに、いまでも信託財産から月々それなりの額を受け取ってるのよ」

「ふたりにはそれじゃ足りないんだよ」

「わたしはどうすればいいの？」

「なにもするな」オウエンはいった。「クープもおれもおまえの味方だ。それからライラ。父さん母さんをやっつけるのにおれたちの協力がいるっていうのなら、手伝うぞ」

「ジジに代わってくれる？」

「い、い、い、いや、ガールフレンドと出かけたよ。ほんとうだ、ライラ。ジジたちはおたがいをそんなふうにいってるんだ」

「ジジは元気？」

「ああ。帰ってこられてうれしいそうだ。十回くらいそういったよ。サンディエゴに行ったのは、おまえをひとりぼっちにしたくなかったからだろうな」

「ジジはこっちにもお友達が大勢いるわ」

「だけど、ふるさとはここだ」

「わかってる。明日、電話するって伝えて。それからオウエン……」

「うん？」

「愛してる」

「うわっ、なんだよ……」

ライラは笑いながら電話を切った。

兄と話すとずいぶん気分がよくなり、ライラはキッチンの片付けを終えた。不意に、パニックルームのことを思い出した。ハーランは部屋を完成させたのだろうか。ライラはジジの寝室へ行った。パニックルームは完成していた。しかも、外側からあける方法を見つけるのはほとんど不可能だった。壁はどこから見ても継ぎ目がない。繰形《くりがた》や釘など、手当たりしだいにいじってみたが、なにも起きない。床にボタンか制御盤のようなものがないかと、探してもみた。

しまいには、ハーランに電話をかけた。彼は娘たちをアイスクリーム屋に連れていく途中だったので、壁のどこを押せばいいのか教えにきてくれた。手のひらで壁の中央を押すと、隠し扉がさっと開いた。ハーランはそのなかに手を突っこみ、天井のライトをつけた。こぢんまりとした部屋は申し分のないできばえだった。小さなベッドのそばの床にミネラルウォーターのボトルがあり、携帯電話が充電器に差してある。

「ジジはきみのためにこの部屋を造ったんだよ」ハーランがいった。「きみをひとりでここに残すのを心配していた」

なんという皮肉だろう。ライラはいつもジジがひとりでいるのを心配していたのに、ジジのほうはライラを心配していたのだ。

「わたしはいい家族に恵まれたわ」オウエンとクーパーとジジを思いながらいった。「とても幸運ね」また穏やかな気持ちに戻れた。たぶん、親に放置されても育つ子どもはたくさんいる。

その夜遅く、うとうとと眠りにつきかけたとき、ふと妙なことを思った。もうチョコレートはいらない。残念なのは、サムはいらないとはいえないことだ。

38

マイロは、ミスター・メリアムはいやな野郎だと思いはじめていた。せっかくトランクいっぱいの本とDVDを手に入れてやったのに、いつオフィスに持っていけばいいのか連絡もよこさない。ライラが持ち去ったものを全部発見したと告げたとき、あんなに興奮したくせに。もちろん、発見したというのは嘘だが、メリアムはそんなことを知る由もない。

いくら社長でも失礼じゃないか。なぜ電話をよこさないんだ？　きっとチャーリーとスタックのせいだ。あのふたりがおれを締め出そうとしているに違いない。

丸二日が過ぎても、メリアムからはひとことも連絡がなかった。いっそ道端のごみ容器に本もDVDも捨ててしまおうかと考えたが、それはだめだと自分をいましめた。社長に頼りにされているのだ。

マイロは使い捨ての携帯電話を忘れずに持ち、トリプル・チーズバーガーとチリソースつきのフライドポテトを買いにいった。ひとりで外食するのは嫌いなので、テイクアウトにした。家に帰り、油のしみた紙袋を破き、オットマンに食べものを広げた。肉汁したたるチーズバーガーを片方の手でつかみ、もう片方の手でテレビのリモコンを取って電源ボタンを押した。いつもはケーブルテレビ局の番組を観るのだが、おもしろそうな映画をやっていなかったので、地上波の局に変えてみた。

フライドポテトをチリソースにひたすためにリモコンを操る手を休めていなければ、ミスター・メリアムの名前を聞き逃していただろう。

スクリーンには、検察官がわれ先にとマイクを突き出している大勢のレポーターに取り囲まれているところが映っていた。

「勾留中の容疑者は、フランク・メリアム、チャールズ・ブロディ、ルー・スタックの三名。バーニー・ジャウォースキを殺害した容疑で逮捕しました」

ひとりのレポーターが声を張りあげた。「パライソ・パークで証拠品を処分したところを撮影されたと聞いています。それは事実ですか?」

まずい。

「その点についてはまだコメントできません」検察官が答えた。

「メリアムがほかの罪を自白しているところを撮った画像があるというのは?」べつのレポ

ーターが尋ねた。「ほかの殺人事件にも関与しているというのはほんとうですか?」

検察官はあくまでも冷静だった。「それについてもお答えできません」

「保釈の可能性は?」

「判事に保釈を許可しないよう要求します。ミスター・メリアムとほか二名は逃亡する恐れがありますし、非常に危険だと考えています。いまのところ断言できるのは、われわれがこれまでに入手した証拠は信頼性が高いということであり、有罪判決がくだると確信しています」

「へえ」マイロはつぶやいた。「保釈なしか」

メリアムのオフィスから〝証拠品〟と書かれた段ボール箱を何箱も運び出す捜査員の姿が映し出された。

「保釈なしだって?」マイロは繰り返した。不意に気づいたのだ。職を失ってしまった。

あの本の山をどうすりゃいいんだ?

39

サムはライラのことを考えるのをやめられなかった。努力はしてみたのだ。ロサンゼルスのポリスアカデミーで講演会の真っ最中に、ふと彼女の姿が頭に浮かび、とたんにそれまで話していたことを忘れてしまった。サンディエゴでも同じことが起きた。

それから、捜査のなりゆきも気になっていた。トラップ捜査官から、たびたび報告は受けていた。FBIもロサンゼルス市警も、メリアムやルーニーをフリンと結びつけることができていないという。

「DCに帰ってもいいぞ。なにか進展があったら連絡する。ライラのことは心配するな。フリンが近づけないようにするから」

だめだ。帰れない。サムは飛行機の予約をキャンセルし、車でロサンゼルスに戻った。

捜査の結果に、サムは納得できなかった。なにかがおかしい。メリアムは司法取引の条件に不満があるのか、黙秘を決めこんでいるが、部下のチャーリー・ブロディとルー・スタックは、取引にふたつ返事で応じた。求刑の軽減を条件に、メリアムの有罪を確定する情報を提供することに同意した。検察側にとってもメリットがあるので、取引は認められた。ところが、フリンとその部下の関与については、ブロディとスタックからも供述を得られなかった。それどころか、ふたりともフリンを知らないどころか、名前を聞いたこともないという。どんなに追及しても、知らないの一点張りだった。

メリアムたちが懲役よりフリンのグループを恐れている可能性はあるが、安心するのはまだ早いと、サムは思っていた。だが、メリアムがフリンの部下を雇ってライラを狙わせた、メリアムが逮捕されて事件はほとんど解決したと、だれもが考えている。フリンを殴ってメリアムとの関係を自供させられるのなら、サムはたとえ職を失うことになってもそうするだろう。ライラを失うよりよほどましだ。彼女に万一のことがあったらと思うと、いてもたってもいられない。

やはりライラを置いてきたのは間違いだった。彼女と別れなければならない理由なら――というか、口実なら――少なくとも十は思いつくが、そのどれも、よくよく考えればどうでもよいことばかりだ。本心をいえば、自分は怯《おび》えている。ライラを置いてきたのは、彼女を愛するようになっては困ると思っていたからだ。おれはばかか？　間抜けの臆病者だ。もう愛しているじゃないか。

サムはライラにいまから行くと伝えるために電話をかけたが、アパートメントの電話も携帯電話も応答がなかった。そこで、オマリー刑事に電話をかけることにした。

「逮捕した二人組は、なにか目新しいことをしゃべったか？」

「いや」オマリーが答えた。「トラップから聞いているだろうが、メリアムとどうつながっているのか、まだわからないんだ。あんたたちを公園で狙撃したジョンソンとフォーリーも、なにもしゃべらない。メリアムがふたりを雇ったと証明したいところだが、証拠がなくてね。車に爆発物が仕掛けられた件についても同じだ。メリアムとつながらない。鋭意捜査中だ」

「そうか」サムはいった。「うちも最後まで協力する」

地区検事の指示で、オマリー刑事はジョンソンとフォーリーを取調室へ連れてきた。ふたりとも独房にしばらく入っていたので、不安をつのらせていた。検察は、どちらか先に自供したほうと司法取引をすると、最後の駆け引きに出た。オマリーには、ふたりがフリンを売るとは思えなかった。フリンはどこの刑務所よりも恐れられている。

オマリー刑事からジョンソンとフォーリーの取り調べを見にこないかと電話がかかってき

たとき、サムはライラのアパートメントのすぐ近くまで来ていたが、すぐさまUターンして警察署へ走った。取り調べを傍観するだけではなく、自身で容疑者を尋問するつもりだった。

警察署の階段をのぼっていくと、オマリー刑事に迎えられた。サムは白いシャツにジーンズというカジュアルな服装だった。オマリーは一週間のうち三日は着ているいつものくたびれた青いスーツ姿で、サムをうらやましがった。

「FBIの服装規定は楽でいいな」

「おれは非番だ」サムはいった。

廊下を歩きながら、オマリーが口火を切った。「あんたに調べろといわれた連中のリストを放っておいたのは悪かったな。それから、捜査に協力してくれたことに対して礼をいうよ」

「礼はトラップにいってくれ」

「ああ、だが頼んでくれたのはあんただ。とにかく、ありがとう」

「ジョンソンとフォーリーは到着したのか？」

「たったいま。それぞれべつの部屋に入れてある。いまは地区検事補を待っているところだ」

「さっそくはじめよう」

「検察を待たなくてもいいのか?」

「いい」

サムは取調室の隣の部屋に入り、マジックミラー越しにジョンソンを観察した。ジョンソンはそわそわと爪を噛《か》み、噛みちぎった爪を床に吐き出していた。まだ若く、せいぜい二十歳くらいにしか見えない。サムはしばらく様子を見たあと、むかいの取調室にいるフォーリーを観察しにいった。こちらは中年の男で、椅子の上でふんぞり返り、退屈そうに指先でテーブルを小刻みにたたいていた。

「まずジョンソンからだ」

サムとオマリーは、ジョンソンが待っている取調室に入った。オマリーがサムを紹介すると、ジョンソンはにやにやと笑った。

サムはジョンソンの両手がテーブルの下にあることに目をとめた。「手錠は?」オマリーに尋ねた。

「おれが怖いのか」ジョンソンがいななくように笑ったが、サムは無視した。

「手錠がどうかしたか?」オマリーがサムに尋ねた。

「無抵抗の人間を壁に投げつけるわけにはいかないのでね」

そういってジョンソンをじっと見つめるサムの目は、おそろしく冷たかった。オマリーは、サムの本気を感じ取った。

だが、ジョンソンはわかっていなかった。「できるもんならやってみろ。ＦＢＩがそんなことをしたら大問題だ」

「今日は例外だ。いまは休暇中でね」サムはオマリーを見やった。「銃をあずけるから、しばらく外で待っていてくれないか？」

「おれに指一本触れるんじゃねえ」ジョンソンがすごんだ。「おれにも人権がある。暴力は違法だぞ」

サムがテーブルに一歩近づき、ジョンソンはひるんだ。

「おれはただの捜査官じゃないんだよ」サムはいった。「おまえがパライソ・パークで撃ち殺そうとした相手だ。違法行為ってのはそういうことだ。おれの気がすむまでつきあってもらおう」

マジックミラーの反対側にいる地区検事補の目の前で、ジョンソンが弁護士を呼べとわめきはじめた。「よけいなことを」地区検事補はつぶやいた。「ジョンソンが怯えて口をつぐんでしまったじゃないか」

ミューレン刑事が地区検事補の隣に立った。「もうちょっと様子を見てみようじゃないか。キンケイド捜査官はどうするかね」

サムはジョンソンにほほえみ、オマリーにいった。「弁護士を呼んでやれ。いますぐだ。外に出たらたちまちこいつは死人だ」

ジョンソンが叫んだ。「待ってくれ！　おれが死ぬってどういうことだよ？」

「聞いていないのか？」サムは尋ねた。オマリーに向きなおる。「まだ話していなかったんだな」

オマリーは話を合わせた。「怯えさせたくなかったからな」

サムはかぶりを振った。「そこはフリンにまかせるってわけか」ふたたび部屋を出ていこうとした。

「いったいなんの話だよ？」ジョンソンはすっかりあわてていた。

サムは振り返り、壁にもたれて腕組みをした。「フリンはおまえが裏切ったと信じている。おまえを狙って、署の周辺に手下を張りこませているそうだ。まあ、そういう噂《うわさ》だよ」

「おれはなにもしゃべってないぞ。なぜそんな勘違いをしてるんだ？」

サムはにっこりした。「おれがそう伝えたからだ。せいぜい祈っとけ、ジョンソン」

三度めにドアへ向かった。廊下に足を踏み出したとき、ジョンソンが叫んだ。「取引に乗るよ。なんでもしゃべるから、命だけは守ってくれ……」

サムは地区検事補を連れて取調室に引き返した。ジョンソンは、それまでに二度、地区検事補の取り調べを受けていた。

「ここからはぼくが引き継ごう」検事補はいった。「のちほど連絡を――」

「同席させてもらうよ」サムはいった。

「これは――」

サムはさえぎった。「FBI捜査官を狙って発砲したんだぞ。電話一本かければ、おれが捜査の全権をゆだねられることになるが」

「こちらとしても、きみと争うつもりはない。残りたいならどうぞ。ただし、邪魔をしないでくれ」

オマリーも残ることにした。サムのように、壁にもたれてジョンソンの供述を聞いた。

ジョンソンはサムに向かって供述した。「撃ったのはおれじゃない。おれは車を運転しただけだ。フォーリーが撃ったんだよ。あの女を殺せと命令されていた」

「だれに？」地区検事補が尋ねた。

「フリンだよ」

「彼女を狙った理由は？」

「フリンはおれにはいわなかったけど、フォーリーが教えてくれた。フリンは古い友達に恩を返したんだ。何年か前のことだが、ある男がフリンを有罪にする証拠を手に入れた。男はフリンを警察に突き出すことができたのに、そうしなかったし、脅迫することもなかった。そのかわり、『ゴッドファーザー』みたいに、いつか自分が困ったときに助けてくれればいいといったんだ」

「フリンはその男に、ライラ・プレスコットを殺してほしいと頼まれたのか」

「そうだ」

「その男とはだれだ？」

「知らない。フォーリーもおれも聞いてないんだ。これで取引してくれるのか？」

「フリンはその男についてなにひとつしゃべっていないか？」サムはたたみかけた。

「大昔に知りあった、そいつはフリンをかばったってことだけだ」

「メリアムとどんな関係があるんだ？」地区検事補が尋ねた。

ジョンソンは笑った。「だから、それはあんたたちが勝手に勘違いしてるだけだ。フリンがメリアムのために動いたりするもんか。何年か前にメリアムと取引をして、二十万ドルほどだまし取られてる。メリアムの頼みを聞くわけがない」

「では、ライラ・プレスコットを狙った理由は？」

「フリンとその友達が困るようなことをしでかしたらしい。その女のせいで、見つかったらやばいものを捨てることができなくなったって」

サムはいますぐライラのもとへ行かなければならないと感じた。頭のなかには疑問がいくつか残っていたが、唯一明らかなことがある。ライラを狙っている人物がほかにいるということだ。

急いで署を出ると、オマリー刑事が追いかけてきた。「どうしたんだ、サム？」

「ライラが撮影した画像になにかが映っているかもしれない。もう一度、全部見なおしたい」

サムはライラのアパートメントへ車を飛ばした。シドニーが玄関に出てきて、サムの様子を見たとたんに緊急事態だと察した。

「どうしたの？」

「ライラはいるか？」

「いいえ。サム、なにがあったの？」

「ライラの無事を確認したい。ライラと会わなければ」

「サンディエゴで子どもたちを撮影して帰ってきたけど、学校で講義のあと作業をするっていってたわ。夜まで帰らないって。マーラー教授に会って、リサーチした素材やメモリーカードを全部提出しなければならないそうなの。そのあと、子どもたちのフィルムを見せるんですって。だから、帰りは遅くなるわ」

「ありがとう、シドニー」

シドニーはサムを引き止めた。「ライラは大丈夫なんでしょう？　学校なら――」

「これから見つけて、そばについているから。心配するな」

サムは冷静さを取り戻しつつあったが、やはりライラの姿をひと目見なければ気がすまなかった。キャンパスを歩いている者は数えるほどしかいなかった。すべての講義が終わり、街灯がともりはじめていた。中庭を足早に抜けようとしたとき、ふたりの若者が近づいてくるのが見えた。ライラの友人、カールとイーライだ。

「こんにちは、サム」カールが大声でいい、小走りにやってきた。

「ライラに会わなかったか？」サムは尋ねた。

「ついいましがた、おれたちとマーラー先生の講義に出てましたよ」

「いつものことだけど、すぐキレるんだよな」カールが愚痴っぽくいった。「あの変人の講義もあと二回だ。そうすれば、二度と触手の話を聞かずにすみますよ」

サムは眉をひそめた。「触手？」

「『欲望の触手』」イーライが答えた。「マーラー先生が撮ったドキュメンタリーのタイトルです。唯一の自慢なんですよね。まったく有名じゃない賞をもらっただけなんですけど、いつもこの話ばかりするんです。奥さんに逃げられるのも当たり前ですよ」

カールもうなずいた。「『欲望の触手』って、ロサンゼルスを縄張りにしているギャングを撮ってるんですけど——ねえ、どうしたんですか？」

ライラのスライドショーではないが、サムの脳裏に画像が次々と浮かんだ。マーラー教授のオフィスに貼ってあったパライソ・パークのポスター。フリンの手下が車に爆発物を仕掛けていたころ、マーラーのオフィスに呼ばれていたライラ。パライソ・パークの撮影を中断して子ども向けの作品を撮るように助言したマーラー。最後にひらめいたのは、ライラがメモリーカードをしまっていた金属のケースだ。おそらくマーラーは、そのなかに自分を破滅に陥れるものが入っていると信じ、手に入れようとしている。

サムは走りながら携帯電話を取り出し、ボタンを押した。オマリー刑事が応答したと同時に、サムはどなった。「マーラーだ」

40

ライラは最後のひとりの学生が教室を出ていくのを待った。この講義が一日の最終なので、学生たちはいつもさっさと出ていく。学校が閉まるまであまり時間がないので、ライラは早くラボへ行ってフィルムの編集を再開したかったのだが、マーラー教授に教官室へ呼び出されていた。昨夜、教授から電話があり、何日も前から連絡を取ろうとしていたといわれた。教授は、ライラが二時間分の講義を欠席したことを気にしていた。キャンパスで騒ぎがあったので——要するに爆弾騒ぎのことだが——ライラには安全を優先してほしいと思っているが、それでも欠席した分を補うことは必要だと、教授はくどくどと話した。それから、子ども向けフィルムの制作に充分な時間をかけられなかったのではないかと案じてもいるとのことだった。ライラは、ロサンゼルスを離れて小学一年生の子どもたちを撮影し、いまは編集作業を進めているところだと答えながらも、ロサンゼルスで撮影すればよかったのではないかととがめられるのを覚悟した。マーラー教授は、つねにあら探しをして学生に分をわきまえさせようとする。学生の自信を打ち砕き、不安にさせたいのだ。自分のほうが偉いんだぞという示威行為だと、ライラは思っている。

電話のむこうでマーラー教授が咳払いをした。さあお説教だ。「もっと真剣に取り組まなければ、業界で成功はできないぞ。とくに、映像の世界ではね」

「はい、先生」ライラは従順に答えた。

「なんとかチャンスをつかもうと、わたしの講義に出てくる熱心な学生がいくらでもいるくらいだ」

「ええ、そのとおりだと思います」

「よし。ライラ、わたしはきみを賞賛するよ」

ライラは電話を取り落としそうになった。マーラー先生が学生をほめる？　聞いたことがないけど。

「公園のドキュメンタリーはじつによかった」マーラーはいった。彼の口から聞くと、これは最大級のほめ言葉だ。

「ありがとうございます、マーラー先生」ライラは答えた。「当初目指したものとは違うものになりましたけど、あの作品で訴えたかったことは――」

「ああ、わかるわかる」マーラーはライラの言葉をさえぎった。「きみに電話をかけたのは、来週ニューヨークでおこなわれるシンポジウムで、きみの作品を発表できないかと思ったからなんだ。きっと注目されるし、各地で上映されることになるかもしれない」

「そうなったらほんとうにうれしいです」ライラは興奮してきた。多くの人々に観てもらえれば、現状を変えることができるかもしれない。パライソ・パークがきれいになり、公園の施設を破壊した者やごみを捨てた者の何人かは処罰されるかもしれないし、とりあえず公園を荒らすのをやめてくれるかもしれない。

「きみの作品を発表するにあたって」マーラー教授はつづけた。「きみがどんなリサーチをしたのか、全部見せてほしい。撮影の過程、使用した機材、撮影した画像すべて、全部だ」

「画像はメモリーカードに入っています。作品に使ったものはパソコンのファイルに移したんですけど、ほかにも数千枚カードに残っています」

「全部、持ってきてくれないか」教授はいった。「例の美しい庭園の写真も頼む。あとでディスクにまとめたいだろうから、すぐに返すよ」

「わかりました」ライラは同意した。「明日、夕方の講義に出席します。そのとき、全部お持ちします」

マーラーは、では明日のひとこともいわずに電話を切った。

そういうわけで、ライラはいま、教室に残り、教官室の上にかかっている時計をいらいらしながら眺めていた。話がすぐに終わればいいのだが。ラボが閉まるまで時間があまりないが、子ども向けフィルムの編集を少しでも進めたい。ところが、さっきからカールとイーライがマーラー教授に質問をしていた。教授は、短くそっけない返事をしながら、ふたりを教室の外へ追い出した。

それから教室のドアを閉めると、マーラーはライラに向きなおった。

「教官室に来なさい」彼は教官室のほうを指さしながらいった。

ライラは印刷した資料をすべて挟んだファイルとリュックを持ち、マーラーのあとについた。マーラーは教官室のドアを閉め、ライラに椅子に座るよう指示し、デスクのむこうに座った。ライラは、パライソ・パークのポスターがなくなっていることに気づいた。貼ってあった場所に、うっすらと跡が残っている。教官室で唯一、ささやかながら明るい雰囲気を醸していたものを教授がはずしてしまったのは残念だが、そもそも教授自身が周囲を明るくするタイプではない。

「資料は全部持ってきたか？」教授が尋ねた。

そのとき、学生が廊下から教官室に入るドアの覗き窓をノックした。

「今度はなんだ？」マーラーはぶつぶつといった。つかつかとドアをあけにいき、学生にいった。「いま学生と面談中だとわからないのか？」

「すみません、先生、わからないことがあって――」

「助手にいってくれ」

「ちょっと訊《き》きたいだけなんですが――」

マーラーは学生の鼻先でドアを閉め、これ以上邪魔が入らないように鍵をかけると、シェードをおろした。

どさりと椅子に腰をおろす。「どこまで話したんだったか。そう、資料だ」とうなずいた。「持ってきたんだろうね？」

「はい」ライラは答えた。「集めた記事や文書のコピーです」ファイルをデスクに置き、リュックに手を伸ばした。「それから、インタビューを録音したものもあります。書き起こしたかったんですが、時間がありませんでした」リュックの蓋《ふた》をあけ、小さな金属のケースを取り出した。「これに公園で撮影した画像が全部入っています」

マーラーはケースをトントンとたたいた。「庭園の画像は？ ここに入っているのか？」

「はい」

マーラーはファイルとボイスレコーダーを取り、ブリーフケースにしまった。それから抽《ひき》斗《だし》をあけ、キャンバス地のトートバッグを取り出し、メモリーカードのケース二個を入れた。

「ほんとうにこれで全部か？」

「ええ」

「よし、シンポジウムの参加者はみんな驚くぞ」マーラーは椅子に背中をあずけた。「きみにも一緒に来てほしかったんだが、今回のシンポジウムはわたしのようなプロ向けなんだ。学生のきみが来ても場違いだろう」

ライラは自分で作品を発表したかったが、マーラー教授と一緒に遠路はるばる旅をしなければならないと思うと、やはりためらわれた。

「きみの作品を発表する前に、もうひとつしておかなければならないことがある」

「なんでしょうか？」集めた資料は残らず渡したのに、ほかになにがあるのだろうか。

「パライソ・パークをこの目で見ておきたい。あいにく、ニューヨークへ行くまでに時間が取れるのはいまだけなんだ。わたしの車があるから、これから行こう」

ライラは驚いた。「でも先生、公園に着くころには真っ暗になってしまいます。それに、これからラボへ行って編集を――」

「あとにしてくれ」マーラーはいらだたしげにいった。「公園に長居はしない。ヘッドライトで照らして見てくるだけだ」

「おひとりで行っていただけませんか？　以前、公園のそばに住んでいたとおっしゃいましたよね、だったらあのへんのことはよくご存じでしょう」

「道順はわかる。だが、きみがカメラをどこにどんなアングルで設置したのか、どんな環境的要因を考慮して撮影したのか、そういうことを知りたいんだ」

マーラー教授と出かけるなんて絶対にいやだ。ライラは、いますぐ教官室を出たほうがいいような気がした。なにかがおかしい。教授はやけにしつこい。

「すみませんが、やっぱり行けません」

「自分の作品を発表するチャンスをみすみす逃すのか？　よく考えろ」

「もちろん、発表したいです。ただ、一緒にパライソ・パークへ行くことはできません」

「もう一度いうぞ。この作品だけではなく、きみの成績がかかっているんだ」マーラーはデスクの抽斗をあけた。ふたたびライラのほうに向けた顔は紅潮し、口元がこわばっていた。

ライラも今度は拒まなかった。教授の態度がひどく奇妙なので、だんだん怖くなってきた。

「わかりました」ライラは譲歩した。「公園で待ちあわせましょう」ポケットから携帯電話を取り出す。「ルームメイトのシドニーに電話をかけて、一緒に行ってもらいます。彼女も公園を見たがっていたので――」

「電話をよこせ」

ライラは顔をあげた。マーラーが銃を構えている。

ぎょっとして、思わず口走った。「先生……なんですかそれ?」

「いっただろう、電話をよこせ」マーラーの怒りはすさまじく、ひたいに脈打つ血管が浮かんでいた。

銃口との距離はデスク一台分しかなかったが、ライラは怯えるどころか憤慨していた。携帯電話を握った手を膝におろす。九一一と押し、相手側の音声を消した。

マーラーはいまにも怒りを爆発させそうだった。「この街にはいくらでも公園があるのに、なんだってパライソ・パークを選んだんだ! きみがくだらない写真を撮りはじめる前に知っていたら、べつの課題を与えたのに」

「この部屋でパライソ・パークの写真を見たからです」

「い、わたしが悪いというのか?」

どう答えればいいのだろう。「銃をおろして、どうしてそんなにあわてているのか教えてください」

「あわてている? わたしは怒っているんだ」マーラーはどなった。

「どうしてですか？」

「あの庭園にカメラを向けただろう。もしわたしか車が写真に撮られたらおしまいだ。そんなことがあってはならないんだ」

ライラは深呼吸した。「あれは先生の庭なんですか？　あそこになにかを埋めて――」

「違う。あそこじゃない。あそこではない。だが、あの庭を撮れば、そのむこうにあるものも写ってしまう」マーラーは不気味な笑みを浮かべた。

「むこうにあるもの？」

「ものじゃない、人間だ。キャンキャンキャンキャンキャン、うるさく吠えやがって。あの女は文句しかいわなかった。もう一秒たりとも我慢できなかった」そして、つけたしのようにつぶやいた。「金も必要だったし」

「奥さまのことですか？」ライラは信じられない思いで尋ねた。

「離婚できなかった」教授はいった。「あいつは金づるだった」

心臓がずっしりと重くなった。ライラもクラスメートもみな、マーラーが妻に逃げられたと信じていた。短気で意地が悪いマーラーのことだから、逃げられてもおかしくないと思えたのだ。

「お金は？　ご遺体が見つからなければ、お金はもらえないでしょう？　保険金がおりるまでに何年もかかるわ」

「全部わかったつもりでいるのか？　わかってないな。ぜんぜんわかってない。妻の遺体が見つかったら困るんだよ。妻に逃げられたと思われているうちは、あいつの口座から金を引き出せる。妻が死んだら、わたしは口座に手をつけられない。あいつもそのことはわかっていた」マーラーはかぶりを振った。「パライソ・パークはもう何年も荒れたままになっていたのに、いまさらあちこち掘り返されては……」

突然、マーラーはライラが携帯電話をまだ持っていることを思い出した。「電話をよこせ」

ライラが携帯電話を差し出すと、マーラーは床にたたき落とした。さいわい、どこかが欠けたりはしなかった。九一一につながりましたように。

マーラーはライラに銃口を向けたまま、なにかを考えているようにその場を二、三歩行ったり来たりした。彼の怒りは狼狽《ろうばい》に変わっていった。

「おとなしく公園についてくればいいものを……どう始末をつければいいのか、考えなければならないじゃないか。簡単に終わるはずだったのに。きみの友達の二人組がここから少し離れたところで待っている。あとはきみを引き渡せば、最後までやってくれる手はずだったんだ」

ライラは震えながらも必死に落ち着こうとした。マーラーから銃を取りあげる方法を考えたが、思いつくのは実行不可能なものばかりだった。でも、生きてこのことを証言しなければ。マーラーの心のなかが混乱しているのはわかる。計画したとおりにことが運ばず、彼は土壇場で変更を迫られている。ライラに思いつく唯一の方策は、とにかく彼にしゃべらせることだった。

「友達ってだれですか?」

「フリンがきみのアパートメントに侵入させたやつらだ。ひとりはペッパースプレーで撃退したそうじゃないか。またきみに会いたがってるよ」

ライラは面食らった。「先生がフリンの手下にわたしを狙わせたんですか?」フランク・メリアムはどう関係しているんですか?」さっぱりわからない。

「フランク・メリアムとは何者だ? フリンの手下がきみのアパートメントで公園の写真を見つけていれば、こんなことにはならなかった。写真が見つからなかったから、きみやほかのだれかに見られる危険を放置できなかった。だから、やむをえずフリンを頼った。彼が助けてくれるのは一度きりなのに」マーラーは憎しみのこもった目でライラをにらんだ。「学生なんかに無駄遣いしてしまった」

携帯電話を取り出し、ライラから目を離さずにボタンを押した。マーラーがもう少し腕を伸ばしてくれれば銃をたたき落とせるのに。

マーラーは携帯電話を耳にあてた。「彼女は協力的ではない。きみたちがこっちへ迎えにきてくれないか。そろそろキャンパスも無人になる。地下の裏口から入ってきてくれ」このままじっと座って無理やり連れていかれるのを待っていてはだめだ。いますぐなんとかしなければ、武装した男三人を相手にしなければならなくなる。

マーラーの教官室には、二カ所の出入口があった。普段、学生たちは廊下に面しているほうのドアを使うことになっている。教室側のドアはほとんど教授しか使わない。サムは全力疾走で講義棟に入り、三階まで階段を駆けのぼった。建物内にひとけはない。サムは三階の廊下に入ってから速度をゆるめた。足音を忍ばせて、三枚のドアの前を通り過ぎると、次がマーラーの教官室のドアだ。ほかの教官室と同じように、ガラス窓にマーラーの名前がある。シェードはおりていた。ドアノブに触れなくても、鍵がかかっているのはわかった。

部屋のなかからマーラーの声が聞こえた。怒りのこもった声だった。それだけではなく、ひどく興奮している感じも受ける。逆上する一歩手前なのだ。ささいなことがきっかけで激高しかねない。ライラがなかにいるはずだが、無事な声を聴かせてほしい。彼女になにかあったらと思うと、こっちまでおかしくなりそうだ。

銃のセーフティを解除し、身を屈めて教室のドアへ向かった。ドアは閉まっていたので、静かにノブをまわし、ゆっくりと五センチほど押してみた。教官室に通じるドアの覗き窓越しに、立っているマーラーの横顔と、その手に握られた銃が見えた。デスクを挟んでライラがいるはずだ。マーラーが銃を構えているということは、彼女は無事で、意識もある。マーラーはいらいらとその場を行ったり来たりしている。一発で仕留めるのは難しい。気づかれずに狙いを定めるのはほぼ不可能だ。

そのとき、騒々しい足音がした。階段のほうから聞こえてくる。男がふたり、ぼそぼそとしゃべっている。どんどん近づいてくるが、押し殺した声なので、サムにはところどころ聞き取るのがやっとだった。男のうちひとりが、なにかを掘りあげて見つからない場所へ移すのは大変だとこぼしている。もうひとりが、面倒な仕事だと返した。

ふたりの声は近づいてくるにつれてはっきりと聞こえるようになった。「おれたちは墓掘りみたいなもんだ。女房の死体も掘りあげて埋めなおすんだから、ふたつも墓穴を掘らなきゃならない」

「仕返しにペッパースプレーを持ってきたぞ。あの小娘に思い知らせてやる」

もう待てない。サムは廊下から教官室へ入るドアへ引き返し、ノックした。

すぐには返事がなかった。しばらくして、マーラーが張りつめた声で答えた。「だれだ?」

　サムは黙っていた。

「ライラ、ドアをあけなさい。背中にぶちこまれたくなかったら、よけいなことはするな」マーラーが命じた。

「いやです」

「立ってドアをあけてこい」

　サムは階段のほうを見張っていた。二人組がいつ姿を現してもおかしくない。

　ライラが叫んだ。「いやです、わたしは動きません」

「この小娘が」マーラーがいった。ライラを見張ったまま、じりじりと椅子の脇をまわり、左手でドアの鍵をまわした。

　サムは勢いよくドアを蹴破った。マーラーがドアと一緒に吹っ飛び、デスクの横に尻餅をついた。ライラがはじかれたように立ちあがって銃を拾いにいったが、あわてて這《は》ってきたマーラーに先を越された。マーラーは寝返りをうち、サムに狙いをつけたが、ライラが銃を奪い返そうと飛びかかった。マーラーがライラにさっと銃口を向けた直後、銃声が響いた。サムの銃弾がマーラーの喉に命中していた。マーラーが床に倒れ、周囲に血だまりが広がっていく。

　ライラは体の震えを止めることができなかった。「サム」その声はかすれていて、サムには聞こえなかった。

サムはライラのほうを見ていなかった。はずれたドアを抱えあげ、戸口に立てかけた。それから椅子を持ってきて、ドアのつっかい棒がわりにした。窓ガラスにはひびが入っていたが、一応はまっている。破れたシェードをおろしたとき、廊下を走ってくる足音がした。男たちが銃声を聞きつけて教官室へやってきたのだ。大きな書類戸棚がドアの脇にある。サムはライラを戸棚の壁の隙間に押しこんだ。その前に立ちはだかり、さらにライラを壁際へ押しやった。

サムが思ったとおり、男たちはドアを蹴り、銃を連射しながら入ってきた。正面のデスクが穴だらけになった。「女を探せ、ちゃんと仕留めたかどうか確かめろ」

「仕留めたに決まってる」もうひとりが得意げにいった。

「それでもペッパースプレーを目に吹きかけてやらなきゃ気がすまないな」

「銃を捨てろ！」サムはふたりの背後から命じた。

執念深いほうの男がさっと振り向いたと同時に、サムは男の握った銃を撃ち落とした。もうひとりはデスクの陰にしゃがみ、腕を伸ばしてむやみに発砲した。すかさずサムに肩を撃たれ、銃を落とす。

サムは負傷した男たちが落とした銃を手の届かないところへ蹴った。ライラが二丁とも拾ってデスクに置き、マーラーの銃も添えた。

男のうちひとりが、自分の手が使いものにならなくなったとわめいていた。

「銃を撃つほうの手か?」サムはこともなげに尋ねた。「そりゃ残念だな」

ライラはもうひとりの男を見張っていた。肩に銃弾を受けているにもかかわらず、表情をまったく変えない。この男のほうが危ないような気がする。

足音が聞こえ、ライラは廊下側の出入口のほうへ振り向いた。サムが廊下に出て、駆けつけた警官三名にバッジを見せていた。

たちまち警官や救急救命士が集まってきた。ライラは邪魔にならないよう、狭い教官室の隅に立った。激しく脈打っていた鼓動はようやく落ち着き、手の震えも止まっていた。自分の携帯電話が床に落ちていることに気づき、九一一に通報したのを思い出した。電話を拾い、耳にあてる。「だれか、聞いていますか?」

「ええ、聞いていますよ」

「すべて記録してありますか? マーラーの言葉は残らず聞こえましたか?」

「ええ、ちゃんと記録しました」相手の女性がほほえんでいるのが声でわかった。

オマリー刑事が到着し、サムは一部始終を説明した。ライラはサムが声をかけてくれるのを待ったが、彼はライラが見えないかのように、忙しそうにしていた。廊下に出るドアが警官たちでふさがれていたので、教室を通って廊下に出た。なぜサムが自分を教室側から逃がさなかったのか、不思議に思っていたが、廊下の先を見て納得した。こちらへ逃げれば行き止まりだ。階段のほうへ逃げれば教官室の前を通らなければならず、銃を持った男たちにどうぞ撃ってくださいというようなものだ。出口までたどりつけなかっただろう。サムの判断は正しかった。部屋の隅にライラを押しこみ、その前を自分の体でふさぐことで、ライラの命を守ったのだ。

ライラは、少なくとも二、三人の警察官に事情を聞かれるものと思っていたが、声をかけてきたのはひとりだけだった。九一一のオペレーターがすべてを聞き、一言一句漏らさずに記録していたので、顚末《てんまつ》はわかっているとのことだった。ライラは帰ってもよいことになった。

サムはまだオマリーと話しているので、待っているのもばかみたいだった。どうやら、サムは自力でパズルのピースをつなぎあわせ、一連の恐ろしい事件の黒幕はマーラーだったと突き止めたらしい。待ったところで、「また会えてよかった」といわれるだけで終わりに決まっている。

ライラは待たないことにした。メモリーカードやリュックを取りに戻ろうともしなかった。それらは事件の証拠品になってしまった。ライラはポケットに携帯電話を入れ、くるりと向きを変えて歩きだした。

何歩も進めなかった。廊下の角を曲がった瞬間、両肩を力強い手が押さえた。

41

命を救ってくれてありがとうというひまもなかった。

「きみのせいで死ぬほど怖い思いをしたんだぞ、お嬢さん《ラス》」サムの声は震えていて、ライラの肩をつかむ手に力がこもった。ずっとスコットランドに住んでいたかのように、訛《なま》りが強くなっている。いま〝ラス〟って呼んだ？

ライラが口もきけずにいると、いきなり強く抱きしめられた。「二度とこんな目にあわせないでくれ」ライラには、サムの言葉がほとんど聞き取れなかった。ほんとうに英語なの？　サムの胸に耳を押しつける形になり、彼の鼓動が聞こえた。恐ろしい体験のせいで気分はまだたかぶっていたが、サムのたくましい腕に抱かれていると、安心できた。

「約束してくれ」サムが真剣な口調でいった。

「ええ、よくわからないけど約束する」

サムはライラのおとがいを持ちあげ、激しくキスをした。あふれんばかりの情熱がこもった、なりふりかまわないキスだった。

ライラは抵抗しなかった。両腕でサムの首を抱き、髪に指を突っこんで、負けずに熱いキスを返した。

しばらくしてサムはライラを放すと、手を取って歩きはじめた。「早くここを出よう」落ち着きを取り戻したら、訛りはさほど目立たなくなった。

講義棟の外は人だかりがしていた。中庭のむこうにテレビ局のヴァンが駐《と》まっているのを見て、サムはぶつぶつと悪態をついた。

オマリーが後ろから走ってきた。「おれも付き添おうか?」

「いや、いいよ」サムは答えた。「だけど、あれをなんとかしてくれ」カメラマンたちのほうを指した。

「まかせとけ」オマリーはいい、レポーターたちを押しとどめに向かった。

ライラとサムはマスコミに取り囲まれることなく中庭を突っ切ったが、最後にカールに見つかり、大声で呼ばれた。彼の声を聞きつけた人々が、ライラとサムめがけて集まってきた。

「ほんとうなのか? マーラーが死んだって?」カールが尋ねた。

ライラがうなずくと、カールはサムにいった。「マーラーはいやなやつだと思ってたけど、あと二回、講義が残ってるんです。これからどうなるのかな？　まさか、再履修ってことはないですよね？」

ライラが答える前に、イーライがいった。「講義が全部終わるまで待ってくれても――」

サムににらまれ、イーライはぴたりと口をつぐみ、ふたりの前からどいた。

サムはライラのアパートメントに着くまで、ひとこともしゃべらなかった。

「身のまわりのものをまとめてくるんだ、ここにはいられないぞ」

「いいえ」

「いいえ？」

シドニーがドアをあけて叫んだ。「ああよかった」ライラを抱きしめる。「大丈夫？　ああよかった」同じ言葉を繰り返したが、今度はサムに抱きついた。「銃声がしたって聞いたの」ライラたちがなかに入れるよう、シドニーは狭いリビングに引き返した。「メールが二十通は来たわ。撃ったのがあなたでありますようにって祈ってたのよ、サム」

「ライラ」サムはいった。「荷物をまとめてきてくれないか。なにがあったのか、おれがシドニーに説明するから」

「いいえ」ライラはもう一度拒否した。

シドニーはふたりを交互に見やり、バッグと鍵を取った。「ちょっと用事を思い出したわ。話はまたあとでね」そういって、玄関から出ていった。

「なんてことするのよ」ライラはサムをとがめた。「ここはシドニーの家でもあるのに、追い出すなんて」

サムはライラを振り向かせた。「なにを怒ってるんだ？」

「わたしはどこにも行かない。もう一度だけあなたを解放してあげる。今回かぎりだからね」

「おれはきみを置いていかないよ。もう二度と」

サムのまなざしの優しさに、ライラは彼を信じ……そうになった。

「いつかは置いていくわ。サム、あなたはこれ以上傷つきたくないんでしょう、それはわかる。愛した人を失ったんだもの。わたしがあなただったら、やっぱり二度目は耐えられないと思う。でも――」

キスでさえぎられた。サムはライラをさらにきつく抱きしめ、耳元でささやいた。「今日みたいに怖い思いはしたくない。きみがマーラーのところに行ったと聞いて、心臓が止まったかと思った。だめだ、ライラ、きみなしでは生きていたくない」ライラの顔を両手で挟む。「愛してんだ、ラス」

また訛りがむきだしになっている。サムの声は低かったが、要点はライラにもわかった。

「同棲《どうせい》はできないわ、サム。ジジが――」

「だから、結婚しなきゃな」かぶせるように、サムはいった。

「は?」

「聞こえただろ」

ライラはサムの両手を押しのけた。「結、結婚しな、い、い、きゃ?」

サムは逃げようとしたライラをつかまえた。「指輪を買ったら、ひざまずいてちゃんとプロポーズする。でもこれだけはいっておく。きみはおれと結婚する」

「でも、わたしの家族は……あなたの重荷になりたくないの。わたしには責任が……」

「わかってる……ジジをお父さんから守るんだろう。おれも協力する」

「わたしの親は……これからもずっとまわりを困らせる。わたしにはあの人たちを変えられない。以前は、わたしががんばればいいと思ってたけど――」

「お兄さんたちとおれがきみを助けるよ」

「ああ、そうよ、兄さんたちがいたわ。あなたはわたしにふさわしくない。兄さんたちは絶対にそういうわ」

「たしかにふさわしくないが、それでも結婚はする」

「ご両親は外交官でしょう。それにひきかえ、わたしの両親は詐欺師だし」サムはおもむろにライラのブラウスのボタンをはずしはじめた。ライラは下唇を嚙みながら、ふたつの家族の差を考えていた。

「わたしはお金なら持ってる」ライラはいった。得点一。

サムはライラを抱きあげ、寝室へ連れていった。そこでライラを立たせて、ゆっくりと服を脱がせ、自分も服を手早く脱いだ。

ライラは息を弾ませていった。「いざとなったら、持っているお金を全部使ってあの人たちと戦うわ。そうなのよ、あの人たちは次から次へと弁護士を雇って……」サムが首にキスをした。

サムはライラの香りが、手触りが好きだった。彼女のすべてがいい。

「弁護士は高くつくのよね……」

「知ってる。おれも資格を持ってるから」いいながら、ライラの胸元へ唇をおろす。

サムのせいで、ライラは自分がなにをいおうとしていたのかを忘れてしまった。

ふたりはベッドに倒れこみ、愛を交わした。サムは時間をかけるつもりだったが、ライラの求め方は激しく、我慢できなかった。ふたりして絶頂に達して満足すると、ライラはサムに愛していると告げた。

少しして服を着ると、サムはレポーターに追いまわされるのを覚悟したほうがいいと告げた。

「明日はマーラー教授の講義があるだけだったの。講義がなくなっちゃったから、帰りたいな」

「サンディエゴに？」

「ええ。帰ると警察が困るかしら？」

「おれからオマリーに話しておくよ」

シドニーに書き置きを残し、小さな鞄に身のまわりのものを詰めると、ふたりは出発した。道路はすいていた。パライソ・パークに近いハイウェイの出口を通り過ぎたとたん、ライラはカメラがまだ撮影をつづけていることを思い出した。

「オマリーがマーラーの妻の遺体を探させるはずだ。あの小さな庭も、あちこち掘り起こされることになる」

「わたしのカメラは――」

「オマリーに場所を教えておいた。ちゃんと取っておいてくれるよ」サムはコンソール越しに手を伸ばし、ライラの手を握った。「フリンにもお迎えがきて、いまごろ楽しくおしゃべりしているはずだ」

「ヤードセールの本は返してもらえるのかしら？」

「いずれは返してくれる。どうするんだ？」

「オークションにかけて、収益をヘンリー神父の教会に寄付しようと思うの。お金に困ってるから。ビンゴパーティだけじゃ経費も集まらないわ」

サムはほほえんだ。「よい心がけだ、ライラ・プレスコット」

しばらく心地よい沈黙がつづいたあと、ライラが口を開いた。「今度のことはあのヤードセールがきっかけじゃなかったのが信じられないの。てっきり、大事なものを取ってしまったから狙われてるんだと思ってた。マーラー教授のことはまったく疑っていなかった」

「こんなふうに考えてみたらどうだろう。きみが間違いなくDVDを持っていると知っていたら、メリアムもきみを殺そうとしたんじゃないか」

「それ、慰めてるつもり？」ライラは笑った。

「おれがもっと早くにマーラーだと気づくべきだった。もう少しできみを失いかけて、やっと気づくとは――」

「でも間に合ったわ」

そこから、マーラーがライラにコンテスト用の子ども向けフィルムの課題を与えたのは、公園を撮影させるのをやめさせるためだったという話になった。

「こんなことになってしまったし、急いで完成させる必要はないわね」

「作らないのか？」

「担当の教授を撃ち殺せば、その教授に作品を推薦してもらう機会もつぶれるってことよ」

「おれは後悔していないぞ」

「わたしも。選択の余地はなかったんだもの」

ジジの家のガレージに入りながら、ライラはいった。「パニックルームを見せてあげる」

「ほんとうにパニックルームなのか？」

「一面だけ、壁を金属の板で補強してあるわ。銃弾も通さないけど、一面だけ。それでかまわないもの。充分よ」

サムは実際の部屋を見て、その構造に感心した。「身内から隠れたくなったら、ここはうってつけだな」

「わたしはこの家を気に入ってるの。住み心地がいいもの」

「売る必要はない。おれが転勤して、しばらくこっちで仕事をすればいい」

「そのあとは？」

「整理して、ふたりでふるさとに帰る」

ジジの家を残しておくのはいい考えだ。オウエンとクーパーが別荘がわりに使えばいいし、ジジもテキサスの暑さを逃れて休暇を過ごしたくなるかもしれない。

ジジは結婚をよろこんでくれるだろう。会ってすぐにサムを気に入っていたし、孫娘のことをあれこれ心配しなくてもよくなるのだ。

「疲れたな」サムの声に、ライラはわれに返った。サムはライラを抱きあげて寝室へ連れていった。ふたりは脚をからめて眠りについた。

翌日の午後、オマリー刑事から電話がかかってきた。サムは長いあいだオマリーと話したあと、電話を切ってライラに笑顔を向けた。「猫だった」

「なんのこと?」

「あの庭園から、猫の骨が出てきた。あのきれいな花壇は、だれかの愛猫《あいびょう》の墓だったんだ」

ライラはもっとロマンティックな物語が隠れているものと思っていた。冷蔵庫からミネラルウォーターを取り出し、ポーチに出てブランコに腰かけた。サムがついてきた。

「猫だったんだ」ライラはかぶりをふった。

「まあ、その近くには女性の遺体が埋まっていたんだが――殺されたミセス・マーラーのようだ」

「DCはここととはぜんぜん違うんでしょう? 慣れるのに時間がかかりそう」

「DCには住まないよ」

ライラは背筋を伸ばしてサムを見た。「でも、ふるさとに帰るって——」

「そうだよ」サムはほほえみ、ライラに腕をまわして抱き寄せた。「きみもハイランドがきっと気に入る」

42

マイロはバーカウンターで冷たいビールを飲みながら、真剣にテレビを観ていた。二十三時のニュースをやっていて、ライラが男に付き添われて建物から出てくる映像が流れた。レポーターは、男がFBI捜査官だと説明した。

「テレビに映ってるあの美人、見てみろよ」マイロは隣に座っている男に話しかけた。男がなにもしないので、マイロはさらにせっついた。「おれの女だったが、やむをえず別れた。彼女を守るには、そうするしかなかった」

目が充血している見知らぬ酔っ払いは、マイロの肩をたたいた。「あんたは正しいことをしたんだよ、にいちゃん」ろれつのまわらぬ口調でいった。

「いつもニュースを観るわけじゃないんだがな」マイロは新しい友人にいった。「だけど、今夜は観てよかった。わかるだろ、おれは彼女のためにすべてをあきらめたんだ。でも、後悔はしてないぜ。あんたがいったとおり、正しいことをしたんだから。仕事にもあぶれちまったけどな。今度は違う職種を探そうと思うんだ。ストレスが少ないやつがいい」

メリアムが逮捕されたのが信じられなかった。チャーリーとスタックのことも。ライラのアパートメントに侵入したのも、彼女を狙撃したのも、あのふたりだと思っていたのだが。いやはや、正しいことばかりじゃなかった。

「次のニュースです」キャスターがつづけた。マイロはビールのおかわりを注文した。「ビル・ジャクソン氏は早くも議員を事実上辞職し、係争中の訴えに対する弁護の準備に入りました。ジャクソン氏は……」

マイロは聞くのをやめた。「この議員がほんとに辞めるんなら、ポストがひとつ空くってことだよな」あごをぽりぽりとかく。「それだ。政治家。おれは政治家になるぞ」

酔っ払いはまたマイロの肩をたたいた。「あんたならぴったりだよ、にいちゃん。ぴったりだ」

エピローグ

サムとライラは、サンディエゴのセント・アグネス教会で結婚式をあげた。式をとりおこなったヘンリー神父は上機嫌だった。ライラは、こぢんまりとした式にするつもりだったが、招待客が全員そろったときには、家族と友人で教会は満員になった。シドニーによれば、大使やそのほかの政府高官など、その世界ではまぎれもない有名人も集まっていたらしい。

結婚式もコロナード・ホテルの披露宴も大成功だった。ライラは、両親が出席を辞退してくれたおかげだと思っている。サムに求婚されて同意したと母親に告げたときに返ってきた反応は、予想どおりだった。

「まあ、ライラ、なにを考えているの？　あなたの容姿だったら、ＦＢＩの捜査官なんかよりもっといいお仕事をしている人と結婚できるのに。もしあなたのお金が目当てだったら……」

父親の反応も似たようなものだった。「わたしは、彼がおまえを愛していると思うよ。だが、念のためにおまえの信託財産をわたしにあずけたらどうだ。おまえだって財産はプレスコット家のものにしておきたいだろう。もしよかったら……」

ライラは拒否したが、ふたりは執拗《しつよう》に食いさがった。あげくのはてに、結婚式に出ないとライラを脅したが、ライラはその威圧的な戦法にも屈することはなく、妥協しなかった。

両親が欠席することなど気にしていないふりはしていたが、金をもらえなければ娘と一緒に教会の通路を歩くことすら拒む父親を恥ずかしく思ったのはたしかだ。オウエンとクーパーは両親のやり口に憤ったが、ライラ同様、驚きはしなかった。

結局、結婚式ではオウエンが父親のかわりを務めた。シドニーが花嫁介添人となり、クーパーと一緒に通路を歩いた。いとこひとりと、テキサスの幼なじみ二人も、ブライズメイドだった。花婿介添人はサムのいとこのトリスタンで、アレックとジャックがグルームズマンとなった。結婚式の撮影カメラマンのほかに、新聞社や雑誌社のカメラマンが教会の外に集まり、はなやかな式の様子を撮影した。

ライラはサムの両親が大好きになった。自分の親とは正反対だった。優しく寛容で、ライラを家族の一員として歓迎した。スコットランドの友人や親族にライラを紹介したいので、ハイランドでも披露宴を催したいという。ジジも出席することになった。

サムとライラは、サンディエゴの家でハネムーンを過ごし、三日後にはライラがロサンゼルスに戻らなければならなかった。授賞式に出席するためだ。前学期は推薦者のマーラーの死亡により、ライラはダルトン賞の応募資格を失ってしまった。それでも、ライラは子ども向けフィルムの制作をつづけ、べつの教授の推薦を受けて次の学期で応募することができた。ライラの作品は一位に選ばれた。ロサンゼルスやニューヨークのプロダクションから声がかかったが、ライラはすべて辞退した。他人の下で仕事をするのは気が進まなかった。自分の作品を自由に書き、監督する醍醐味《だいごみ》を知ったし、子ども向けの作品をシリーズとして追求したいと考えていた。仕事はどこでもできる。それは幸運なことだ。三カ月後にサムとハイランドへ行くことが決まっているのだから。

サムには驚かされてばかりだ。最初の驚きは、新居が城だったことだ。何百年も前に建てられた城は壮麗だが、寒々しく堅苦しい感じがした。さいわい、ふたりの住まいとなった二階の一角は、こぢんまりとしてくつろいだ雰囲気を醸していた。サムが〝うちの土地〟と呼ぶ広大な地所は、ライラの知るかぎり、どこよりも美しい場所だった。

ふたつめの驚きは、サムが将来、二種類の地位を継ぐことだ。土地の所有者としてキンケイド氏族長となることが決まっていて、ケアンマー伯爵の後継者でもあった。

ライラをもっとも驚かせたのは、三つめだ。優しく愛情に満ちた夫は、ラグビーのグラウンドでは打って変わって荒々しい戦士になるのだ。

ライラは義理の両親と丘の斜面に座り、サムのチームと隣町のチームの試合をおののきながら観戦した。試合の途中で、サムが筋骨たくましい大男たちの魂のなかから現れたとき、ライラは思わず義父の腕をつかんだ。「サムは大丈夫……？　肘が折れたんじゃ……？」

サムの父親は、恐怖に目を見ひらいた義理の娘を見て、膝を軽くたたいて元気づけた。

「ラグビーがどんなスポーツか知っているかい？　紳士がプレイする暴徒のゲームだといわれているんだよ。心配しなさんな、サムは大丈夫だ」

ライラはうなずき、サムに目を戻した。彼は泥にまみれ、ユニフォームにはところどころ血がついていた。おそらく彼の血だ。チームメイトも似たり寄ったりのありさまだった。だが、ライラがなにより目をみはったのは、試合が終わったと同時に、両チームのメンバーが笑いながらたがいに肩を組んでグラウンドの外へ出てきたことだ。

サムは観衆のなかにライラを見つけ、まっすぐ歩いてきた。眉の上に切り傷があり、頭からつま先まで泥で汚れていた。ライラは白いブラウスを着ていることも忘れ、サムに飛びつき、きつく抱きしめた。サムはそれだけで満足しなかった。はやしたてるチームメイトを無視し、ライラに熱いキスをした。

ようやく顔をあげて息を継ぐと、サムはいった。「故郷に帰ってきた夫は、こんなふうに妻を歓迎するものなんだ」

ライラは大勢の人々に見られて頬を染めた。「わたしから十メートル離れたところから帰ってきたというわけね」

「そういうこと」サムはいい、またキスをした。

ライラは彼と並んで寄りかかった。「あなたがばらばらにならなくて安心したわ」

「ただのスポーツだよ」

スポーツ？　いまのぶつかりあいをスポーツというの？「あんなに荒っぽくしなければならないものなの？　けがをしてほしくないわ」

サムは笑った。「小さな切り傷や打ち身くらいで死にはしないよ」

ダッフルバッグを取り、ライラの肩に腕をまわすと、車へ向かって歩きはじめた。「今朝、FBIから電話があった。明日DCへ飛んで、ある事件について助言することになった。まだ暗いうちに出発するけど、一緒に来るか？」

「行けないわ。明日は新しいフィルムの撮影でケアンマー小学校に行くの」

「じゃあ、今夜はお別れの挨拶《あいさつ》をしなければな」サムはライラの全身にじっくりと目を走らせた。「きみにその気があるなら、一晩じゅうでもいいが」

ライラは車のそばで、サムがラグビーの道具をトランクに入れるのを待ちながら、周囲を見まわした。片側には古風な石造りの家が並ぶ小道があり、反対側には羊がのんびりと草を食《は》む牧草地がある。遠くには、雄大なハイランドの山の峰が連なる。一年もたたないうちに、生活がすっかり変わってしまった。サムと一緒なら、すべてが新鮮で刺激的で、このうえなく楽しい。

サムが振り返り、ライラにほほえみかけた。とたんに、ライラの胸は愛情でふくらんだ。

サムとともに歩む人生は、きっと驚きに満ちている。

訳者あとがき

ジュリー・ガーウッドのコンテンポラリー・ロマンスとしては八作目になります、『最後の朝が来るまえに』をお届けします。

一作目の『心うち砕かれて』（二見書房）が刊行されたのが二〇〇一年ですから、長いあいだ愛されているシリーズなのだと、あらためて実感します。もっとも、一作一作が独立していますので、前作までを読んでいなくても、本書を読むのに支障はありません。過去の作品のヒロインは、仕事に打ちこむキャリアウーマンたちでしたが、本書の主人公ライラは映像制作を学ぶ学生です。アメリカのアニメ制作を学ぶ大学院では、学生は毎日朝から夕方まで学校で絵を描き、帰宅しても夜中まで課題の絵を描き、とにかく一日じゅう絵を描いていると聞きました。心底、絵が好きでなければつづけられないなあと感心したものです。ライラも課題に追いまくられ、多忙ながらも充実した毎日を送っていましたが……。

映画学校の学生、ライラ・プレスコットは、卒業を控えてドキュメンタリーの制作に励んでいる。そんなある日、ライラが親友のシドニー・ブキャナンとシェアしているアパートメントに帰ってくると、見知らぬ二人組の男が部屋に侵入し、シドニーを襲おうとしていた。ライラはペッパースプレーで二人組を撃退したが、シドニーによれば、彼らがほんとうに狙っていたのはライラだという。どうやら、男たちはライラの持っているなにかを探しているらしい。

男たちが探しているものにまったく心当たりのないライラは、怯えるより先に途方に暮れた。ただでさえ、学校の課題に追いまくられて大忙しなのに、正体のわからない男ふたりが現れ、親友に危害をくわえようとしただけではなく、自分を追っているなんて。

ライラを心配したシドニーは、兄のFBI捜査官アレックに相談した。アレックがライラの護衛によこしたのは、仲間のFBI捜査官、サム・キンケイドだった。ライラは学校の男友達とは全く違う大人の男の魅力を放つサムに、心ならずも惹かれてしまう。彼には早くいなくなってもらわなければならない。それなのに、警察の捜査は難航し、犯人の目的すらつかめないまま、時間が過ぎていく……。

ガーウッドは一九八五年にヒストリカル・ロマンスでデビューして以来、一貫してヒーローがヒロインを守る物語を書きつづけています。本書のヒーロー、サム・キンケイドも、命懸けでライラを守ります。スコットランドに生まれ、数カ国語をマスターしているエリート。もちろんルックスもよく、完璧なサムですが、ライラと離れたくなくて、交替にきたボディガードにあれこれケチをつけて追い返すなど、ちょっとかわいくもあり、親しみが持てます。

ライラも美人で性格もよく、才能にも恵まれているという、典型的なガーウッドのヒロインですが、祖母にお金をたかろうとする両親には容赦なく立ち向かい、ただのいい子ではないところに魅力があるように思います。

そんなサムとライラが、ともに危険を乗り越えるうちに接近していき、理想的なカップルが誕生するわけですが、訳者としては、キラキラしたふたりの陰で災難にあってばかりの自称殺し屋マイロに、心から同情しています。マイロは偶然、仕事先でライラを見かけてひと目惚れし、〝おれのボンドガール〟と妄想をふくらませます。ところが、自分の雇い主が探しているものを彼女が持っていることを知り、なんとか彼女に危害がくわえられないよう、人知れず涙ぐましい苦労を重ねます。結局はハンサムなFBI捜査官にボンドガールをかっさらわれ、ひとりヤケ酒をあおるマイロ。お気の毒にと、慰めの言葉のひとつもかけてやりたくなりました。

これだけ長くつづいているシリーズですので、過去の作品に出てきたキャラクターと再会できるのも楽しみのひとつです。前作『氷雪の眼差しに灼かれて』につづき、ファンのみなさまにはおなじみ、ブキャナン兄弟の三男アレックが、本作にも脇役として登場しています。また、一作目の『心うち砕かれて』に初登場したときから、主役のブキャナン兄弟と同じくらい人気者だったノア・クレイボーンと、六作目『嘘はオアシスに眠る』のヒロイン、ジョーダン・ブキャナンも声で出演する場面があり、なつかしく思いました。

また、ファンのあいだでは、ガーウッドのヒストリカルとコンテンポラリーのキャラクターが、先祖と子孫の関係にあることが暗黙の了解になっているようです。サムの名字がキンケイドで、スコットランド出身という設定に、古くからの読者は、そういえばと思い出されたのではないでしょうか。中世ハイランドを舞台にした『太陽に魅せられた花嫁』のヒーローが、アレック・キンケイドでした。作品中にはっきりと書かれているわけではありませんが、サムはアレックの子孫かもしれません。ちなみに、やはり中世ハイランドものの『黄金の勇者の待つ丘で』のヒーローが、ブロディック・ブキャナン。アレックやシドニーたちの先祖と思われます。それぞれの作品のつながりに気づくとなんとなくうれしいもので、ファンには楽しい仕掛けだと思います。

ガーウッドは二〇〇九年に本書を刊行後も、年に一作のペースでロマンティック・サスペンスを発表しています。今年はデビュー三十周年を迎え、ますます円熟味を増している彼女の作品を、これからもご紹介できれば幸いです。

二〇一五年　二月

最後の朝が来るまえに

著者 ジュリー・ガーウッド

訳者 鈴木美朋《すずきみほう》

2015年2月20日 初版第1刷発行

発行人 鈴木徹也

発行所 ヴィレッジブックス
〒108-0072 東京都港区白金2-7-16
電話 048-430-1110（受注センター）
03-6408-2322（販売及び乱丁・落丁に関するお問い合わせ）
03-6408-2323（編集内容に関するお問い合わせ）
http://www.villagebooks.co.jp

印刷所 中央精版印刷株式会社

ブックデザイン 鈴木成一デザイン室

スーザン・キャロルの好評既刊

RITA賞（全米ロマンス作家協会賞）受賞作家が
コーンウォール地方を舞台に贈る
セント・レジャー 一族 三部作

スーザン・キャロル 富永和子＝訳

ついに完結!!

魔法の夜に囚われて

定価：本体880円＋税 ISBN978-4-86332-055-0

花嫁探し人と称する不思議な老人と知り合った令嬢マデリン。霧深い海辺の古城にやってきた彼女は、そこで戦士を思わせる一人の男と宿命の出会いを果たすことに……。

月光の騎士の花嫁

定価：本体880円＋税 ISBN978-4-86332-221-9

アーサー王ゆかりの地を訪れた未亡人ロザリンドは、円卓の騎士の幽霊と遭遇し恋に落ちる。だが彼と瓜二つの謎めいた男との出会いが、彼女の運命を激しく翻弄しはじめ……。

水晶に閉ざされた祈り

定価：本体860円＋税 ISBN978-4-86332-259-2

私生児として育ったケイトは、幼い頃からセント・レジャー一族の息子に恋心を抱いていた。だが、彼と結ばれることはないと知ったケイトの恋の魔法は、運命を大きく変え……。